KEY·可以文化

付秀莹作品系列

谁此刻在世界上的某处哭

付秀莹　著

浙江文艺出版社
Zhejiang Literature & Art Publishing House

图书在版编目（CIP）数据

谁此刻在世界上的某处哭/付秀莹著. —杭州：浙江文
艺出版社，2024.3
ISBN 978-7-5339-7232-5

Ⅰ.①谁… Ⅱ.①付… Ⅲ.①短篇小说-小说集-中
国-当代 Ⅳ.①I217.1

中国国家版本馆 CIP 数据核字（2023）第 076644 号

策划统筹	曹元勇
责任编辑	易肖奇
文字编辑	黄煜尔
责任印制	吴春娟
装帧设计	陈慧雯
营销编辑	耿德加　胡凤凡
数字编辑	姜梦冉　诸婧琦

谁此刻在世界上的某处哭

付秀莹　著

出版发行		浙江文艺出版社
地	址	杭州市体育场路 347 号
邮	编	310006
电	话	0571－85176953（总编办）
		0571－85152727（市场部）
印	刷	上海盛通时代印刷有限公司
开	本	850 毫米×1194 毫米　1/32
字	数	140 千字
印	张	8.75
插	页	4
版	次	2024 年 3 月第 1 版
印	次	2024 年 3 月第 1 次印刷
书	号	ISBN 978-7-5339-7232-5
定	价	59.00 元（精装）

目　录

蝉不知在哪棵树上叫

快下班的时候，领导叫住小苏说，小苏啊，明天有个会。上午九点，大会议室。小苏忙说，好的领导。脸上笑着，心里却说，明天周六，又加班。讨厌。

这栋大楼是一家文化单位，在三环边上，邻着三里屯、国贸，算是北京的繁华地段，人多车多，有点儿闹。好处是交通方便，地铁十号线在这里有一站——团结湖站。小苏每天坐地铁上下班，挤是挤了点儿，可是地下不堵车啊，时间能保证。小苏住在西边，要换两次地铁，再坐三站公交。她跟一个女孩子合租，有人做伴儿，还能分摊房租。挺好的。

刚来北京的时候，小苏在一家房产中介做销售。她性格内向，不大喜欢跟人说话，干销售就很吃亏。她很羡慕那些巧舌如簧的同事，比方说，范范，就是跟她合租的女孩子，开朗热情，嘴巴甜，身段灵活，回头客多，业绩就特别好。小苏不行。她嘴拙，脸皮儿又薄，心肠又软，总是在关键时刻败下阵来。这可不是在芳村大集上买萝卜白菜哪，一套房动辄就是几百万上千万。她哪里见过这个？后来头儿找她谈话，口气委婉，意思却是再明白不过了。他是在劝退。小苏低着头，脸上滚烫，眼泪硬是忍着没掉下来。

她没有把这件事告诉家里。她娘的脾气，她是知道的。她何必叫他们担心呢。还有，芳村到北京，千里万里的，即便是说了，家里能帮上她什么呢。出门在外，她只能靠她自己。好在她平日知道节俭，有一点小积蓄。那一阵子，她吃泡面、馒头就榨菜，嘴角上起了燎泡，天天泡在网上找工作。她尽量不出门，在北京，出门就得花钱。她尝过其中的厉害。

后来，还是多亏了范范的老乡的亲戚，小苏才在这大楼里找到一份工作。算是服务员吧，负责楼里几个会议室的清洁工作，若是有会议，还负责茶水桌签话筒投影等一应杂务。平时也在楼层值班，在值班台的后面，终日坐着。这工作不错，算得清闲，虽说薪水不高，五险一金都加在一起，不过三千出头。但小苏是一个知足的女孩子。

城西这一片多是出租房，因为在城乡接合部，价格比城里便宜很多。出门不远是大片菜地。范范抱怨说，这哪里是北京啊，分明是乡下。小苏却觉得亲切有味。那田野上浮动的雾霭，新鲜泥土的潮湿的腥气，混合着粪肥的淡淡的臭味，都叫人觉得家常，觉得亲近。范范说，她都不好意思请朋友来，怕人家笑话。小苏没有说话。私心里，亲切是亲切，她也不愿意朋友过来，跟家里也说得天花乱坠的。一面说，一面心里劝自己，没事儿，反正他们又看不见。

一大早起来，小苏才发现冰箱里没有面包了。梳洗了一下，匆匆去坐地铁。周末，大街上人并不多，城市好像是还在睡梦里，懵懵懂懂的。夏天的北京，绿影重重，阳光照耀着草木繁花，有一种明亮的蓬勃的生机。鸟在树上叫，叽叽喳喳，叽叽喳喳，叽叽喳喳。风把云彩吹远了，又吹近了。小苏走着走着，心头渐渐欢喜起来。

地铁上人很少，有闭着眼睛假寐的，有看着窗外发呆的，更多的人在埋头看手机。小苏也把手机掏出来，刷朋友圈。有很多人在晒收到的红包。520元？小苏这才想起来，今天是一个特殊的日子。五月二十日，五二零，谐音我爱你。二月十四日，洋人的情人节。七夕，中国传统的情人节。现在又有了五月二十日，民间的情人节。这世间是有多么缺乏爱啊，人们才这样挖空心思过情人节。范范也在晒，是一个宝石蓝的古驰包。这一刻的想法是，爱。没有表情。但小苏却仿佛看见了范范此时的表情，甜蜜的，幸福的，闭着眼睛，捂着心口，像是生怕一颗心会忽然蹦出来。小苏不肯承认，她这是嫉妒范范了。嫉妒范范的爱情，嫉妒范范的好运气。小苏也知道自己这样不好，可是她管不住自己。小苏今年二十二岁，要是在芳村，早就该结婚了。她娘急得不行，见一回唠叨一回，弄得她都不敢回家过年了。还有街坊邻居们，七大姑八大姨，个个比她还急。她脸上讪讪的，心里却是恨得不行。他们不是说她眼眶子高么。什么心比天高！下面一句，他们不说，她也知道是什么。就冲着这些话，她也要找一个像样的，给他们看看，堵一堵他们的嘴。

出了地铁，她在便民早餐车上买了一套煎饼。这家煎饼不错，在大楼里口碑挺好。人们单位食堂吃腻了，就来一套煎饼换换口味。院子里，蔷薇已经谢了，木槿花却开得正盛，粉色繁复的花瓣，在风中娇滴滴颤动着。月季有红的，有黄的，也有粉的，一大朵一大朵，一大朵又一大朵，惹得蜂啊蝶啊蛾啊乱飞，是夏日的热烈和喧闹。小苏的粉裙子也花朵似的，一忽哗啦开了，一忽哗啦谢了，摇摇曳曳的。保安大高忍不住喊道，哇，女神早。小苏的脸就红了，刷了卡，逃也似的跑进楼去。

周末，大楼里很安静。小苏坐在位子上，喘息未定。开水间的阿姨休息，她先去把按钮打开了。又找了一张报纸接着，吃煎饼。一面吃，一面想心事。自十八岁从芳村出来，她在北京也快五年了。真快啊。她想起刚来的时候，在中介公司，那个客户，吴先生，白皙的，儒雅的，戴金丝眼镜，一口南方普通话，前后鼻音混淆，有一种笨拙的可爱。吴先生喜欢跟她微信聊天，发个表情啦，发个链接啦，发个有趣的图片或者段子啦。她极力敷衍着，生怕怠慢了人家。这是她的工作，客户就是她的金主，金主伺候不好，还有她什么好果子吃呢。公司有要求，销售必须二十四小时开机，以免业务流失。因此，小苏的微信聊天是全天候的。吴先生聊来聊去，只字不提买房的事儿。她也忍着不提，心里却幻想着，说不定哪一天，他忽然会要求她带着去看某套房。那吴先生看上去四十多岁吧，顶多不过五十。对于男人的年龄，她总是看不大准。吴先生好像收入不错，在这个城市，算是中产吧。原本有房子，现在想买二套。大约是因为不太迫切，就格外挑剔审慎。是在城里呢，还是在郊外？是高层呢，还是一楼带院落？是复式呢，还是平层？考虑了交通，又考虑生活便利，考虑周边环境，绿化率啦，人文气息啦，审美习惯啦。慢慢地，小苏倒是有点迷恋这种聊天了。吴先生的幽默风趣，吴先生的细腻体贴，吴先生说话的方式，修辞，语调，节奏，斯文的，雅致的，有格调的，超出了小苏的生活经验，也超出了小苏的想象能力。小苏觉

得，又新鲜，又陌生，又迷人，又恼人。她开始关注吴先生的
朋友圈。吴先生发朋友圈不多，大都是跟工作有关。参加什么
会议啦，到哪里出差啦，什么项目洽谈成功啦。小苏想发现一
些他生活中的琐屑消息，却几乎没有。她禁不住猜测，这个吴
先生，他这个年纪，应该是有家庭的吧。他的家是怎样的呢？
还有，他的妻子，他的孩子——如果一切正常的话，他也该是
做父亲的人了。他过得好不好，他幸福吗？小苏在心里怨自己
多事。一个客户，几乎算是萍水相逢的陌生人，怎么竟对人家
的私生活这样上心呢？真是痴心妄想。她想狠狠心，把他删
了，从此落个干净痛快。可是几次都下不了手。小苏正是心思
旖旎的年纪，而那吴先生，也实在是一个知情识趣的人。北京
这么大，这么冷漠，傲慢，面无表情，她舍不得这微信里的一
点隐秘的温情，还有安慰。

有一天，吴先生发了一条朋友圈，是一张图片。一束玫
瑰，一个蛋糕，两杯红酒，烛光闪烁，温馨动人。没有文字，
小苏却从中看出了很多。开放式厨房，餐厅，亚麻格子台布，
异域风味的花瓶，烛台，油画框的边缘。她看着那图片，看
着，看着，忽然间就哽咽了。从画面看，那是家居的一角，是
一个男人的日常生活的一瞥。圆满的，坚固的，光滑的，美好
的，没有任何瑕疵和缝隙。那些微信聊天，那些温暖的迷人的

碎片，不过是盛宴之余的消遣，是大戏之余的补白。她感到内心深处有什么东西，啪的一声，碎了。窗外，是寂静的北京郊外的春夜。虫子唧唧唧唧鸣叫着。草木初发，风把田野的消息送过来，有熟悉的芳村的味道。月光涌进来，大片大片的，流水一般。她哽咽着，泪水不断淌下来淌下来。哭了一通，她心里轻快多了。

她删了吴先生。

煎饼很烫，作料也给得足。她自小是爱吃葱蒜的，还有香菜，芳村叫做芫荽。芫荽有一种很特别的香气，不喜欢的人吃不惯。小苏这煎饼吃得热闹，哩哩啦啦掉了一报纸碎渣子。范范最看不上她这种吃法，范范也看不惯她吃葱蒜。一个女孩子家，怎么能这么豪放呢。就算是再想，也少不得要忍着些。女孩子，必得时刻严阵以待，说不定在什么时候，没准儿在下一个街角，就会遇上自己的真命天子呢。小苏承认她说得有理。可有时候，小苏不开心的时候，也想，凭什么呀，累不累？

差不多八点半的时候，会议室里一切就都准备就绪了。小苏干活利落是出名的。领导过来视察一遍，什么都没说。可是小苏知道，他是满意的。领导说，辛苦啊。是微笑着的。小苏忙说，领导辛苦。站起身来，微微低头，恭恭敬敬的。领导就笑了，小苏——好啊。好好干。小苏看着领导那胖胖的背影，心里头有点小得意。好好干。领导这是在鼓励她，也是夸奖吧。好好干。这种鼓励和夸奖从领导嘴里说出来，有那么一种暗示的意思。当然了，就算再好好干，她也不过是一个临时工。她心里黯淡了一下，暗暗骂自己张狂，不知好歹。

这栋大楼看起来平常，灰扑扑的，没有国贸那些写字楼堂皇，名头却不小。在北京，称得上是文化地标之类的建筑。白天看不出，到了晚上，大楼上方那个巨大的牌子，一行大字闪闪烁烁，十分醒目。她在这大楼里有好几年了，渐渐知道了大楼里的一些人和事。谁谁是上面压下来的呀，谁谁是谁谁的人啦，谁谁有背景啦，谁谁跟谁谁面和心不和啦，谁谁跟谁谁冤家对头关系微妙啦。这大楼是文化单位，知识分子扎堆的地方，格外是非多。小苏就亲耳听见过五层那个瘦瘦的女处长背后说人家坏话。是在卫生间里，小苏在里面，女处长跟另一个女同事在外面。她们声音不高，说得热烈而兴奋。好像还牵扯到了大领导。小苏听着，心里扑通扑通乱跳，出来不是，不出来也不是。她只好在里面待着，一直等到外面那两个离开，才做贼似的溜出来。洗手盆前面的大镜子里映出她的影子，慌张的，鬼祟的，不磊落的，好像做了什么亏心事。她心里暗暗恼火。等再见了那个女处长，觉得别扭得不行。人家倒依然是坦坦荡荡的样子，从容，镇定，有气度，跟部下吩咐这个布置那个。弄得小苏不由得怀疑起自己的耳朵，难不成都是自己的幻觉？

八点五十的时候，陆陆续续有人来了。电梯叮咚叮咚响着，走廊里渐渐热闹起来。小苏拿着签到簿，让来人签到，奉上一本书，再奉上一个信封，信封是牛皮纸信封，印着单位的名称、地址、邮编等项。人们笑着接过信封，看似漫不经心攥在手里，转身却迅速塞进包里。这是一个研讨会，来的都是这个领域里的专家。这些专家的名字，小苏都熟悉得很。他们都是常常来这里开这会那会的。他们的桌签，也都是小苏打印的。摆放桌签的事情，却非得领导不可。谁坐在哪里，谁跟谁挨着，谁跟谁对着，这些细节看起来平常，其实里面是大有学问的。小苏常常看见领导拿着桌签，皱着眉头，反复掂量，拿不定主意。有时候难免还要拿起电话，请示一下大领导。比方说今天，因为有几个不大熟悉的名字，领导就迟疑了好半天。这些人，小苏知道名字，人却不一定能对得上号。有个别平易近人的，会一面签到，一面说，你好你好，辛苦呀。小苏就有点受宠若惊，把信封递上去的时候，就注意地看人家一眼。总觉得眼熟，却认不出。小苏是个脸盲，不大记人。

会议室里已经坐了一些人，他们彼此寒暄着，问最近怎么样，还好吧。忙不忙，注意身体啊。又说起某个共同认识的人，英年早逝，可惜啊。感叹着人生一世，草木一秋，什么功名利禄，都是过眼烟云哇。众人一时都默然。小苏抓空过来，给他们面前的杯子一一沏茶。茶水的热气袅袅升腾，升腾，气氛也渐渐活跃起来。有人谈起了时政，慷慨激昂的。也有人悄声聊起了私事，又是拜托，又是感谢。有人说起了天气，这话题有公共性，谁都能插嘴一两句。正说得热闹，有人咳嗽一声，低声说大领导来了。一时鸦雀无声，安静下来。

会议开始了。小苏悄悄关了门出来，坐在外面的签到桌前，长长舒了口气。走廊里的灯亮着，地板在灯下泛着幽暗的洁净的光泽。大叶绿萝长得很茂盛，层层叠叠地纷披下来，小树似的挺立在墙角处。小苏看了看签到簿，有一个人没有签。是迟到了呢，还是缺席呢？她捏着手里的那个剩下的信封，想着是不是应该请示下领导，或者先放抽屉里锁起来。信封里是钱，叫作专家审读费，有时候三千，有时候五千，大概都是这个数字。刚开始的时候，小苏惊讶极了，区区半天的会，两三个小时，就拿这么多钱！她辛辛苦苦一个月下来，早出晚归的，才拿多少。可见这世上的事总有不公平。后来，见得多了，她也就习以为常了。人家是专家么。点灯熬油，得熬多少年才能熬出来一个专家呢。而自己呢，不过是高中毕业，连大学都没有读过。小苏想了想，也就慢慢把自己劝开了。

手机震动了一下，是范范的微信，问她加班是半天还是一天，中午回不回去吃饭。小苏知道她这是还没起床，在被窝里赖着。就说不一定呢，要请客吗。范范回了个白眼。范范跟一个男孩子正谈恋爱，好像是在一家4S店上班，安徽人。范范对男孩子好像不大满意，嫌他穷，可那男孩子长得帅，范范说，有点像鹿晗。鹿晗是范范的偶像。小苏却不以为然，觉得鹿晗太阴柔太俊美，少了点男子气。私心里，小苏还是喜欢孔武有力的男人，强健结实，最好带一点书卷气。就像吴先生。她心里疼了一下。怎么倒又想起那个人了呢。真是犯贱。那吴先生后来又加她，她索性把他拉黑了。眼不见心不烦。小苏看上去好脾气，其实还是很有决断的。

高中群里有人在说话，鸡一嘴鸭一嘴的，讨论一个女同学结婚随份子的事。那女同学读的师大，在县中教书，就是小苏的母校。当年在学校的时候，她们两个关系还不错。小苏看着群里气氛热烈，心里有点莫名的酸楚，还有一点说不出的失落。那女同学容貌平平，却也要做新娘了。虽说不过是在老家的县城，可他们有正式工作，有自己的房子，身边有亲人，倒也踏实安稳。不像她。说起来好听，在北京呢，在一家文化单位上班。可是，谁知道她的真实底细呢。她在这个大楼里，不过是一个临时工。她在这个城市，也不过是人们嘴里的外地人，蝼蚁一般，卑微，渺小，微不足道。北京城里人乌泱乌泱的，谁会在乎一个蝼蚁的存在呢。刚来北京的时候，她还是偷偷怀着一点雄心壮志的。她幻想着，说不定，她就能在这个城市找到一条自己的出路，就像他们芳村的凤姨一样。凤姨是早年在省城做保姆，后来嫁了个城里人，在省城生根发芽，开花结果，带出去弟弟妹妹一大串，成了芳村人嘴里的一个传奇。当初，小苏她娘本不想放她出来的。娘的意思，是想让她在邻近找个好人家。后来她娘到底依了她，是不是也受到了凤姨故事的激励呢。她从来没有跟她娘讨论过这件事。她娘识字不多，性格急躁，粗枝大叶的，好像是从来没有跟闺女说私房话的能力。群里的众人依然热度不减，那女同学被人逼迫着，威胁着，羞羞答答晒出了新郎本尊。是一个相貌平淡的男孩子，平头，国字脸，显得敦厚，壮实，略显羞涩地笑着。还有一张婚纱照，新郎单腿跪在新娘面前，吻新娘的手。新娘微微低着头，满脸娇羞无限，那张眉眼平常的脸庞竟然焕发出一种动人的光彩来。真是奇怪得很。难道这就是传说中的爱情吗？小苏看着那照片，心里头酸酸涩涩。众人都起哄，闹着要发红包发红包，那女同学就发了红包。小苏没有跟着抢红包。

会议室里传来讲话的声音，经了麦克风的渲染和修饰，有一种奇特的画外音的效果。走廊里的墙上挂着一幅幅文化名人的肖像，都是一些如雷贯耳的名字。他们有的静静地看着远方，有的静静地看着小苏。这些人在他们那个时代，也是轰轰烈烈地活过的，他们也有过自己烦恼和心事吧。而今他们却都告别了这个世界，成了历史，成了历史的一部分。他们那个时代的北京，是什么样子的呢？多年前，当他们还在这世上叱咤风云的时候，他们会想到吗，有一天，世界会发生剧烈的变化。而他们，只能是一个默默的旁观者了。小苏想着，想着，心里头渐渐平静下来。那些人的目光，好像有一种奇异的力量，悠远，深邃，洞穿一切。她心里轻轻叹一声。

她拎着水壶，去会议室里续茶。会议室里烟气腾腾，有点呛人。有一个专家正在发言，是个女的。这种会议，女的不多。小苏就格外留意一些。这女的大约总有五十岁吧，或者四十大几，头发在脑后挽成一个发髻，露出光洁饱满的额头。她是个气质出众的女人，化着淡妆，一手拿着麦克风，随着说话的节奏，一对耳环活泼地摇晃着。她声音不高，却显然把众人都吸引了。小苏一面倒水，一面听她发言。她说的很多话，她听不大懂。她引经据典，语调肯定，确凿，有一种真理在握的自信和沉着。在座的各位敛神屏息听着，频频点头不已。旁边有人悄悄提醒她，哎，哎，哎。小苏一愣，原来是水溢出来了。她慌忙拿抽取纸擦着，轻轻说对不起。大领导严厉的目光看过来，小苏吓得吐了吐舌头。

从会议室出来，小苏紧张得出了一身汗。怎么回事呢？这么不小心。她心里不由地怨那女的，又暗暗羡慕人家。在黑压压一片男人中间，那女的显得格外醒目。玫瑰红丝绸旗袍，外面搭一件黑丝小外套，大方，典雅，端庄中暗藏着妩媚。戴一副方框眼镜，很好地修饰了脸型，显得知性，斯文。她看起来气色极好，脸上有红有白，不像那些个传说中的女学者，容貌丑，脾气怪。她身上有一种淡淡的幽香，十分宜人。她就是北京人吗？或者，也是外地人来北京打拼的？她到了这个位置，一定吃了不少苦头吧。她快乐吗，她幸福吗？无论如何，在北京，她是有了自己一个位置了。小苏摇摇头，笑自己多事。乱想什么呢？人家跟你，有关系吗？真是，一毛钱关系都没有。假如说人家是树上的一只鸟的话，她小苏，不过是树下的一棵小草，无名的，卑微的，低贱的，只能风里雨里自生自灭。小苏叹了口气。窗外，汽车的壳子在阳光下闪烁，好像是一颗一颗水滴，缓缓流淌，流淌，流淌，渐渐汇成一条明亮的河流。

夏日的风吹过，女孩子们的长发和裙子飞起来。阳光照耀下的北京，有一种不真实的虚幻感。

　　会议室的门开了，是茶歇的时候。小苏赶忙把茶点推过来。人们喝茶，喝咖啡，吃水果，尝各种小点心。走廊里空气活泼起来，弥漫着香甜的味道，还有咖啡淡淡的香气。人们伸着懒腰，轻轻揉着太阳穴，揉着后腰，低声说笑，也不知道说了什么，就爆发出一阵轻松的笑声。那女的显然是个受欢迎的人物，万绿丛中一点红，应酬着，敷衍着，十分自如得体。有人趁机到大领导跟前去说话，小声地，私密地，一脸恭敬巴结，像是在请示，又像是在汇报。大领导脸上却淡淡的，什么都看不出来，只偶尔说一两句，像是点拨，又像是指示。那人越发频频点头。旁边的人们就有些焦虑，想上前去，又不好贸然打扰。只好拿出手机咔嚓咔嚓拍照。大领导发觉了，说别乱发啊。那人赶忙说明白明白，您放心。大领导趁机去卫生间，说话的人跟着不是，不跟着呢，又不甘心放弃这个机会，亦步亦趋的，一直尾随着，直到大领导进了卫生间。会议室里陡然放松下来。

　　下半场好像是快多了。会议结束，小苏引导着众人去坐电梯，叮嘱说去一楼啊，一楼餐厅，大包间。走廊里喧闹了一阵子，迅速安静下来。小苏打扫会议室，收拾餐台，清理垃圾，关空调，关灯，锁门。长长舒了一口气。

乍一从空调房里出来，好像是一下子掉进了热汤里面。还不到芒种，怎么就这么热了呢。太阳明晃晃晒着，叫人一阵阵眩晕。院子里的花花草草们仿佛也被晒蔫了，没精打采的。大高正在看手机，面前摆着一大桶方便面，塑料小叉子插在上面，抬头看见小苏，说，回家啊？小苏不回答，却说，又吃这个？大高刚要说话，小苏却早飘出了院子。大高在后头喊，这么大热天，怎么不打伞哪？

地铁里人很多，等了两趟，小苏才勉强挤上去了。她屏住呼吸，尽量让自己不倒在后头那个胖子身上。那胖子的呼吸很重，咻咻的，好像一种兽类，在她脖子后面热烘烘地烤着。她心里腻歪，又无处可躲。她僵硬地站着，明显感觉那胖子在背后蠢蠢欲动。她往前躲一寸，那兽就跟着往前紧逼一寸。灰色大短裤下面，毛烘烘的粗壮的大腿，在她的裙子上紧紧贴着。一个可怕的凸起的东西，强硬的，粗鲁的，带着强烈的侵犯性和挑衅的意味，令人又恐惧，又恶心。她奋力往前挤去，一脚踩在一个女的脚面上，那女的破口大骂。她逃也似的下了车。

地铁口附近一大堆小黄车，横七竖八，乱糟糟的。她扫开一辆，慢慢骑着往住处走。马路在车轮下延展，延展。她的影

子矮矮的，肥肥的，跟车轮缠绕在一起，一会儿长，一会儿
短。很多人从身边过去，还有很多车，从身边一掠而过。市声
喧嚣，细细的飞尘在刺眼的光线里乱飞，活物一般。立交桥庞
然大物一样矗立着。高楼上的广告牌在阳光下闪着逼人的高
光。也不知道是鸟鸣，还是耳鸣，夹杂着巨大的人声车声，叫
人觉得喘不过气来。

快到住处的时候，眼前才渐渐空旷起来。小苏把车停在胡
同口，慢慢往里走。她敲了敲门，没有人应。范范早该起来了
吧。说不定，是又出去约会了。她掏出钥匙，打开门。这房子
是阴面，屋子里光线暗淡。她打开灯，换鞋，听见范范房间里
传来奇怪的声响。她还来不及细想，门却开了，一个男孩子赤
身出来，浑身汗淋淋的。见了她，一下子愣住了。小苏夺门逃
出来。

夏日的田野一片寂静。风悠悠吹过，有植物的湿润的气
息，带着好闻的青涩的味道。菜地里种着茄子、豇豆角、西红
柿、芫荽、莴苣、茴香、瓠子……田埂边长着茂盛的野蒿子，
散发出浓郁的苦味。马生菜一大蓬一大蓬，连成一片。一只蚂
蚱忽一下飞起来，吓人一跳。快芒种了。芳村的麦子也该熟了
吧。芒种到，见麦茬。节气就是厉害，管着农时呢。庄稼人，

误了什么，都不敢误了农时。小苏蹲下来，揪了一棵草，那草茎断处，有乳白的汁液流出来。她想起来了，这种草，她们小时候玩过家家，是当做奶来喂孩子的。她一直不知道这种有着雪白乳汁的草，叫什么名字。这一晃，多少年了。

田野里的麦子都黄熟了，金子一样，一大块一大块，在阳光下闪耀着迷人的光芒。小苏在麦田里跑着，叫着，麦芒扎着她的小腿，痒酥酥的。她娘在麦田那边叫她，笑着，风把她的头发吹乱了。小苏跑着，跑着，忽然被什么绊倒了。这才悠悠醒转过来。

午后的田野，安静极了。她茫然看着周围，这才知道刚才是在梦里。早上起得早，她也是太累了。

手机忽然响了，在寂静的午后显得突兀。蝉也凑热闹似的，知了知了知了知了，大叫起来。

篡 改

老三发微信来，问我，怎么样啊最近。照例是个句号。她永远都不用问号。要么是逗号，要么是句号。仿佛在她看来，任何时候，不是停顿，就是结束。她缺乏对这个世界提出疑问的兴趣，或者说是热情。

我回复说，瞎忙。你呢？老三没有回复。

我确实是在瞎忙。岁末年初，各种会议，各种总结，各种破事儿，忙得焦头烂额一塌糊涂。而偏偏疫情又出现新情况，气氛一夜之间变得紧张起来。因为疫情，很多活动都取消了，或者改为线上。至于饭局，更是变得少之又少。若不是过命的交情，谁会冒着风险穿过大半个北京城去吃一顿可有可无的饭呢。办公室里很热，尽管我早已经把暖气关掉。北方冬日的阳光照进来，金沙一般铺满大半个房间。绿萝枝叶招展，从书柜上迤逦纷披下来，落在那一摞凌乱堆放的报刊上。窗外寒风呼啸,拖着长长的尖利的哨音,仿佛来自另一个世界。这几天,寒流来袭,最低气温跌破零下二十一度。据天气预报说,这是半个世纪以来北京最寒冷的冬天。

还那样吧。老三说。正是上午十一点钟,阳光热烈地洒在背上,越过肩头,在电脑屏幕上形成跳跃的光斑,看久了,令人有一种轻微的眩晕。屏幕上映出我的脸,窗子,窗外的楼房,垂落的窗帘的一角,墙上的半幅字,凤尾竹的影子。斑驳错杂,闪烁不定。我看着微信电脑版上我跟老三的对话框。她的头像是一只小羊,纯洁柔弱,眼睛湿漉漉闪动着波光。老三属羊。隔着屏幕,我都能感觉出这只羊情绪不对。

老三跟我大学一个宿舍四年,论年龄,她排老三。据说,她在家里也是排行三。我们都跟着她家里人,叫她老三。毕业这么多年,很多人走着走着就走散了。人到中年,回头一看,身边也就剩下个老三。老实说,我跟老三性格差异挺大,甚至有时候,彼此都看不惯对方。我也一直纳闷,我跟老三竟然能一直走下来,而且,一走就是这么多年。

这么多年了,我们,我是说,我跟老三,我们其实共同经历过很多艰难时刻。走错路,爱错人,入了戏又被猝然赶下台。咬牙忍受生活的欺侮。被命运的大手摁在地下,反复揉搓。很可能,我们就是在那些共同面对的艰难时刻,在人生路上的至暗时分，在北京这个大得叫人无所适从的帝都，在别人的城市，在陌生的他乡，默默握住彼此冰凉的惊惶的手，越握越紧，再也不肯松开。那时候，几乎每周，我们都会见面，吃饭，聊天。有时候在我租住的一居室；有时候在我单位楼下的小馆子；也有一些时候，在我办公室——当然，在后来我有了独立办公室之后。我也是很久之后才发现，几乎每次都是她来找我。对于这个发现，我倒没有多么惊讶。老三总是忽然打来电话，燕子你在吗，我刚谈完客户，这就过去。燕子我马上就到你楼下了，五分钟。燕子你吃饭没，我们去喝羊杂汤。这么说吧，老三是一个精力充沛的人。她永远都是那么生机勃勃，明亮灿烂。化着妆，把高跟鞋踩得咯噔咯噔响。说话声音很大，爱笑，笑的时候，露出至少八颗牙齿。长发浓密，大眼阔嘴，是那种长得很有现代感的女子。相比之下，我这个人就有点闷，腼腆，怕羞。在人前，尤其是不大熟悉的人群里，显得笨手笨脚。我承认，私心里，我有点嫉妒老三的大方洒脱。

见个面呗？我说。算起来，我们已经有大半年没见面了。当然，因为疫情，人们的接触和见面都减少了。庚子年，疫情改变了世界，也改变了我们的生活。然而，好像也不完全是疫情的原因。我不是照常在疫情平稳的时候飞来飞去，到处出差吗。我不肯承认，疫情，不过是我们不见面的一个借口罢了。

今天，有时间吗。照例是句号。我心里一惊。这么急，不会有什么事吧。这一段时间，我们之间的联系实在是太少了。

风很大。气象台已经发布蓝色寒潮预警，据说，这股寒潮将影响全国大部分地区。从气象地图上看，大片大片的深蓝色，覆盖了中国的北方和南方，村庄和城市，山脉与河流，森林与谷地。庚子年，世界仿佛失去了它原有的秩序，一切都乱了套。大街上，人们穿着厚厚的羽绒服，戴着帽子和口罩，捂得严严实实，看不清彼此的脸。车窗外，楼房、街道、店铺、行道树，匆匆一掠而过，向后倒伏。城市在大风中摇摇晃晃。冬日的阳光下，摇摇晃晃的人间，如同一个沉浸很深的梦魇，千呼万唤，不肯醒来。车内的暖气扑在冷的窗玻璃上，起了一层毛茸茸的白雾。窗外的世界变得模糊，模糊而缥缈。

老三坐在咖啡馆靠窗的一个卡座上。看样子，可能早就到了。她戴着口罩，不是那种常见的蓝色医用外科口罩，是黑色的，黑色口罩如同黑色的面具，令她看上去有点神秘莫测。长长的浅栗色头发披落在肩头，有一种漫不经心的风尘的味道。当然，也可以说是慵懒的迷人的气息。她冲着我点点头，指了指对面的座位。因为口罩的掩饰，我看不清她的表情。我坐下来，发现她已经为我点了一杯卡布奇诺，还有一份黑森林蛋糕。卡布奇诺上的咖啡拉花是叶子的形状，白色的图案在咖啡色的背景上完整而美丽。这家咖啡馆不大，却有一种特别的格调，粗砺的工业风中，夹杂着恰到好处的文艺气质。客人不多，只有寥寥几位，零落地散坐着。室内流淌着咖啡豆略带苦涩的香气，还有甜丝丝的好闻的奶油味道。我脱下羽绒服，连同围巾一起放在空出的座位上。我把被大风吹乱的头发整理好，犹豫着是不是要把口罩摘下来。咖啡馆里没有人戴口罩，除了柜台后面那个穿咖色和白色条纹围裙的胖姑娘。老三说，怎么样——还好吧。我没有回答她这种大而无当的问候，默默把口罩摘下来。她看着我，脸上是一种受惊的表情，好像是我突然出现的脸庞令她感觉到陌生的压力。她迟疑了一下，也默默把口罩摘下来。我们看着对方，有那么一会儿，谁都不说话。她瘦了。一张略显方形的脸，棱角更见分明了。可能是因为没有化妆，她显得憔悴，眼睛下面有两块隐隐的青，倒添了一种楚楚可怜的好看。往常，她是太明亮鲜艳了。你瘦了。我说。老三笑了一下，算是对我的回答。她变得沉默了，笑容里多了温柔和静谧，然而，莫名其妙的，她的沉默中有一种锐利的东西，叫我坐立不安。我东拉西扯说起家常，疫情啦，单位的人事变化啦，老家的烦心事啦，周医生啦。老三默默听着。她把那杯蜂蜜柚子茶端在手上，并不喝，仿佛她只是欣赏那只水晶玻璃杯上面细腻美丽的花纹。她的手白皙纤细，指甲清洁朴素，没有涂着她最爱的那种鲜艳的玫瑰红甲油。

我怀孕了。她忽然说，眼睛依然看着那只玻璃杯。杯子里的柚子茶呈琥珀色，丝丝缕缕的柚子果肉，散发出清新甘甜的气息。我一下子闭了嘴。我知道，今年是庚子年，什么事情都可能发生。这一年里，我们经受了太多的打击，或者说惊吓，面对意料之外的事情，我们正在慢慢学习如何从容应对。

谁的？话一出口，我就知道这个问题多么愚蠢，还能有谁的。老三的微笑还在嘴角停留着，仿佛是嘲讽，又仿佛是叹息。她的反问句不带有任何疑问的语气，就像她惯用的句号或者逗号。我一时说不出话。耳边忽然有音乐响起来。或许，咖啡馆里一直在循环放着音乐，我们沉浸于久别再见的情绪里，竟然没有注意到它的存在。《C小调第五交响曲》，命运之神在敲门。是啊，命运之神就在门外，我该安慰她呢，还是该祝福她？

你是不是觉得，我这个人挺没劲的？老三说，你肯定看不起我吧？老三依然微笑着，她看着我，一直看到我的眼睛里去。我避开她的眼睛，对她这种近乎自卫式的，带有先发制人意味的提问有点恼火。她总是这样。怎么说呢，老三这个人，有时候理性，有时候感性。理性的时候头脑比谁都清醒，思维像刀片一样锋利。感性的时候呢，糊里糊涂昏头昏脑，简直就是一个十足的傻瓜。

这是你的决定，还是你们俩的？我斟酌着我的措辞。这重要吗。老三依然微笑着。我说，是的，你们闹了那么久，我是说，小只他都那么对你——老三打断我说，我知道你会这么说——都五个多月了，我要把这个孩子生下来。

黄昏时分，正是下班高峰。城市却没有往常那么拥挤和喧嚣。疫情把人们更多地留在家里，留在钢筋水泥建造的大大小小的壳子里。城市按下了暂停键。公交车很少。汽车像孤独的钢铁小兽，在大街上偶尔闪过，惊惶逃逸。风依然很大。天气预报说，北风五到六级，阵风可达七级，提醒公众小心高空坠落物。大风裹挟着寒冷凛冽的空气，把这个偌大的城市吹彻。点点灯光从楼房和店铺的缝隙里流溢出来，浮在灰白的冷凝的天地之间。我麻木地开着车，感觉有水滴落在脸颊上，一滴，又一滴，又一滴。抬手擦一把，才发现是泪水。车里正放着一首老歌。是的，老歌。人到中年，渐渐开始喜欢回忆了。那些老歌，故人，往事，旧时光，变得越来越叫人留恋。走着走着，仿佛方才还在蹒跚学步，忽然发现竟然就走到了人生的中途。前路依稀，充满了不确定性。而来路，却在时间的迷雾中越发清晰。然而，我为什么会这么难过呢？

老三的微信发过来的时候，我刚煮好面。我好像是忘了说了，我一个人在家，周医生在医院加班，疫情期间，周医生的工作超负荷运转，我都记不清他有多久不回家了。吃了吗。老三说。面汤在锅里沸腾，咕嘟咕嘟翻滚着淡黄色的旋涡。对不起——老三说。我拿筷子挑面，白色的水蒸气升腾起来，我的镜片瞬间变得模糊。我把头扭向一边。厨房连着一个小阳台，放着洗碗机，烤箱，小冰柜，专门用来存放茶叶，周医生是南方人，喝茶讲究。落地窗外，是夜幕下的北京城。寒潮漫卷，大风呼啸。北方的寒夜，叫人越加依恋家的温暖和安宁。灯光下，我坐在桌前，埋头吃面。老三的微信叮叮咚咚，弄得我心里乱七八糟纠结一团。嗯。没错。这是老三的选择。不是吗？谁也没有对旁人的生活指手画脚的权利。即便是最好的朋友，即便是亲人。然而，我为什么这么难过呢？

面不错。我的鸡汤面看起来平常，味道却着实不错。出锅的时候，撒上一把芫荽碎，我喜欢芫荽特殊的香气。对于我的厨艺，以及我对厨房表现出的热情，老三很是不以为然。老三的一句口头禅就是，你们这些女人哪——恨铁不成钢的意思。老三不喜欢做饭，不喜欢擦地，不喜欢家务劳动婆婆妈妈的琐碎和麻烦。老三这个人，直爽痛快，有那么一点大剌剌的男子气。她顶看不上我这种叽叽歪歪的女的，觉得烦，矫情，没劲。老三对自己的一个判断就是，她不适合家庭生活。像我这种人，就不应该结婚。老三说这话的时候，笑声朗朗。小只正在厨房里忙碌，油锅爆炒的沙沙声湮没了老三的笑声。阳台上，小只的茉莉开花了，小只养的画眉在金丝笼子里欢叫。其时，他们已经结婚好几年了。

　　我记得有一回，好像是我正在一个饭局上，老三忽然打电话来，问我在哪里。我听出她的声音有点异常，就跑到大厅里来。老三说，燕子，小只找不到了。我一时没有反应过来，谁？谁找不到了？老三说，小只，我联系不上他了。她抽泣起来。哦，小只。老三的丈夫，他找不到了。这件事听上去有点荒诞。大厅里人来人往，包间里传出人们欢乐的笑声。有人好像在叫我，燕子？燕子？我希望老三的电话尽快结束，这个饭局是总部组织的，作为上司的心腹大将，部门的灵魂人物，我应该在场。你得承认，有很多时候，在场很重要。老三还在电话里哭诉，断断续续地，时而激昂，时而虚弱，夹杂着诸如混蛋、不要脸、狗东西之类的咒骂。我渐渐听明白了。小只不见了。微信不回，电话不接。小只关机了。这个模范丈夫，老三的忠实臣子、忠心仆人，他忽然神秘失踪了。你说，他不会出事吧，都三天了。三天，两个晚上。老三的声音嘶哑，鼻音很重。不会。我断然说。你好好睡一觉，什么都别想。该回来的时候他会回来。巨大的吊灯从穹顶垂下，灯光璀璨，把大厅照耀得瑰丽而辉煌。我急于结束电话。其实我是想说，该来的，总会来的。我为自己的冷静感到惊讶，既惊讶，又惭愧。同事的电话打来说，上司找我。我赶紧挂断电话。

后来，我常常想，假如我那次耐心听她讲一讲，或者是，直接过去找她，像往常那样，事情是否会发生一些变化。那天晚上，我喝醉了。那样的场合，醉酒是必然的。我的女上司对我有知遇之恩，她赏识我。在我身上，她看见了年轻时代的自己。这是她那天喝酒的时候说的。北京就是战场啊，棋逢对手，将遇良才。我喜欢。红酒混合着香水的味道，在深夜时分令人莫名的感伤，也令人莫名的血脉偾张，仿佛世界就在手中，仿佛所有的路，世间所有的路，都能一眼看到尽头。一切都在股掌之间。什么都不在话下。我的女上司，她杀伐决断，她点石成金。我必须承认，她是我命里的贵人。在人生的战场上，谁不渴望有贵人相助呢？更何况，像我这样乡下出身的平民子弟，赤手空拳来京城打拼，表面上看似花团锦簇，内心里，甘苦自知罢了。至于老三和小只，从青梅竹马到少年夫妻，左不过小儿女之间的吵嘴赌气，能有什么大事呢？

老三再次打来电话的时候，小只已经搬出去住了。至于为什么搬出去，老三语焉不详。一会儿说是他非要搬出去，拦都拦不住。一会儿说是她把他轰出去了，把行李箱装好，逼着他滚蛋。这种自相矛盾的说辞，令我困惑不解。我有一种不祥的预感，或者叫做直觉，模范丈夫新好男人小只，也许我们并不了解他，包括跟他青梅竹马的老三。青梅竹马能说明什么呢？青梅和竹马，两小无猜疑，只能是懵懂的童年时代似是而非的情感的尖芽。而时间会改变一个人。对于我们，生活有着强大的篡改能力，谁都无法逃避。老三在电话里听起来情绪混乱。她反复说，燕子燕子燕子，他走了，他抬屁股就走了，就这么走了。这么多年——我们两个这么多年。老实说，我对小只满怀愤怒。但同时，我对老三也有点看不起。至于吗，不就是个小只吗？她不是早就对小只心怀不满了吗？小只不会挣钱。小只不思进取。小只婆婆妈妈。小只段位太 low。一句话，小只配不上她。如今，小只离她而去，这不是命运赐予她的安慰和补偿吗？

　　餐厅里残留着煮面的香气。半碗面剩在那里，孤零零地渐渐冷却，仿佛一场戏，主角中途忽然退场。老三的微信里都是解释，语音留言，断断续续，前言不搭后语。说，对不起，她不是故意的。她原本不想那么怼我的。她也不知道为什么，情绪那么激动。她说，燕子，我知道你是为我好。这个世界上，除了我爸妈，也就是你对我最好了。她说，燕子，这个孩子，可能是上帝赐予我的礼物。无论如何，我要把他生下来。

微信语音自动播放着。手机屏幕上那个小红点一闪一闪，好像是一个人焦虑不安的眼睛。上帝的礼物。老三她为什么呢？小只玩失踪。小只搬出去。小只出轨——据说，只是精神出轨——谁他妈信呢？也许只有老三这种傻女人才会这样自我安慰吧。并且，小只动手打她。有一回，单位正在开会，一个重要的会议。对了，我忘记说了，我提职了，算是破格重用。那天正是我走马上任的第一天。助理匆匆过来，附耳说有人找我。我说，先请他到会客室。会议结束后，我看见微信上老三的留言，还有她的未接来电。助理只是说有人找我。我并不知道是老三来找我。然而，就算我知道是老三，我会扔下一屋子人，包括我的上司，跑出来见她吗。我带她到我的办公室，替她冲咖啡。咖啡机发出嗡嗡的声响，咖啡的香气渐渐在房间里弥漫。老三脸色苍白，一头长发乱纷纷披下来，像一个梦游的女巫。他打我。老三说，他居然打我。我心头突地一跳，一时间有点恍惚。方才慷慨激昂的就职演说还在耳边回响，一身的热血还没来得及凉下来。我要跟他离婚。老三面无表情，眼睛失神地看着我办公室墙上那幅字。那幅字上写着，似僧有发似俗脱尘，作梦中梦省身外身。是黄庭坚的诗句。咖啡机发出嗡嗡的响声，浓郁的咖啡香气渐渐在房间里弥漫。我眼前浮现出小只的样子。私心里，我一直对这个男人有一种莫名的敌意。每一回见面，我都能够从他身上找出一些毛病来。话太多，抠门，琐碎，教养缺乏，自以为是——一种因为眼界局限而产生的莫名其妙的自以为是。我甚至觉得，这么一个平庸的男人，他根本配不上老三。老三的哭声很低。这几年，她仿佛把一生的眼泪都流尽了。我眼见着他们从恩爱到疏离，再到反目，内心里真是百感交集。混蛋！我被自己的声音吓了一跳。有人在敲办公室的门，是小心翼翼的试探。很可能，我的属下们不知道他们的新上司为什么忽然大发脾气。离！我支持你离！这样的渣男，让他滚得越远越好。这叫及时止损你知道吗？我感到热血涌上我的头和脸，眼眶发热，太阳穴鼓胀。家暴和出轨，只有零次和无数次的区别。有第一次，就有第二次。也不算家暴吧，老三的声音有点虚弱，就是他猛推了我一把，撞在墙上。我头晕躺地上半天没起来。我恨道，那还不算？非要出了人命才算？老三叹口气说，还有出轨——其实，我也没有抓到他们。都说抓人见赃，抓——再说他也一直没承认。老三她，是不是被那个混蛋男的气疯了？

告诉你一个秘诀。每当心力交瘁情绪败坏的时候，我会洗个热水澡。这么说吧，热水澡能让我放松。这是真的。在这人世间匆忙赶路，灰尘满面满身，伤痕满怀，只有在清水中才能洗涤和治愈。洁白的泡沫在浴缸边慢慢堆积，雪山一般巍巍压倒在我身上。温热的水包围着我，缓缓浸润我疲惫焦虑的身心。浴室的灯光温馨明亮，被白色的水蒸气漫漶成一团橘黄色的雾状的光影。沐浴液的清香弥漫，混杂着薰衣草精油淡淡的香气，沁人心脾。我闭上眼睛。没错。或许老三是对的。对于她，对于她和小只，我可能是有一点居高临下了。这么多年来，我们的生活发生了很大变化。也许，我们都已经不再是原来的我们了。老三说得对。我现在是所谓的成功人士，事业有成，家庭和美。可是——老三说，你以为你真的是别人眼里的人生赢家吗？你以为你真的像你看起来那么快乐那么幸福吗？你的那些个破事儿，你瞒得了别人，瞒得了我吗？老三的质问是连贯而有力的，虽然，她照例不喜欢在问句里使用问号。嗯，好极了。最好的朋友，最清楚对方的阿喀琉斯之踵。你最好的朋友怀揣着最锋利的武器，指向你，关键时刻，能够一剑封喉。这么长时间了，你知道我为什么不告诉你吗，我是说怀孕的事。我就知道，我一告诉你，你肯定会叫我去做掉。你站在道德制高点上，冲着我，冲着我的婚姻指手画脚。你职场情场春风得意。你哪一点都比我强？在你面前，我感到压迫你知道吗？压迫。面对你的压迫，我几乎喘不过气来。燕子，你太自以为是了。你有什么资格做我的人生导师你以为你是谁？老三一口气说完这些，有点气喘。因为激动，她苍白的脸颊染上淡淡的红晕。鼻翼两边的蝴蝶斑已经很明显了，腰身笨重，令她看上去有一种母性的沉着和雍容。这么多年，我早就受够了。你每一步都走得比我好，每一步都踩在点儿上。凭什么呢。凭什么你就该拥有开挂的人生，我就只能惨败收场，凭什么？老三的声音低沉下来。那个戴着咖色和白色条纹围裙的胖姑娘神情漠然地站在吧台后面，咖啡机发出有节奏的声响。老三说，小只他是混蛋，可他是我的选择，还有这个孩子——她低头看了一眼她的肚子。五个多月，早已经出怀了。这个世界，这个乱糟糟的世界上，我还能相信什么呢。你说。她抬头看着我。但我知道，她并不期待我能给出答案。音乐在咖啡馆小小的空间里缓缓流动。命运在敲门。谁也不知道，开门的刹那，我们迎来的将会是什么。

　　周医生的微信发过来，问我在做什么。他还在加班。局部疫情紧张，情况复杂严峻，他还要值班。我回复说，注意防护。平安。他并没有追问我在做什么。我做什么，有那么重要吗。周医生是个事业狂。我爱他这一点，也恨他这一点。周医生是赫赫有名的外科专家，业内大牛，新近刚升任主管业务的副院长。老三所说的人生赢家，肯定也包括周医生在内吧。房子、车子、银子、儿子、位子，庸俗的说法是，五子登科。是啊，老三说得对。我凭什么呢？

浴室里水汽缭绕，叫人胸口发闷。我匆忙擦干自己，逃也似的出来。客厅里灯光明亮，地热透过实木地板，源源不断地散发着绵绵暖意。厚厚的窗帘低垂，把城市的寒夜婉拒在外面。我在卧室的梳妆台前坐下，看着镜子里面那个女人。洁白的浴袍裹着的中年的不甘衰败的身体。被化妆品和营养物细心滋养的好肤色。谦逊温和的微笑下藏匿的洋洋自得。她是谁？在这万籁俱寂的深夜，竟然变得如此陌生，惊人的陌生。你变了。老三的话在我耳边回响。燕子你变得我都快不认识你了。镜子里那个女人沉默不语。这个时代，一切都变得太快。友情、爱情，甚至亲情。我不过是努力抓住一些不变的东西。我有错吗？老三的声音幽幽的，像是自言自语。一对男女在角落里坐着，并不是面对面，而是坐在同一侧。他们相互依偎着，看上去正是你侬我侬的热恋时分。你知道吗燕子，我现在最不能看这些爱得要死要活的人们。谁没年轻过，谁没有过好日子。老三的脸上闪过刹那的光辉，只是一闪，就消逝了。窗外，是东四北大街。一个老妇人穿着鼓鼓囊囊的羽绒服，戴着口罩，在街上蹒跚走过，风吹起她的头发，灰白的头发显得凌乱，远远看去，有一种凄清的温情，是的，凄清，凄清而沧桑。店铺上挂着标语，防护疫情，人人有责。这一阵，实体店受到很大冲击，很多店铺都关门了。说实话，我倒挺感激这疫情的。不是疫情，他也不会回来。那种嘲讽的微笑又慢慢浮上来，停在她的嘴角。庚子年，世界动荡不安。是不是，人们只有在外部世界动荡不安的时候，才肯转身回到此前一直渴望逃离的情感的牢笼。我看着老三的脸，平静，温和，眼角的细纹明显了，却添了一种饱经时光捶打之后的成熟和沉着。就连早先那棱角分明的略方的下颌，也变得线条舒缓，有了柔和的弧度。《C 小调第五交响曲》在咖啡馆里回旋，回旋，回旋。命运在敲门。

我坐在镜前，仔细涂抹着身体乳。淡淡的洋甘菊的香气在室内弥漫，清新怡人。这么多年了，我仔细呵护着这具臭皮囊，为它的每一道皱褶每一颗斑点惊惶焦虑，然而，我何尝有闲暇关照一下自己风雨飘摇的内心，还有我饱尝忧患的孤独的灵魂呢？我承认，我有时候是有那么一点要命的矫情。老三肯定会嘲笑我吧。当然，很可能，她会像我们大学时代那样，狠狠地抱我一下，说，燕子你真烦！那时候，我们还年轻。那时候，我们还没有领教生活的厉害。

夜深了，城市慢慢坠入寒夜的深渊。忽然间，我看见老三迎面走来，依然是长发飞扬，明亮灿烂。我惊喜地迎上去，叫她。她却看不见我，自顾朝前走去。我急得满头大汗，过去追她，却怎么也迈不开脚步。天地之间，白茫茫一片。大雪漫天飞舞，雪地上留下一串脚印，迤逦而去，转瞬间又被新落的雪花覆盖。我大哭起来。

醒来发现脸上都是泪水，梦里的事跟真的一样，历历如在眼前。这么多年了，被生活的鞭子抽打着，日夜赶路，晨昏颠倒，仔细想来，我竟然多年无梦了。

暗影重重，寒霜满天。应该是子夜时分了吧，黎明还在来的路上。

当然，无论如何，她——我是说黎明——她迟早会来。

地铁上

一大早，梧桐出门赶地铁上班。他们家离地铁挺近，以梧桐的速度，大概不过走上七八分钟吧。在北京，交通便利顶重要，当初她买房子的时候，就是看中了这一点。

这个季节，马路两边的槐树都开花了，槐花的香气很特别，有一种微微的甜腥，丝丝缕缕，直往人的肺腑里钻。那家老魏羊汤门口，早点摊子早已经摆出来了。油条豆浆，烧饼羊汤，包子小米粥。老板娘有三十多岁吧，胖胖的，戴着白帽子，穿着白围裙，人长得干干净净，叫人觉得放心。梧桐买了油条豆浆，装在袋子里拎着，往地铁站赶。今天有点晚了，她可不想看头儿的脸色。

地铁口附近，停着一大片共享单车，挤挤挨挨的，几乎把味多美的门口给堵住了。有的单车倒在地下，跟多米诺骨牌似的倒了一片，朝着一个方向，好像是被一阵风吹倒的。人们来来往往匆匆走过，看都不看它们一眼。

地铁里人很多。据说五号线是北京最拥挤的线路，它贯穿城市南北，最北边是号称亚洲最大社区的天通苑，已经属于昌平了。这一站在北五环边上，客流量巨大，尤其是早晚高峰时段。刚才的那趟车没有挤上去，梧桐只好等下一趟。又等了一趟，还是没有挤上去。

这一段地铁在地面以上，从天通苑，一直到惠新西街北口，再往南，就钻入地下，成了真正的地铁。巨大的弧形顶棚覆盖在头顶，太阳透过穹顶照下来，把偌大的站台烤得闷热潮湿，叫人窒息。这种露天站台不像地下的，有空调制冷，凉爽舒适。不断有乘客的脑袋从自动扶梯口升上来，升上来，潮水似的，一个浪头接着一个浪头。车厢口的队伍越排越长，歪歪扭扭，有的还拐了弯，看上去乱哄哄一片。对面的列车轰隆隆开过来，停靠，门开启，一批人上去，一批人下来。站台内回荡着乘务员高亢的声音：请自觉排队，先下后上——一遍又一遍，机械而娴熟。梧桐感觉汗水顺着脊背流下来，雪纺衬衣被濡湿了，贴在身上，痒索索的，难受。她疑心自己的妆也花了，借着手机屏幕照一照。还好。

直到第四趟车过来，梧桐才被强大的人流推动着，稀里糊涂地挤上去。车厢里人挨人，她个头小，被两个高个子夹在中间，动弹不得。她把包紧紧抱在胸前，感觉站立不稳，后悔怎么就穿了高跟鞋，找罪受。后头是一个健壮的中年女人，印花连衣裙上开满了蓝色粉色的花朵，浑身上下散发着浓烈的香水味，混合着车厢里的汗味、脂粉味、大葱味、花露水味，叫人头疼。前头是一个男人，牛仔裤白衬衣，背对着人群，看上去像一个大学生。梧桐试图把身子转过去，往旁边挪一挪，却听见那印花裙子哎呀一声尖叫起来。梧桐刚要说对不起，却发现那裙子旁边的一个棒球帽说，不好意思不好意思不好意思。一连好几个不好意思，那印花裙子瞪了棒球帽一眼，没有说话，自顾打开手机，埋头刷起来。经过一阵骚乱，人们慢慢找到属于自己的位置。车厢里很安静，也很凉爽。空调制冷的声音嗡嗡响着，听起来一点都不叫人烦躁，倒有几分悦耳动听。窗外，夏日的绿荫大片大片闪过，夹杂着锦绣一般盛开的鲜花。六月阳光下的北京城，显得明亮耀眼，散发着勃勃生机。

梧桐喜欢这段地上地铁。老实说，她喜欢火车，喜欢窗外短暂的一掠而过的世界，世界的片段，像断章，又像是漫不经心的咏叹。坐在火车上，可以看风景，也可以发呆，什么都可以想，什么都可以不想。铁轨向远方不断延展，直到消失在地平线神秘的遥远的阴影中。过往的生活被毫不留情地抛弃，而无限的可能正隐藏在无尽的远方。她喜欢这种在路上的感觉，一种，怎么说，一种不确定的确定，已知中隐藏着未知。梧桐心里笑了一下。她是在笑自己，都三十多岁的人了，居然还有这么多乱七八糟的想法。

忽然有人叫她的名字，竟然是白衬衣。白衬衣说，怎么，不认识我了？梧桐惊叫一声，张强！张强笑得眼睛亮亮的，可能是因为兴奋，脸颊通红。旁边那印花裙子不耐烦地看了他们一眼，嫌他们声音大。梧桐抿着嘴儿笑，压低声音，你也住这边？怎么咱们以前没碰上过啊？张强说，是啊，我还纳闷呢。张强说，刚毕业的时候我在方庄那边住，搬过来好几年了。梧桐说，是不是？张强说，自从那次吃饭以后，就再没聚过了。梧桐说，都十年了吧？张强说，差不多。

窗外，夏天的北京绿烟弥漫，好像是哪个莽撞的画家，不小心打翻了他的绿油彩，深深浅浅大大小小的色块恣意流淌着渲染着，把这个钢筋水泥的城市弄得蓬勃而柔软，湿润而富有诗的情味。张强看上去变化挺大，人胖了些，脸上上学时代的棱角都不见了，变得圆润，中年人的圆润。下巴刮得青青的，一直蔓延到铁青的两颊，叫人惊讶怎么会那么一大片。眼镜不见了，不知道是不是戴了隐形。看起来，他的状态还算不错，干净的衣着，随意却得体。头发依然乌黑发亮，夹杂着少许的银丝，倒平添了一种成熟的稳重的气质。张强说，老啦。

梧桐说，你没怎么变。张强说，你倒是没变化，刚才我一眼就认出来了。梧桐说，真快啊，一晃十年了都。张强说，一眨眼的事儿。梧桐说，我还记得上回吃饭，大家都喝高了。你酒量挺不错。张强说，你也喝多了，哭了好大一场。梧桐说，我怎么不记得了。脸上有些发烧。张强说，你忘了？那一回，你一个人喝了一打啤酒，把我们都给震了。大勋不让你喝，你非要喝，谁都拦不住。大勋。梧桐心里跳了一下。张强说，后来，大勋说，干脆他陪你一起喝，你一瓶他一瓶，那阵势！大勋。梧桐心想，这名字怎么觉得这么陌生呢。张强说，结果，你们俩都喝高了，互相对着脸儿哭。张强说，哭得那个痛哇。把服务生都招来了，以为出了什么事儿。张强说，你不记得了？梧桐却忽然指着窗外，你看，喜鹊！一只喜鹊好像是受了什么惊吓，扑棱棱飞起来。窗外的林木渐渐变得茂盛幽深，好像是一个什么庄园。园子挺大，一眼看去，只见草木葳蕤，遮天蔽日，叫人心里顿生凉意。

又一个站台到了。车厢里小小地骚乱了一阵子，有人下车，有人上车，更多的人依然留在车上。车门关闭，继续行驶。车厢里又渐渐安静下来。梧桐往边上挪了挪，正好跟张强并肩站着，脸朝着窗外。光线明暗交错，混杂着乱七八糟的阴影和光斑，在张强脸上变幻不定。窗玻璃上映出他们的影子，一时清晰，一时模糊。头顶的通风口呼呼呼呼吹出一股股气流，把梧桐的头发弄得有点凌乱。张强说，那什么，你还在学校？梧桐说，对，教书。你呢？张强说，我啊，我这故事就长了。A long story。梧桐说，是不是？张强说，我都换了好几个地儿了。惊讶吧？梧桐说，有点儿。张强说，当初能留校，多少人羡慕啊。本来都打算好了，边工作，边读研，再读博。这年头儿，在高校，博士是必要条件。梧桐说，要想搞业务，肯定是。张强说，后来，研也考了，可我还是换了工作。梧桐说，不懂。张强说，我考了公务员。当时倒也没抱着多大希望，没想到，居然考上了。梧桐说，厉害啊。张强说，公务员，你知道的，按部就班，在一个庞大的机器里，做一只螺丝钉，转啊转，转一辈子。梧桐说，稳定啊。张强说，我痛恨这种稳定。梧桐说，所以呢？张强说，我辞了职，到一家国企，干宣传。梧桐说，国企？张强说，待遇不错，国企嘛。就是那几年，我买了房子，按揭。梧桐说，不错嘛。张强说，天天写材料，那一套话语体系，刚开始挺新鲜，后来，哎，没劲。梧桐说，不会吧，难道你又？张强说，最近，我忽然对艺术有了兴趣。具体一点，就是画画。张强说，你知道，当年读大学的时候，我参加过他们的艺术社团。梧桐说，一点儿印象都没有了。张强笑笑，好像是原谅了她的健忘。你知道吗，画画是需要天分的。不只是画画，一切艺术，天分是最关键的。有的人就是天分好，悟性高，老天爷赏饭吃，你怎么办？没办法。梧桐说，那么，你现在是，画家？张强说，准确地说，曾经是。

惠新西街北口到了。车门打开，一批人下去，另外一批人上来。因为是换乘车站，车厢里秩序有点混乱。车厢门口有志愿者在维持秩序，耐心引导乘客，这边走，那边走。有个盲人，戴着墨镜，拄着一根拐杖，哒哒哒哒上车。志愿者小声提醒他注意脚下，想要搀扶，却被盲人客气而坚决地拒绝了。车厢里人们霎时间安静下来。有个女孩子站起来让座，那盲人却不肯，点头说谢谢。那女孩子一时间有点尴尬。又有人站起来，引导着他，在供人停靠的地方站住。那盲人立定，戴着墨镜的脸入神地地对着窗外。梧桐看着他那神秘的墨镜，心想这上班高峰，乘地铁够危险的。张强忽然小声说，说不定这个人根本就不是什么盲人。梧桐啊了一声。张强的声音更低了，他看得见。梧桐说，你怎么知道？张强说，我只是说出了我的猜测，生活的一种可能性。梧桐说，可能性？张强说，比方说，你。梧桐说，我？张强说，对。你。你看起来还不错，其实——梧桐忽然紧张起来。其实什么？张强说，其实你并不是你看起来的样子，我是说，也许，你并没有你看起来那么，那么幸福。梧桐说，你什么意思？张强说，别生气啊，实话就是不中听。梧桐说，你从哪里看出我不幸福？你凭什么妄自揣测别人的生活？车厢里忽然变得特别安静，一点声响都没有。人们惊讶地朝这边看过来。张强小声说，你看你，那么大嗓门。梧桐尴尬得不行，对不起，我刚才，我也不知道自己怎么了。两个人一时无话。

窗玻璃里映出车厢里人们的脸，重重叠叠的，显得有点怪异。有的人脸上长出了树木，有的人眼睛里忽然冒出一座高楼，有的人下巴颏儿上打上了几个大字，中国银行。车里的脸和窗外的城市交错混杂在一起，有一种魔幻般的不真实。张强松松垮垮站着，一条腿稍息，有点吊儿郎当。三十多岁的人了，身材保持得还不错。牛仔裤紧绷绷地勾勒出一双长腿来，衬衣是棉布的，圆角下摆，细细碎碎的褶皱，有一种皱巴巴的高级感。手上没有戒指。梧桐猜测着他的婚姻状态。仿佛是听到了梧桐心里的疑问，张强说，我离婚了。好几年前的事儿了。梧桐哦了一声，不知道该怎么接话。张强说，你肯定是在想，这时候是该安慰呢，还是该祝贺呢。梧桐说，那么我是该安慰你呢还是该——祝贺你呢？窗子上映出后面谁的一副眼镜，却跟一个女人猩红的嘴巴重叠在一起，仿佛是电影里的蒙太奇镜头。张强笑了一下，露出一口不太整齐的牙齿。都过去了。他说。看着窗外的城市不断向后退去退去退去。你认识的。就是小蔡。梧桐想起来了。小蔡是外文系的，瘦瘦高高，有点弱不禁风。有人背后说她挺厉害的，别看那么瘦。身边男孩子一直不断，还老有社会上的人过来，为了她打架滋事。张强那时候一点儿都不起眼。乡下出身，穿衣打扮也土，说话一着急就结巴。成绩倒挺优秀，出了名的学霸。可大学里，谁还光看你的学习成绩？尤其是姑娘们。张强说，我爱她。张强看着窗外，好像那里就站着他的小蔡。我整整追了她两年。张强摸了摸衣兜，大概是想抽烟。他把一根烟抽出来，凑到鼻子下面闻了闻，又放回去。有时候，我想，这大概就是命运吧。梧桐看着他。她不知道他曾经遭遇过什么样的命运。命运这东西，有时候我们相信它。有时候我们反抗它。命运到底是什么样子的呢？一个小孩子忽然哭起来，肆无忌惮的，是忽然爆发的那种。做妈妈的哄不住他，只好任他哭。张强说，做个孩子真好啊。大人太累了。想哭的时候装着笑，想笑的时候还得忍住，不能任性。梧桐心想，您还不够任性？张强忽然问，对了，你有孩子吗？抱歉，其实我应该先问，你结婚了吧？梧桐被他逗笑了，说，你猜？

过了惠新西街南口，地铁由地上转入地下。车厢里忽然暗下来。几乎是报站的同时，灯被调亮了。灯光仿佛星光，在幽暗的地下粲然绽放。车厢里亮如白昼。窗外，是大片大片的黑暗。不时有巨大的广告招牌闪过,色彩明亮。化妆品、汽车、包包、高端别墅、私人订制服装,光华照人,充满了浓郁的奢华的物质的气息。列车仿佛一头巨大的野兽,在城市的腹部轰然穿过,呼啸着,挟带着凛冽的浩荡的风声。车轮碾压过铁轨,发出有节奏的撞击声,从地下传到地面,传到城市的各个角落。写字楼、商场、游乐园,各种不同档次的居民区。张强换了一种姿势,靠着车厢门口那根栏杆。栏杆上面写着一行字,危险!禁止倚靠。梧桐想提醒他,张了张口,却说,后来呢?我是说,小蔡。张强说,离了。我们根本就不是同一类人。但我一点都不后悔。你信吗?梧桐不说话。张强说,生活的本质是什么呢?生活的本质就是,千差万错,来不及修改。梧桐说,是吗?张强说,这要是在年轻时候,我根本不服。梧桐看着他的脸,心里说,那么,现在呢?

雍和宫站到了。乘务员的播报声在车厢里回荡,好像是一块石头投进水里,一波一波荡漾开去,跟地铁里巨大的空洞的回声碰撞在一起,交织成一种辉煌的华丽的轰鸣。梧桐说,你去雍和宫许过愿吗?据说挺灵的。张强说,你也信这个?站台内的装修都是中国风,雕梁画栋,飞檐下挂着大红灯笼,朱红的柱子,回廊曲折。有一个金发碧眼的外国姑娘,靠着一根柱子打电话,忽然间,她放声大笑起来,毫无顾忌地露出一嘴粉色的牙龈。哭和笑，大约是人类最通用的语言了吧。不用解释，不用翻译，一听就懂。张强说，对了，你哪站下？梧桐说，我灯市口，你呢？张强说，我得终点站了。张强说你怎么不问问，我现在干吗呢。梧桐说，那，你现在干吗呢？张强就笑了。梧桐忽然发现，张强眼角的鱼尾纹挺细挺密，笑起来，好像是一把小扇子忽地打开。那些细细密密的纹路里，藏匿着什么呢？现在，我又回炉了。梧桐说，回炉？张强说，重新回到大学课堂，学管理。我准备自己创业，开公司。对面的一趟列车开过来，巨大的影子把窗玻璃整个覆盖，先是车头，然后是长长的车身，最后是车尾。当你感觉漫长的黑暗总也看不到头的时候，刷的一下，眼前一亮，列车已经错身而过了。梧桐说，你真，真行。张强说，你是想说，真能折腾吧。张强换了一条腿稍息着，一只手在窗子上漫无目的地画着。窗玻璃上是一幅北京地铁线路图，花花绿绿，弯弯曲曲，乍一看，好像是一幅印象派油画。这么多年，你也变了。张强说，我记得，你是一个心直口快的姑娘。梧桐说，你就是说我直肠子呗。张强说，没什么不好，直来直去。老同学还藏着掖着，忒累。梧桐说，没错，我是觉得，你挺能折腾。张强的手指沿着图上的地铁线路缓慢地经过北京的大街小巷，好像是在辨识，又好像是在确认。有个女人打电话的声音忽然激动起来，你说什么？你再说一遍？你敢不敢再说一遍？梧桐说，其实我还挺羡慕你的。真心话。那个打电话的女人忽然哭起来，这么多年，我坚持了这么多年——哽哽咽咽的，泣不成声。张强叹口气，笑笑。车窗上，映出那个打电话的人的背影，是个短发女人，穿着剪裁得体的裙装，两只肩膀剧烈地耸动着，好像胸膛里埋藏着一个炸弹，随时都可能爆发。梧桐说，小蔡，她后来怎么样了？——我是不是挺八卦的？张强说，有点儿。你怎么不问问大勋。梧桐不说话。窗外，大团大团的黑暗往后方退去，退去，叫人感到没来由的一阵阵窒息，好像是，那黑暗是有重量的，隔着窗子，都能对人造成强大的压迫。半晌，梧桐才说，都过去了，不是吗？梧桐说，好像是一场梦，你在梦里哭啊笑啊，跟真的一样，醒来却发现，什么都没有，不过是一场梦而已。张强说，幸亏还有梦。人这一辈子，要是连个梦都没有，也挺没意思的。那打电话的短发女人还在哭泣，好像是已经挂了电话，不知道是对方挂了，还是她挂了。一侧的直直的短发垂下来，齐刷刷遮住她的半张脸。耳环一闪一闪，随着抽泣的节奏和列车节奏激烈晃动着，仿佛是另外一种诉说。张强说，有人通知你了吗？咱们班拉了个群，毕业十周年，说要搞一次聚会。梧桐说，回学校聚？张强说，还没定。梧桐说，很多人都没联系了。张强说，武建伟，你还记得吧？梧桐说，又高又壮，我们背后都叫他武二郎。张强的声音忽然低下来，他走了。梧桐说，走了？张强说，听说是车祸，好几年前的事了。车窗外，又一辆列车从对面呼啸而来，先是车头，然后是长长的长长的车身。好像是庞大的笨重的野兽，拖着巨大的影子，在地下横冲直撞。车厢里陷入长时间的黑暗，叫人难以忍受。梧桐想起来，她们宿舍那些女生，对高大的武二郎是有些暗暗的喜欢的。私下里，她们喊他二郎。二郎这个，二郎那个。二郎是篮球场上的明星人物，矫健的身影，敏捷的奔跑，凌厉的动作，汗水飞溅，热血沸腾，淡淡的荷尔蒙的气味，草地上滚动的露珠被女生们的尖叫声震碎了。梧桐忽然觉得胸口发紧。张强说，我也是刚知道的。这不是要聚了吗，大家才开始联系。张强说，有的人死活联系不上，你说怪不怪？大约是发觉自己这话说得不好，又找补说，我是说，现在通讯这么发达，世界就这么大。梧桐说，世界太辽阔。张强说，看怎么说。这不，坐个地铁都能偶遇。梧桐说，也是。张强说，李静一，小个子，洋娃娃似的，你还记得吗。梧桐说，她好像是南方人。张强说，她出国了。梧桐说哦。张强说，还有欧阳老师，升官了，刚提了副校长。梧桐说，上学那会儿倒没看出来，一身书生意气。张强说，学术带头人，也是领域内大牛了。梧桐说，确实挺有才的，你记不记得他有个口头禅？张强说，开什么玩笑！两个人一齐笑起来。

这一站是张自忠路。上车的人很多，下车的人也很多。站台里，人群潮水一般，汹涌着朝着四面八方流去。新的人群又汹涌而至。早高峰时段，地铁好像是庞大的钢铁的怪兽，吞吐着呼啸着奔跑着，把人群送往他们各自的目的地。张强说，我是不是有点话痨？梧桐笑起来。我记得你以前话很少。张强说，一着急还有点结巴。梧桐说，现在都好了？张强说，诡异吧？我也觉得纳闷儿。说实话，我跟生人话也不多，我嘴笨。窗外，大幅广告牌一闪而过，跟大片的黑暗不断交替着。窗玻璃上，很多人的脸重叠在一起，消失，出现，消失，出现。梧桐说，我离了，刚又结了，就这个五一。张强说，是吗，其实也正常。梧桐笑起来。张强说，你灯市口，是吧？梧桐说，还有两站，下站东四。张强说，还挺快。东四站到了，窗玻璃上出现了站台，柱子，人群，扶梯，乘务员穿着制服，笔直站立着。张强说，其实，我还在咱学校，搞行政。梧桐说，哦？张强说，我跟小蔡——我们也没有离婚。她的公司做得不错。我们，怎么说，我们刚换了大房子。张强停顿了一下，说，有空来玩吧。

灯市口马上就到了。乘务员的播报声响起来，是催促，也是提醒。车厢里又是一阵骚动。梧桐说，我下车了，祝你——

一切都好。张强说，新婚快乐。

六月的北京城，阳光明亮。行道树巨大的树冠支撑起大片的绿荫，叫人觉得夏日的清新可爱。梧桐这才发现，早餐一直还在手里提着，塑料袋子内壁，被水蒸气弄得湿漉漉的。她拿出油条豆浆，边走边吃。油条已经有点皮了，豆浆却不凉不热正好。一个学生从背后叫她，老师好！清脆稚嫩的声音，毛茸茸的，叫人心里痒酥酥的舒服。

她拿出手机看时间，忽然想起来，她跟张强还没有加微信，电话也没有。她喝着豆浆，看着阳光下的背着书包上学的学生们，叽叽喳喳，仰着新鲜的明亮的脸。灯市口这一带，种了很多槐树。蝉在树上热烈鸣叫着。梧桐第一次发现，蝉鸣声中有一种金属的质感，清脆亮烈。有槐花簌簌落下来，落在马路牙子上，落在行人的头上肩上。

上课预备铃响了。梧桐加快了脚步。

蝈蝈呼喊

早上醒来，小鱼心神不宁，老是想着夜里做的那个梦。老聂跟她说话，她也回得驴唇不对马嘴。老聂纳闷道，怎么了这是？伸手摸摸她的头，又在自己额头上试了试，没事呀。小鱼把身子一拧，烦不烦啊你。

阳光明亮，从窗子里照过来，碎金一样铺了一地。阳台门半开着，风把白纱帘撩拨得飞呀飞。晾衣竿上不知道是不是衣架子，发出细碎的碰撞声。老聂那只蝈蝈，咯吱咯吱叫了半夜，此时却安静下来，好像睡去了。小鱼翻了个身，把脸埋在枕头上。枕套散发着薰衣草的香气，过于浓郁了，叫人头昏。这枕头还是老聂从新疆带回来的，薰衣草做的芯子，据说安神养颜，这两年，小鱼的睡眠不大好。怎么就做了那样的梦呢。真是怪了。厨房里传来豆浆机的嗡嗡声，像一个人在喋喋不休地自言自语。依着小鱼的意思，喝牛奶就挺好，袋装的盒装的，脱脂的全脂的，挺方便。磨豆浆太麻烦，不说别的，光是清洗豆浆机，就够烦人的。老聂不嫌烦。老聂说豆浆比牛奶好，对女人尤其好。老聂喜欢养生，喜欢学以致用，理论和实践相结合，比如一天要吃几种蔬菜几种水果啦，喝水的黄金时间在几点几刻啦，五谷杂粮的摄入比例啦，维生素啦，葡萄籽啦，钙片啦，鲜蜂王浆啦。小鱼左耳朵进，右耳朵出。老聂说，别不当回事儿，仗着还年轻，不信过几年，你试试？

小鱼磨磨蹭蹭洗脸，刷牙，牙膏沫子飞到镜子上，一点，两点，三点。她伸手想把它们抹掉，却抹不掉。索性打开水龙头，捧着清水洒上去，镜子上面霎时间淌下一道一道水印子，好像一个人泪流满面的脸。小鱼叹口气，把乱蓬蓬的头发挽起来。拍爽肤水，擦眼霜、面霜、护手霜，又在耳朵后头喷了点香水，又到床头柜的抽屉里找指甲刀剪小拇指上的一根倒刺。老聂在厨房里喊，我说，还磨蹭哪？姑奶奶？

餐桌上摆着两碗豆浆，两个白煮蛋，一根蒸熟的铁棍山药，两片全麦吐司。老聂笑吟吟地剥鸡蛋，说，来来来，怎么苦着一张脸呀。小鱼说，刚起来，没胃口。老聂说，早饭要吃，你看，多健康哪。小鱼说，健康。老聂说，健康第一。没有健康，什么都不算数。小鱼说，对。老聂说，功名利禄，都是浮云。身体是自己的。小鱼说，是，浮云，浮云。两个人吃早餐。不知道什么鸟在窗外鸣叫，一声长一声短。那只蝈蝈好像是被招惹了，忽然大叫起来，咯吱咯吱咯吱咯吱，脆亮高亢，有一种金属质感的东西在空气里闪闪发光。小鱼皱眉说，烦死！老聂说，一个蝈蝈。小鱼说，烦！老聂说，我一会儿去趟超市，你去不去？小鱼说，不去。干吗不网上买？网上啥没有。老聂说，这你就不懂了吧，乐趣。知道吧？

他们这房子在亚奥板块上，小板楼，南北通透。不算大，九十平，两个人住，足够了。小区位置不错，闹中取静，生活也方便。老聂最得意的是，出后门就是一个小公园，一年四季，都有可看的景致，锻炼身体也有去处。就为了这个小公园，房子价格比周边高不少。老聂的理论就是，只当买了个私家后花园，多值哪。小鱼烧水，泡茶，把阳台上的花花草草浇了一遍。那盆竹子青翠茂盛，都快到天花板了，晾晒衣服碍手碍脚的，小鱼好几回扬言要处理掉，都被老聂苦苦求情留下了。老聂说，养这么大容易吗我？宁可食无肉，不可居无竹。人生吗，这点意思还是要有的。小鱼说，那你干脆买个四合院多好，再种上一片竹林。老聂笑呵呵，也不辩解。小鱼就气他这一点。

妈的电话打过来的时候，小鱼正在接一个工作电话。妈在电话那头说，干吗呢，磨磨蹭蹭的。小鱼说，工作的事儿。您有事儿吗？妈说，没事儿就不能给你打电话？小鱼说，得，我可没工夫跟您抬杠。忙着呢。妈说，你这脾气像谁呀，也就是老聂能忍你。小鱼说，行啦，我爸还不是一样，忍您都大半辈子了。她妈被她气得咬牙，倒笑了，骂道，也就是老聂，我跟你说，你换个人试试？小鱼说，您到底有事儿没有哇。大周末的打电话给我上课。妈说，我到你那边住两天。小鱼说，又跟我爸吵架了？妈说，最后一次了。你放心。小鱼翻了个白眼，说，您都多少个最后一次了？妈说，这一次，我是离定了。我要是不离，我王素爱的王字就倒过来写。你信不信？

很小的时候，小鱼就猜测，是不是天下的家庭都是一样的。三天一小吵，五天一大吵。为了鸡毛蒜皮的小事，谁都不肯饶过对方。小鱼她爸是个老北京，一口地道的京片子，抑扬顿挫，听起来都是他有理。她妈王素爱是南方人，最恨她爸那种北京大爷的做派，叫他胡同串子、小市民。王素爱据说祖上是江南望族，也算是大家闺秀，跟小鱼她爸这样的平头百姓，觉得下嫁了，一辈子心有不甘。她爸呢，嘲笑王素爱是破落户，皇城根儿下，别的不敢说，像她这样的破落户多了去了。指不定哪个穿着大短裤趿拉着懒汉鞋的老爷们儿，祖上就是高门大户，显赫人家，跟当年宫里头有千丝万缕的瓜葛，也绝不稀罕。那可都是见过大世面的主儿，能比吗？她爸的京片子味道十足，脆生生的，带着一副吊儿郎当满不在乎的劲儿。王素爱气得发抖，斯斯文文的南方普通话却一时跟不上。小鱼躲在房间里，听着他们两个唇枪舌剑，心想，结婚这件事真麻烦。一个人过，不挺好吗，干吗要结婚呢？

小鱼跟老聂认识，是博士毕业以后，刚刚参加工作。那时候，她年近三十，举目一看，周围早都是 90 后新世纪新人类了，一个一个青葱年少，锐气逼人，叫她一下子就觉出自己的过时和沧桑来。小鱼还是单身，恋爱倒是谈过两回，都不了了之了。回想起来，整个校园时代，她竟然没有一场像样的恋爱。眼看着身边的人们都恋爱的恋爱，结婚的结婚，她不免也有点慌乱。妈比她还急。见了亲戚邻居，聊着聊着就忍不住向人家推荐自己的女儿。为了这个，母女两个吵过多少回架。妈有一句口头禅，小鱼你记着，女人这辈子，碰上什么男人，就是什么命。你别不信！

有一回参加一个系统内的业务培训，是那种大型会议室，邻座就是老聂。每次出来进去，老聂都客气地起身，帮她拉开椅子，笑眯眯的。一天下课出来，听到后边有人叫她，回头一看，却是老聂，气喘吁吁，手里捧着一条丝巾。莫名其妙地，她的脸一下子就飞红了。后来两个人闲来无事打嘴仗，常常拿这事解闷。小鱼认定老聂是故意的，故意捡了她的丝巾，又巴巴送过来，然后借机散步，要电话，加微信。老聂挠着头皮嘿嘿笑，也不否定，也不肯定。小鱼逼问他爱她吗？爱她什么？什么时候开始的？是不是第一次见面就不怀好意了？老聂被逼得无法，眨眨眼睛，哎，你听，那蝈蝈，叫得多好！

王素爱一进门，就跟小鱼控诉她爸。你爸这个，你爸那个。小鱼有一搭没一搭听着，一面把她妈带来的东西收进冰箱里。王素爱说，那个酥鱼要尽快吃，这次有点淡了。还有那个活虾，在小区团购群里抢的，最好趁新鲜，吃水煮的，清蒸也行。小鱼皱眉说，又是酥鱼，也就是老聂好这一口儿，臭烘烘的。王素爱说，臭鱼烂虾，吃的就是个味儿。小鱼撇撇嘴。王素爱说，老聂呢？小鱼说，去超市了。王素爱扑哧就笑了，这个老聂，也是难得，大男人家也不嫌烦。小鱼翻翻白眼说，我就烦他这个，婆婆妈妈的。说完用下巴颏儿指了指餐边柜上那一排瓶瓶罐罐，厨房里那一溜大锅小锅。王素爱说，你呀，身在福中不知福。找一个整天不着家的男的，就中意了？王素爱说你看你爸，天天就知道东游西逛，自打退了休，心更野了，家里哪能盛下他？大爷一样，还得让人伺候着。你爸这种人，得亏一辈子没得志，要是让他得了志，尾巴还不翘到天上去。小鱼听得心烦，也不搭腔，自顾收拾东西。王素爱说，今儿早上，一进卫生间，你猜怎么着？洗手盆里满是胡茬儿，这事儿我都说了一百遍了，怎么就不长记性？王素爱说我说他一句，他还我十句，还挺有理。说话噎死人。哎，你说，他这种人怎么这样？小鱼说，我爸什么脾气你还不知道呀？翻来覆去，就那点儿事儿。我都替你们烦。王素爱说，你这孩子怎么说话？唉？跟你爸一个德行，耗子扛枪，窝里横。小鱼正要开口，电话又响了。大周末的，怎么这么多破事儿。烦人。

小鱼他们单位是二级单位，在整个系统里算基层，看起来不显山露水，里子却挺实惠，企业化管理，相对灵活一些，待遇还不错。老聂单位呢，是总部，坐机关，按部就班，参公，薪酬都在稳定框架之内，好处是心态稳定，大家都一样，撑不死，也饿不着。旱涝保收。听上去，老聂的单位要更堂皇一些。小鱼也不知道，当初跟老聂好，是不是有这种光环效应在暗中作用。王素爱倒是很满意，尤其对老聂，一口一个小聂。老聂纠正说，阿姨，他们都叫我老聂的。从大学时候就是。可能是我这人长得着急，面相老。王素爱说，老聂好，老聂叫着更亲切，是不是小鱼？小鱼扑哧就笑了。私下里跟王素爱说，咱能不能正常点儿啊？丢不丢人。王素爱说，我给你丢人了？怎么这么不懂事儿，唉？人家老聂不错，我跟你说，你可老大不小了，过了这个村儿，就没这个店儿。小鱼说，这天底下就老聂一个男的？您真逗。嘴上硬着，心里也觉得，眼前这个人，嗯，还是可以嫁的。

电话是老班长打来的，说是下周六聚会，问她有没有时间。小鱼说，聚会？这不当不正的，什么由头呀？老班长说，祁水清要去挂职，大家聚一下，也算给他践行。小鱼说，祁水清？挂职？老班长说，挂职锻炼，说是到地方上干两年，补基层经历的。这家伙，看来是官运亨通哪。喂喂？小鱼？王素爱走过来，从旁看着小鱼打电话。她的目光从头到脚，再从脚到头，最后落在小鱼的肚子上。小鱼被她看得恼火，草草挂了电话，说干吗呀，这么看着我。王素爱说，我就问你一句，有考虑吗？小鱼说，什么考虑？王素爱说，明知故问。小鱼说，好吧，考虑了。王素爱说，怎么考虑的？小鱼说，目前没打算。掉头走了。王素爱气得一时间说不出话来。

卧室的窗子还开着，大片大片阳光汹涌而来，把整个屋子弄得明晃晃金灿灿的。也不知道是什么花开了，香气中带着一股子腐败的甜味儿。植物汁液的苦涩的黏稠的气息，经了阳光的炙烤，显得格外浓烈。老聂的蝈蝈好像忽然想到什么，大声叫唤起来，咯吱咯吱，咯吱咯吱，咯吱咯吱。这蝈蝈是老聂从花鸟市场买来的，养在一个竹编的小笼子里，通身碧翠，好看是好看，就是叫起来烦人。老聂却说，多好听哪。你听，你仔细听。养这东西，就是听声儿的。你不懂。

　　王素爱走过来，赌气似的，一屁股坐在床上。小鱼说，好啦好啦，您就甭操心这个了，行不？我们都商量好了，丁克家庭，挺好的。王素爱说，老聂也是这意思？小鱼说是。王素爱说我就不信了，哪个男人能这么好说话，在这个事儿上头？王素爱说现在是清闲快活了，等你老了呢？等你老了，连个端茶递水的人都没有，你到时候跟谁哭去？小鱼说，行了行了，又是这一套。小鱼说，您还是多操心自己的事儿吧，您跟我爸，都这么大年纪了，还天天折腾，离呀散的，有意思吗？王素爱说，要不是为了你，我早跟他离了。小鱼说，别，你们是离还是过，跟我没关系啊。这话说了几十年了，耳朵都听出茧子了。我可不背这个锅。

　　微信叮咚叮咚响个不停，大学同学群里，大家在报名下周六聚餐的事儿。老班长发了群公告，告知聚餐的时间地点事由。众人都开祁水清的玩笑，去挂职锻炼，这是要高升的节奏啊。有人问去哪里挂职，挂多少时间，分管哪一块工作。也有人祁书记祁书记地叫，说班里平步青云的，也就是祁书记了。祁水清一直没有出来说话。祁水清这个人，就是这样，向来低调，稳重，尤其是做了领导以后，越发低调了。老实说，上学的时候，小鱼几乎没有注意过他的存在。清瘦沉默，好像总是有满腹心事。小鱼看着他那微信头像，是一张风景，秋天的树林被阳光照着，一条林间小道光影交错。她想起来，有一回也是闲着无聊，要断舍离，收拾旧物，她在一本旧书里发现了一张纸条，上头写着一行字：

明天晚自习后，有时间聊一会儿吗，小树林旁长廊。祁水清。

很漂亮的钢笔字。因为年深月久，那纸条发黄，墨迹洇染，却还清晰可见。小鱼翻来覆去看了半天，心里恍惚得很。这是从哪里冒出来的呢？大学时代的一张男生的纸条，时隔十五年，居然变魔术一般，在她的生活里忽然出现了。厨房里，老聂在叮叮当当炒菜，屋子里弥漫着葱花爆锅的焦香，水蒸气湿漉漉的，把整个屋子弄得雾蒙蒙香喷喷。食物的香气。干净的地板。洗衣机的轰鸣。阳台上草木繁茂，晾衣竿上挂着她小巧的杏色内衣。小鱼蹲在地上，心里头乱七八糟。这个祁水清。居然！要不是收拾旧物，她也许不会发现这个十五年前的邀请吧。永远不会。小树林，她是记得的。挺拔的白杨树，树干上长着一只只好奇的"眼睛"。长廊，她也是记得的。夏天绿藤缠绕。秋天呢，藤叶间垂下大大小小的金色的葫芦。这个祁水清！群里依然是一片起哄。要求祁书记出来，出来，发红包，发个大的。祁水清还是没有露面。时间这东西，委实太厉害了。十五年的光阴，沧海桑田。莫名其妙地，小鱼忽然感到一种紧张。紧张什么呢，她也说不出。

蝈蝈在阳台上叫着，一声一声的。好像是歌唱，又好像是呼喊。逗引得窗外的什么鸟也跟着应和起来。小区里的植物茂盛，鸟类也多。蝈蝈被困在笼子里，想必是早就闷坏了吧。王素爱在卧室里叫她，小鱼？小鱼？小鱼拿着手机过去，又怎么了？王素爱看着她的眼睛，盯了半天。小鱼被看得发毛，怎么了您这是？王素爱说，你们，分居了？小鱼说，没有呀。王素爱说，没有？那这是怎么回事？指着床上的一只枕头。又指了指小卧室的门，你当你妈是傻子呀？小鱼说，哎呀，就是偶尔，跟您说不清楚。王素爱说，我说呢，什么丁克丁克，闹了半天，是这么回事。小鱼说，懒得跟您解释。王素爱说，这还用解释？秃子头上的虱子，明摆着。我早就跟你说过，这么着不成。小鱼说，您还是多想想自己的事儿吧。王素爱说，我有什么事儿？小鱼说，您揣着明白装糊涂。王素爱说，你给我把话说清楚。小鱼说，王叔。王素爱愣了一下，说你王叔怎么了？老邻居老同事老朋友！小鱼说，好，挺好。王素爱说，小鱼你什么意思？你说这话什么意思？这样跟你妈说话？你人大心大，翅膀硬了是吧？小鱼说，好好好，看您急赤白脸的。王素爱说，不就是聊得来多聊几句吗，不就是爱吃我烧的菜吗，你王叔一个人这么多年，容易吗他？小鱼说，哎哎哎，您哭什么呀，真是的，怎么跟小孩儿似的。

正热闹着，有人按铃，老聂回来了，大包小包的。见了王素爱，说，妈过来了？正好，我买了鱼，武昌鱼，今儿个有口福了，请妈亲自下厨，给我们做鱼，就汪家鱼。一面说，一面提着东西进厨房。王素爱赶忙朝着小鱼使了个眼色。小鱼故意装着看不见。老聂把大包小包的东西放进冰箱，嘴里哼着什么歌，欢快的，轻松的。小鱼心里叹一声。王素爱眼睛红红的，跑到卫生间去洗脸。小鱼走进厨房，看老聂的采购成果。老聂说，今儿个豌豆尖新鲜，这木耳菜也挺好，做汤吃。牛肉挑的是上脑，买了土豆洋圆白菜，天热了，再最后做一次俄式红菜汤。家里有西红柿吧？小鱼一时走神，没听清，愣了一下。老聂说，哎，都这个点儿了，还梦游哪？小鱼说，西红柿，有，有啊。老聂认真看了她一眼，又指了指外面，小声说，没事儿吧？小鱼说，没事儿，能有啥事儿？老聂说，没事儿就好，没事儿就好。

午饭四菜一汤，一个汪家鱼，一个虾仁豆腐，一个凉切肘花，一个清炒豌豆尖，汤是娃娃菜清汤，淡绿鹅黄，赏心悦目。除了汪家鱼，其他都是老聂的手艺。老聂一个劲儿给王素爱布菜，细致周全，妈长妈短。王素爱笑眯眯的，讲他们院儿里的家长里短，老李家的儿子刚评了副教授，年纪轻轻的，挺出息。周阿姨家的女婿犯事儿了，据说是被人举报了。赵老师家的闺女离婚了，孩子才上幼儿园，真叫人心疼。老聂说，是不是，啊，真的吗。一递一句，敷衍得滴水不漏。老聂的头发还是那么好，乌黑浓密。这两年，他也开始慢慢发福了，但是还好。他穿一件白 T 恤，灰色运动裤，身材保持得不错，乍一看背影，还能看出当年的那股子英气。这些年，小鱼身边的熟人朋友们，分分合合的，折腾得够呛。小鱼冷眼看着，心想瞎折腾什么呢，真是。人到中年，小鱼早就没有那种疯狂的激情了。想一想都觉得累。这是真的。可是，昨晚怎么她就做了一个那样的梦呢？真是怪了。

中午睡了足足有两个小时。醒来的时候，纱帘还拉着，阳光透过纱帘，筛出细细碎碎的金点子。房门关着。侧耳听了听，外头安静极了。老聂不知道到哪里去了。妈还在小卧室休息。小鱼翻了个身，一颗心怦怦怦怦乱跳。张开两只手看看，干干净净的，什么都没有。方才，竟然又是同样的梦，跟昨晚上几乎一模一样。老聂的蝈蝈忽然叫起来，听起来有点惊惶不定。她吓了一跳，她想起来了，梦里，老聂的蝈蝈一直叫着叫着，除了蝈蝈的叫声，整个梦境好像是一个黑白默片，一点声音也没有。那只蝈蝈笼子挂在晾衣竿上，开始晃动，一下一下，越来越快，越来越激烈。蝈蝈的叫声惊恐，炸雷一般。阳台摇晃起来，房子摇晃起来，城市摇晃起来，世界摇晃起来。老聂脸色苍白，有一道血迹顺着额头缓缓流下来，一直流到他的嘴角，令他的整个脸庞看上去有点怪异。老聂在说话，但是蝈蝈的叫声太大了，她根本听不清他在说什么。看口型推测，他好像是在说，为什么？嗯，应该是，他问她为什么。小鱼摇摇头。她看见自己手里紧紧握着一把大剪刀，刀刃上的血迹新鲜。这大剪刀是老聂的工具，是他众多园艺工具中的一种。老聂老是抱怨这剪刀太笨了，又沉，不伏手。小鱼心里恍恍惚惚的，心想这是梦吧，这肯定是梦。蝈蝈还在笼子里大叫着，像是呼喊，又像是歌唱。阳台摇晃，房子摇晃，世界摇晃。小鱼把剪刀当啷扔在地下，掉头就跑，不想被门槛儿狠狠绊住，一下子惊醒了。

昏昏沉沉躺了半天，浑身冷汗。头疼，心慌。老聂的蝈蝈还在叫着，不依不饶地。小鱼拿毛巾被捂住耳朵。那叫声却更加激烈了。小鱼翻身下床，光着脚跑到窗前，哗啦一下把纱帘拉开，打开窗子。午后的风吹过来，夹杂着植物湿漉漉的青涩的味道，阳光的燥热，还有泥土的腥气。大梦初醒，寂静的初夏的午后，乱糟糟的毛巾被，湿漉漉的手掌心，手机忽然在床头柜上震动起来。小鱼懒得去看。她使劲儿摇摇头，好像要把那个梦摇掉。真是怪了，居然，就做了那样的梦。情景，细节，声音，色调，一模一样的梦。

王素爱推门进来，脸上有枕巾压出的印子，分明是洗过脸的，新鲜明亮，充足睡眠滋养出来的那种好气色。起来啦？我弄水果去，草莓还是提子？小鱼说，都行，随便。王素爱说，随便，哼。小鱼叫住她说，妈，你说，梦是怎么回事？王素爱说，梦？都说日有所思，夜有所梦。你做啥梦了？小鱼说，忘了。王素爱说，忘了就不算梦。小鱼说，那要是记住的呢？王素爱说，你这孩子，怪怪的。不理她，推门出去了。

老班长在群里艾特所有人，催促着大家尽快报名，以便预订饭店。大多数人都踊跃报了，也有少数人有事无法参加的，在群里解释，请假，预祝大家聚会愉快。祁水清一直没有露面。任凭众人损他激他，倒是沉得住气。小鱼想起那个纸条。当年，他是怎么把它夹在她的书里的？那本书是《安娜·卡列尼娜》，很旧的版本。他是不是真的在那片小树林旁边的长廊里等过她呢？对于她的拒绝，他是不是失望过，怨恨过，痛苦过？恐怕他再也想不到，他的那个邀请，要等到十五年之后，因为一个偶然的机会，才被她偶然发现。生活，真是太荒诞了。

母女两个吃水果。王素爱问，老聂呢？小鱼说，出去了吧。王素爱说，怎么丢了魂儿似的。没事吧？小鱼说，能有啥事？没事。看着草莓的汁液顺着手指头流淌下来，像鲜血。忽然问，妈，梦见杀人，怎么讲？王素爱吓了一跳，杀人？老天！王素爱说，见血了吗？我是说梦里。小鱼说，流血了。王素爱松了口气，那就没事了，见了血，就破了，这梦就破了。小鱼说，破了？王素爱说，就破了啊，就破了。不好的梦，就没事了。小鱼说，哦。一时无话。过了一会儿，小鱼说，我们同学，大学同学，下周要聚会，去不去呢我？王素爱说，这种事儿，你问我？小鱼说，我们有个同学，男生，要去挂职。王素爱说，挂职？是领导？小鱼说，是吧，听说回来要提的，重要岗位。王素爱说，是不是？小鱼说，这家伙，上学的时候不显山不露水的，倒是混得最好的一个。王素爱说，世事难料。小鱼看了她妈一眼，忽然说，妈，您是不是对我挺失望的？王素爱惊讶道，什么话？这都是哪儿跟哪儿哇？小鱼说，没事儿，我就是随口一说。

王素爱一直盯着自己的手机，心神不定的。一会看一下，一会看一下。小鱼知道她的心事，也不说破，自顾去厨房洗盘子。这个季节的草莓刚刚上市，正是新鲜应季。水果盘里，草莓汁已经凝固，更像血迹了，在白色瓷盘里，越发触目惊心。小鱼一面仔细洗着，一面想着中午的梦。真是奇怪了。她在梦里，居然很清醒地知道，这就是昨晚上的梦，这是梦啊。这不是真的。老聂的脸上缓缓流淌的血迹，蝈蝈的尖叫，阳台摇晃，房子摇晃，世界摇晃。她忽然跑到阳台上，把那个工具箱打开，老聂那把大剪刀横在最上面，刀刃上有暗红的血迹。她捂住嘴，一颗心一下子就蹦到了嗓子眼儿。王素爱在客厅里喊，小鱼，小鱼？水管子还开着呢，你干吗去了？

而蝈蝈此时偏偏忽然大叫起来。

蜗 牛

天阴着。天气预报说，今天有雷阵雨。也不知道准不准。

早上出门的时候，小瓦叮嘱说，带伞呀。老靳好像是嗯了一声，又好像是没有。小瓦知道，说了也白说。老靳就是这样。

正在阳台上晾衣服呢，却听见有人敲门。小瓦心里说，准是快递，刚才顺丰发来派送通知，还挺快。跑过去开门，却是老靳。老靳说，口罩，忘了戴口罩。气急败坏的。小瓦比他还气，说，你猪脑子呀？

今年真是麻烦。从春节开始闹疫情，人们的生活就完全被打乱了。很多单位居家办公，说限制到岗率。一时间人们都宅家里，大人办公，开视频会，工作电话，钉钉打卡。孩子们呢，上网课，线上考试，群里报体温，老师电话回访。一家老小都在家待着，前所未有的拥挤热闹。人们就是这样，要是平时呢，不出门是自己的选择，可这回是因为疫情，不出门是被迫，心理感受大不一样。疫情一天一报，世界全乱套了。烦躁，焦虑，不安，有一种动荡的末世一般的荒诞感。小瓦在出版社上班，倒不大影响，在单位也是看稿子，在家也是看稿子，横竖都是看稿子。小瓦的稿子堆得满世界都是，书桌上，小沙发上，茶几上，甚至餐桌上。老靳一面跟在后头帮她收拾，一面抱怨，你这哪是办公呀，你这是打仗哪，发传单哪。小瓦说，特殊时期，您多包涵。

老靳却要每天上班去。没办法，一把手，这种时候，更要冲在前头。老靳说这话的时候，脸儿放得平平的，挺严肃，挺悲壮。小瓦撇嘴说，行了吧，当我不知道，还不是嫌家里烦，你纯粹是躲清静去了。老靳说，你这人，咳，跟你说不清楚。

天上的云层很低，整个城市被锁得严严实实。从阳台的窗户望出去，马路湿漉漉的，泛着黑黢黢的光泽。也不知道是夜里下了雨，还是清晨滴落的露水。五月份，北方的春天已经深了，正是花草疯长的季节。疫情呢，也渐渐向好。人们终于长吁一口气，紧绷的神经慢慢松弛下来。也是怪了。早先家里那一大盆竹子，都枯死多时了，这个春天却奇迹般地复活过来。先是枯黄的叶子慢慢变绿，后来竟然不断抽出新鲜的枝叶，绿箭头一样尖尖的嫩嫩的挺着，如今蓬蓬勃勃一大盆，越长越高，越长越密，越过晾衣架，直冲天花板，把儿子卧室的窗子覆盖得密不透风。别的植物也长势旺盛，多年不开花的日本海棠也开花了，密密层层热闹极了。虎皮兰本来该换土换盆了，竟然蹿出老高，酿了一大盆新根新叶。金边吊兰也长疯了，发出长长的枝条来，开着细细碎碎的小白花，垂得满地都是。老靳说，世间万物，都讲究个平衡。小瓦说，你是说？老靳说，说不清。

　　儿子早开始上网课了。小瓦泡茶，看稿子。屋子里很安静，只能听见钟表滴滴答答的声音。这房子是两居室。小瓦一直想要个书房。老靳说，要书房干吗？小瓦知道他后面的话是，一个编辑。小瓦想，编辑怎么了？想要一个属于自己的房间，有错吗？

　　群里有人艾特她，是部门潘主任。潘主任说一本稿子的事，然后说，现在疫情向好，大家也千万不能松懈，该报体温报体温，该报平安报平安。但是有的同志麻木了，懈怠了，昨天的情况到现在还没有报上来。当然，不是咱们部门，是别的部门。咱们要引起重视。小瓦看着那一大片文字，想象着潘主任说话的语调和神态。群里人们纷纷回复收到，收到，收到。小瓦也复制粘贴了收到。群里一时安静下来。

不知道什么时候，下起雨来了。雨不大，不紧不慢，是春雨的意思。城市的高楼大厦被雨雾笼罩着，水蒙蒙一片。马路也水淋淋闪闪发亮，在雨幕中向着远方一直延伸下去。而楼下小花园里的草木却越发新鲜蓬勃了，花红叶绿，泛着迷人的水光。雨丝纷纷，偶尔被风弄凌乱了，歪歪斜斜朝一个方向倒下去。小瓦看着窗外，知道自己走神了，心里说，怎么回事，干活干活。

怎么说呢，小瓦这个人，从小性子就淡，对什么都是，行吧，还行吧。当初念书的时候，家里大人都说，要好好学，将来考大学，到城里去。吃国家粮，当公家人儿。小瓦说，行吧。心里却觉得，芳村也没什么不好。芳村也还行。后来大学毕业，有机会留北京，众人争得头破血流，吃相难看。只她一人冷眼在一旁看着。想不通，至于吗，你死我活的。后来却因为老靳，阴错阳差留下了。她也没多想，留下就留下，哪里不是待着？嗯，还行。还行吧。

其实，在遇到老靳之前，小瓦正跟一个男生谈着，但到底是不是谈恋爱呢，她也说不好。反正那男生常常约她散步，给她作诗填词。那男生是古典文学专业的，斯斯文文，有点羞涩，一说话就脸红，鼻尖上冒汗。莫名其妙地，小瓦有点心疼他。心疼是不是喜欢？她不知道。有一回两个人在校园甬道上散步，捡到一片银杏叶，那男生做成书签，送给她，上头写着一个瓦字。小瓦端详着那字，细细淡淡的笔迹，规矩，板正，青涩，一笔一画，小学生一样，心里有点疼，有点酸，还有点甜。那男生问，好不好？小瓦点点头，又摇摇头。那男生的脸就红了，鼻尖上一粒一粒冒出汗来，在阳光下亮晶晶的。

后来，老靳出现了。老靳第一次约她，就吻了她。小瓦迷迷糊糊的，心里恼火着，恨自己怎么没有躲开。老靳骨架子大，宽肩长腿，一身硬邦邦的腱子肉。老靳说，我爱你。小瓦正不知怎么回应，老靳又说，我要娶你。小瓦心里说，这么简单？这么直接？这么——快？那古典男生，散步了那么长时间，竟然还没有拉过她的手。这个老靳！哎。行吧。还行吧。

老靳老家是苏北乡下，身上有一种，怎么说，一种笃定的决绝的气质。法令纹很深很长，眉头常常微蹙着。看着不吭不哈，却有点不怒自威的意思。老靳一开口，主语总是明确的，不容置疑。老靳说，我要这样。老靳说，我要那样。老靳说，我认为。老靳说，我觉得。老靳说话的时候，眼睛眯起来，好像是在看着某处，又好像是看着无尽的远方。小瓦仰脸儿看着他，感觉自己的手被他一双大手握得生疼。她仿佛听见他浑身的骨节在嘎巴嘎巴作响。莫名其妙地，小瓦觉得，这个人身上有一种叫人担心的力量。也不是担心，是惧怕吧。也不是惧怕，是敬畏吧，要么就是威慑？总之是，叫人觉得踏实，又叫人觉得不踏实。到底是什么呢，她也说不好。

书稿是关于心理学的，枯燥乏味，大量的专业术语，晦涩难懂。也不知道，这种书怎么面向普通读者。小瓦他们出版社，属于行业社，这些年却什么书都做。不好不赖吧，比上不足，比下有余。如今这年头，新媒体对出版业冲击得厉害，就像一大块蛋糕，可分吃的部分越来越小了。要不是还能卖书号，他们早就撑不住了。有能耐的都纷纷另谋高就，剩下的都是些个老弱残兵。吊诡的是，每年毕业季，依然有一批批新人进来，兴冲冲入职，报到，等待着青春的激情和梦想被慢慢磨灭。小瓦倒是挺知足。老靳说过好几次，要给她换工作。换个如意点儿的，比方说离家近，比方说清闲，比方说待遇好。哪怕是图一样呢。小瓦却不想换。她想了想，说，一个工作。行吧。还行吧。

雨越下越大了，天边隐隐有雷声。城市在雨幕中有点幽深，有点神秘。万物都默默伫立着，任雨水恣意地冲刷冲刷冲刷。马路上积水很深，汽车仿佛小船，在河流里飞速行驶着。大公交则笨拙多了，摇摇晃晃，像一头头走投无路的大象，有点茫然，有点莽撞，有点迟疑，傻乎乎不认路似的。有一对男女打着一把伞，在人行道上慢慢走着。有一根伞骨坏了，那伞就瘪进去一块，圆形的伞的边缘弧线残缺着一个口子。忽然间，那女的却不顾雨淋，自顾朝前跑了。那男的也不追，呆呆立在原地，眼睁睁看着那个人落汤鸡似的越跑越远，不见了踪影。雨一直下。不知道什么叶子落下来，不偏不倚，正好落在他那黑色大雨伞上，飘飘摇摇，蝴蝶一样。小瓦叹口气。

小卧室门砰一下打开了。课间休息，儿子呼啸着跑出来，把自己扔进沙发里，又一下子弹出来，说，累死了累死了，直奔冰箱找吃的。小瓦说，天凉，别喝冰的哇。儿子哪里肯，早抱着一盒酸奶喝起来，一面刷朋友圈，一面说，老师正直播呢，她家孩子一个劲儿叫妈妈妈妈，忘了关麦啦。小瓦说，是不是？儿子说，还有我们班胖子，正回答问题呢，他们家阿姨闯进来给他送水果，宝宝宝宝地叫，笑死人。小瓦说，哦。儿子说，还有更奇葩的呢，有个大学老师，直接就——哎，不说啦。小瓦说，怎么不说了？儿子说，少儿不宜。小瓦说，是不是？儿子说，老妈，算了，你就是，哎，小白兔一个。小瓦说，什么？什么意思？儿子却把门啪的一声关上，说，没事儿，妈，我上课。

儿子今年初三，毕业班，偏偏赶上这场该死的疫情。谁会想到呢，这寒假一放这么长，从冬天到春天，照眼下形势看，恐怕要到暑假了，暑假后能不能正常返校，都还不好说。儿子刚开始兴奋得不行，在家待着不上学，多爽呀。渐渐就开始烦了，想同学，想老师，想学校，想学校门口的小吃店。疫情。疫情。疫情。全世界都在谈论疫情。这个莫名其妙的家伙，把世界弄得一团糟，也不知道，什么时候才是个头。

电话忽然响了。小瓦吓了一跳，赶忙过去接，却是银行理财的。小瓦挂了电话，想了想，把电话线拔了。儿子上网课，吵不得。

他们这小区是学区房。当初买的时候，小瓦嫌太贵了，老靳说，不贵，这个还贵？比起儿子前程，一点不贵。老靳找了人，拿到了内部优惠价。又找了设计装修的朋友，请人家帮忙，亲自跑家装市场，亲自监工。老实说，他们这房子，从头到尾，都是老靳负责。有时候小瓦想问一句，却插不上嘴。老靳说，老婆，你只管拎包入住。老靳说这话的时候，正在看商家发来的浴缸图片。小瓦喜欢泡澡，想要一个漂亮浴缸。小瓦看着老靳的后脑勺，灯光打下来，镀了一圈金色的光晕。老靳发量不多，这几年，更见稀薄了。小瓦帮他想了很多办法养头发，总不见效。老靳倒是不大在意，这你不懂——贵人不顶重发。知道吧？

贵人。也是怪了，老靳这家伙，每一个重要关头，总有贵人相助。从苏北乡下一直到京城，老靳一步一步，步步惊心。

老靳跟小瓦说这些时候，是往事不堪回首的口气，但她还是从他的神色中捕捉到了不易觉察的得意。对，就是得意，是志得意满。她怎么不知道，老靳痛谈革命家史的时候，差不多都是他心情大好的时候。比方说，他提了职；比方说，他晋了职称；比方说，他的工作受了表彰；比方说，他的老部下出息了。人们大发感慨，不外是两个时候，春风得意的时候，或者落魄不得志的时候。这些年，老靳一路青云直上，步步踩在点上，回顾往事的时候就很多。老靳的回顾，一定要从苏北乡下他的童年时代说起。他的一句开场白就是，想当年啊。早先，小瓦都是很专注地听着，时不时应和一下。后来，听得多了，情节，悬念，转折，结局，她一清二楚。老靳每次都回顾得深情，小瓦却听着听着就走神了。小瓦不是一个刻薄的人，她从来不忍心打击老靳回首往事的热情。这世上，谁不是跌跌撞撞，一道坎儿之后是另一道坎儿，都得靠自己咬牙迈过去。

当初，搬了新家，谁来都夸装得好，雅致，舒适，有品位。老靳得意得不行。小瓦呢，也高兴。高兴是高兴，心里却有那么一点小小的失落。他们的新家，她这女主人没有什么参与感。有时候，夜里一觉醒来，看着满屋子的夜色，玄关、客厅、餐厅、吊灯、吧台、装饰画、木雕瓷器，干花散发着淡淡的芬芳，觉得有一种不真实的幻觉，像一个，怎么说，像一个

梦，因为太完美了，叫人不相信是真的。但小瓦很快就说服了
自己。受苦的命吧。不叫你操心还不乐意了？嗯。行吧。还
行吧。

老靳在央企上班，待遇不错。钱是人的胆嘛。老靳买房子
这么有底气，这么决断，还是觉得以他的实力，负担得起。老
靳说，这么多年，他总结出的重要人生经验就是，财务上要自
由。没有财务自由，就谈不上精神自由。当然，以老靳的年纪
资历，现阶段他还实现不了财务自由，可人得有梦想啊。老靳
说，人这一辈子，虚得很。没有梦想哪成？老靳是个有野心的
家伙。这一点，小瓦花了很多年才看明白。

疫情最紧张的时候，北京城比平时安静得多，空旷得多。
街上车很少，行人都戴着口罩，来去匆匆。地铁里空荡荡的，
平日里人挤人人贴人，水泄不通的，这时候车厢几乎是空的。
人们好像是忽然蒸发了，只留下一个巨大的城市的空壳，叫人
觉得恍惚，又叫人觉得荒凉。家里却一下子显得拥挤起来。老
靳的手机叮叮当当响个不停，领导的，部下的，下属企业的，
合作伙伴的……老靳抱着手机打电话，不同的口气，不同的神
情，不同的姿势，不同的措辞。老靳说，郑局好，我宇宙啊。
老靳说，崔处吗，我靳宇宙。老靳说，张总好哇，我老靳，靳
宇宙。老靳说，老兄，我老靳哪。小瓦从旁看着，忽然觉得，

这个叫做靳宇宙的男人，这个跟自己同床共枕十六年的丈夫，怎么这么陌生呢？这么多年了，大多数时候，她是在家里看见老靳，餐桌上，客厅里，卧室里，床上。老靳穿着家居服，眼镜在鼻尖上挂着，有时候并不戴，高度近视的眼睛微微眯起来看人。老靳的卧蚕很重，睫毛却挺长挺密，垂下来的时候，扑闪扑闪，有一种说不出的柔弱稚嫩。头发呢，稀薄地覆盖着头顶，有一小绺不听话，常常从额头上掉下来，小男孩似的，叫人怜惜。仔细想来，他们好像很少在室外，穿戴整齐，一起参加共同的活动。那么大概，在老靳眼里，她最常见的形象就是穿着家居服吧，夏天是紫色碎花的，冬天是柠檬细格子的，宽松肥大，看不出什么腰身。头发也随便绾起来，素面朝天。有一回，在小区门口碰见老靳，小瓦竟然没有认出来。老靳从车里出来，一身铁灰色西装，黑色公文包夹在腋下，腰杆挺拔，步履从容。小瓦不由得多看了一眼，又看了一眼，这才看出是老靳。晚上，小瓦想把这话告诉老靳。话到嘴边，到底没有说。

　　雨下了一上午，倒越下越大了。屋子里光线暗淡，桌上的台灯就显得格外温暖明亮。这灯是老靳从国外买回来的，样式很特别，灯罩是纸质的，上头写满了外文字母，有一种安详沉稳的书卷气质。小瓦在灯下看稿，常常突发奇想，这灯会不会忽然着了？那灯罩到底是纸的呀。一窗子的风声雨声，倒越发衬托出家的温馨舒适。雨雪天气，在家里看着街上的行人，来去匆匆，总是会叫人升起一种莫名的侥幸，还有一点些微的优越。在自己家里，不必外出，不必奔波，为了生活，为了梦想，为了这个那个。再大的风雨，都被这个叫作家的东西遮挡在外了。家是多么叫人安心的地方啊。想哭就哭。不想笑的时候不必强笑。就像现在，她拿着稿子，可以走神，可以发呆，可以放声大笑，可以破口大骂。不为什么，什么都不为。

午饭简单，尤其是老靳不在家的时候。儿子通常是三明治或者汉堡，配牛奶酸奶果汁。小瓦呢，煮玉米，蒸南瓜，烤红薯，配蔬菜沙拉。儿子说，什么是代沟，这就是代沟。小瓦也不理他，也不逼着他吃蔬菜水果。从小到大，小瓦就没有逼儿子做过他不愿意做的事。为了这个，儿子跟她格外亲密。喜欢跟她说小话儿，喜欢跟她起腻，挺大的男孩子了，睡觉前要晚安抱，上卫生间也不关门。跟老靳呢，倒是有点生分。老靳严厉，在教育孩子上，尤其严厉。老靳常叹现在的孩子不肯吃苦，没有想法，不知上进，太佛系。这么好的条件，怎么就不珍惜呢。咬牙跺脚，是恨铁不成钢的意思。父子两个常常就争执起来。老靳的一句口头禅就是，靳泽宇，你是男人，记住了，这个世界对男人有多冷酷，你不懂。老靳的神情沉痛，语气激烈，脖子上青筋一条条爆出来，可怕地痉挛着。小瓦在心里说，至于吗，儿子不错。聪明懂事，功课中上。还行，还行吧。

午睡起来，雨还在下着。天空灰蒙蒙的，云层好像是更厚了些。台灯忘了关，屋子里有一种黏稠的夜晚的气息，湿漉漉的，暧昧不明的甜蜜，混杂着植物郁郁的腥气。小瓦打开窗子，风夹带着雨点子，劈头盖脸扑过来，弄了她一头一脸。空气新鲜极了，泥土的气味，草木的青涩的苦味，这个季节特有的蠢蠢欲动的气息，扑面而来，叫她不由得打了个趔趄。城市被雨水洗过，清新干净，近乎透明得可爱可亲。街上行人寥寥，好像是都被一场大雨冲跑了。有一只蜗牛在窗台上缓慢地爬着，不仔细看，几乎看不出它在移动。小瓦伸手想够到它，却差那么一点点。蜗牛背着那么沉重的壳子，也不知道，它累不累。

老靳在微信里说，晚上要加班，在单位吃，晚饭不用等他。小瓦看着那信息，心里说，又加班。老靳加班是家常便饭，她都习惯了。老靳忙，最近升了职，就更忙了。对于前程，老靳是有规划的。三年规划，五年规划，十年规划，短期目标和长期目标相结合，他有条不紊。有时候，他会跟小瓦聊起这些，展望展望未来，勾勒勾勒蓝图，憧憬憧憬愿景。他说，我必须。他说，我一定。他说，我相信。他说，我希望。口气坚定，好像生活的魔杖就在他手里攥着，只要他肯，只要他愿意，他就能把整个世界给拿下来。小瓦从旁看着，不免为他担着一份心事。老靳这个人，太用力了。他用力生活，用力工作，用力为未来打拼，用力教育儿子，用力建设家庭。用力地活着。不好吗？小瓦说不清。她总觉得，即便是睡觉的时候，老靳都是绷紧的。除了身体，还有内心。她生怕有一天，老靳的那根看不见的弦啪一声，断了。

疫情缓解，很多单位复工复产，日子开始逐渐恢复正常了。儿子学校也发了预通知，要求做好复学的准备。小瓦他们出版社还是实行弹性上班制，轮流值班，行政后勤上班多些，业务部门照常居家办公，左右不过是看稿子。快递倒一下子多起来，稿子啊资料啊需要及时传递，办公室值班同事负责收发。老靳每天照常上班。开会，调研，出方案，审报告，谈话，协调。忙得焦头烂额。晚上加班回来，还是电话微信不断。小瓦把煲好的鸡汤端过来，叮嘱他趁热喝，凉了就不好了，腥了。有时候是骨头汤，人到中年，钙流失厉害，得补钙。有时候是菌汤，清淡滋补，适合盛夏。有时候是红枣枸杞参汤，秋季进补的。小瓦厨艺还不错，尤其是煲汤有一手。煲汤要的是耐心。小瓦有的是耐心。她喜欢在餐桌边坐着看书，餐桌正对着厨房，可以一眼看见灶眼上的汤锅。丝丝缕缕的水蒸气冒出来，把锅盖顶得当当当当乱响。湿漉漉的水汽混合着汤的香气，弄得一屋子雾蒙蒙的。小瓦看着书，不时停下来，跑到厨房里去看看她的汤锅。窗明几净，灯光温暖，家里香气四溢。这个时候，她不免想，也许，生活的本质就是这样的吧，一个家，一盏灯，一锅热汤。行吧。还行吧。

老靳的一句口头禅是，我们家小瓦呀——也不知道是赞美，还是批评。老靳说，人这一辈子，太短了。什么都来不及。老靳说这话的时候，正在埋头赶一份材料。老靳的头发软软地覆在头顶，勉强能够遮住。而两鬓开始泛出星星点点的秋霜。灯光下，老靳的法令纹更深更长了，据说，这是官相，主贵。老靳的身体努力向前弯曲着，屁股深深陷进椅子里，肚子却凸出来，显得笨拙吃力。生活真是个魔术师。是什么时候，偷偷把当年那个宽肩长腿、一身腱子肉的青年，变成眼前这个两鬓斑白，头发稀疏，大腹便便的中年人了？

雨渐渐小了。淅淅沥沥，还是不罢休的样子。今年雨水多，也不知道，对庄稼是好呢？还是不好。小瓦虽说是乡下长大，对庄稼的事却不大懂。有时候，她不免瞎想，要是当初没有上大学，没有留在北京，自己会是什么样呢。找一个村里的男人，生一到两个孩子。要是头一胎是女孩，就得生二胎。在芳村，人们还是要生男孩的，顶门立户，传宗接代，养老送终。然后，种几亩地，打一份工。可能在外地，也可能就在邻近村子里。一辈子最大的理想，就是给儿子盖房，娶媳妇。抱着孙子，在芳村的大街小巷走来走去。狗叫起来。布谷鸟在唱。庄稼在地里疯长。而坟地安静，就在庄稼地里。世世代代。一辈子又一辈子。

黄昏的时候，电话响了。是快递。疫情期间，快递一律不准进小区。因为封闭管理，小区的北门关了，只开着南门。在南门门口，有一个很大的金属架子，分了几层，上头写着楼号单元号。快件们都被分门别类放在架子上，等着主人来认领。

小瓦出来才发现，还是应该打把伞。这雨看上去不大，其实却挺密挺紧。雨丝落下来，银针似的扎在人的头上脸上胳膊上，叫人觉得痒酥酥的，又有点微微的疼。院子里，蔷薇早开败了。一丈红却长得茂盛，高高的秆子，开着小碗口大的花，一大朵一大朵，是那种家常的艳丽，有点甜俗了，倒也亲切动人。月季也开得热闹，被雨水洗过，清新明净。有一只猫在花丛边立着，忽然冲着小瓦喵呜喊了一声。

大街上，人们都戴着口罩，脸遮得严严实实，只露出一双眼睛来。人与人之间都保持着相当的警惕。稍微走近，赶紧彼此避开了。小区外围的铁栅栏上挂着大幅宣传标语，上头写着：防控疫情，人人有责。小瓦抱着她的快递，慢慢在雨地里走着。不断有汽车从她身旁驶过，急匆匆地，溅起一片水花，落在她的家居服上。街上弥漫着喧嚣的市声，那种喧嚣好像是巨大的背景音，虽然嘈杂，却叫人心里格外安宁，一点都不乱。手机响起来。是一个陌生号码。小瓦轻轻舒了一口气。她担心什么呢，担心是儿子？要是儿子来电话，她该怎么办呢？

一世界的风声雨声，渐渐近了，又渐渐远了。路边草地上，有一只蜗牛，慢慢慢慢爬着。它爬得真是慢啊，一点都不慌乱。雨水落在草地上，变成神奇的珍珠，在草叶子上骨碌碌滚动。蜗牛爬过的地上，留下亮晶晶的一道痕迹。

小瓦蹲在雨地里，看了很久很久。

九　菊

　　九菊其实在家排行老大。我一直不明白她爹娘为什么非要把她喊作九菊。

　　那时候，九菊和我家是邻居。房子挨着房子，连成一片。到了秋天，玉米棒子铺天盖地，金黄耀眼，好像就要燃烧起来了。九菊坐在满眼的金黄里，噼里啪啦地捻玉米。一边捻，一边拿眼睛找着满房子乱跑的国国。国国是九菊弟弟，刚会走路。我凑过去说，九菊，晚上看电影去。九菊想了想说，不去，还有活哩。这时候国国哇的一声哭起来，九菊娘的骂就从院子里呼啦啦飞上树梢，在风里荡来荡去。九菊，想摔死你兄弟呀。我吓得一吐舌头，跑了。

　　九菊娘人胖，矮，像村头场地上的碌碡。这话不是我说的，是九菊爹说的。九菊爹说这话的时候刚刚跟九菊娘吵完嘴，一边倒背着手往外走，一边嘴里嘟嘟囔囔地骂，个碌碡。

九菊爹脸上的表情很强烈，嗓门却很低，我是从他的口型上来判断他骂的内容的。九菊爹生得瘦，而且干枯，和九菊娘站在一起形成鲜明对比。九菊爹怕九菊娘，这一点，庄上的人都知道。没事的时候，人们跟九菊爹开玩笑说，还是老槐叔福气，夜夜有个厚垫子。九菊爹叫老槐，这时候就眯眯笑着，一点也不恼，仿佛还很受用的样子。如果恰巧九菊娘走过来，大家就更来劲了，一递一声地喊。通常是一个人喊，众人附和。老槐叔——厚垫子。老槐叔——厚垫子。九菊娘就狠狠地吐一口唾沫，骂道，不是人养的。九菊爹觑着老婆的脸色，一迭声地说，地里的草都长疯了，我得去看看。就撒着脚跑了。假如过来的是九菊，人们就不说话了，只是盯着九菊看。九菊背着一只草筐，觉出街上的空气不寻常，就更低了头，飞快地往家走。

九菊十岁。也许是十一岁。已经很有几分样子了。

我第一次发现九菊的不平常是一个夏天的傍晚。那天，我和香香几个人玩跳格子，老远看见九菊跑过来，追着前面的一头猪崽。九菊的胸脯像两只活泼的鸽子，在背心里不安分地跳来跳去。夕阳把绯红的霞光泼下来，奔跑的九菊就慢慢融化在乡村的黄昏里了。后来我老是想起这个场景，想起九菊在晚霞里奔跑的样子。晚上回家以后，等娘睡着了，我偷偷起来，仔细察看了自己的胸脯。它们平坦，空旷，毫无起色。我很失望，心里对九菊起了薄薄的嫉妒。

九菊总是忙，有做不完的事。做饭，缝补浆洗，喂鸡鸭猪羊，带弟妹——国国以后，九菊娘又生了个闺女，叫欣欣。九菊的活计基本上在家里。地里的庄稼活儿，有九菊爹和九菊大伯，自然用不着她。九菊大伯是光棍，一辈子没娶，跟着弟弟一家过。九菊大伯很能干，是种庄稼的一把好手，人又节俭，很多事情，倒是做哥哥的替弟弟当着家。只是碍着弟弟的户主身份，哥哥在家里就有了几分屈抑。比如，春耕的时候，哥哥在饭桌上说，今年南坡的棉花地里点上几垄甜瓜吧，孩子们都爱吃——省得买了。弟弟咬着筷子想了一会儿，说，算了，还是种高粱，高粱米煮饭，高粱穗子扎笤帚。做哥哥的就不吭声了，闷头喝粥。

九菊娘是不做家务的。九菊娘身体不好，据说是虚病。虚病的意思就是不是实病。头痛、感冒、发烧，这些都是有名字的。我们这个地方，把叫不上名字的莫名其妙的病叫做虚病。虚病，大多跟神灵鬼怪有关。九菊娘的病，据说是有一回夜里回家晚了，正好是一个农历十五——按照民间的说法，农历初一、十五，人间都不大干净的，结果带上灾了。回来就闹了一夜，又唱又跳，说着莫名其妙的话，把一家人吓得要死。后来就请了神符，挂在堂屋的墙上。九菊娘从此就有了事做，要么闭眼歪在炕上，要么跪在地上烧香。

乡下的生活是寡淡的，我们却偏能从中咂摸出一种滋味来。耍骨头节，打四角，唱戏，最常玩的是娶媳妇。九菊生得好看，我们都喜欢让她做新媳妇。在喇叭唢呐声中，新媳妇顶着红盖头，推着一辆棉花秸秆做成的自行车，羞羞答答走在弯曲的乡间小路上。筵席之后，就是入洞房，这是我们最热切的时刻。新娘新郎对脸坐在炕上，窘迫，慌乱，手足无措，我们在旁边看着，装作闹洞房的人，咋咋呼呼地喊着，心里有一种模模糊糊的兴奋。有一回新娘九菊把当作盖头的红围巾掀起来，对着闹哄哄的人群，很沉着地说，你们，先出去。

春日的阳光照下来，懒洋洋的，院子就在这阳光里恍惚了。我们几个用口水把窗纸濡湿，捅破，往屋里偷看——九菊躺在炕上，对在一旁呆坐的山子说，来呀。山子一脸茫然，九菊就急了，一把把山子拉过去，山子坐在九菊的腿上，看着她，很无辜的样子。九菊轻蔑地撇了撇嘴，还新郎呢，笨枣。山子委屈地哭了——山子五岁，睡觉时还老摸他娘的奶。

我们在窗户外面哗地一下笑出来。

是该上学的年龄了。我背着娘用碎布头缝成的书包上学去，九菊在旁边站着，看着我，还有我的书包，怀里抱着欣欣，国国在她脚边蹒跚着转来转去，一不小心，跌倒了。

晚上，听见九菊娘在院子里骂，念书，也不掂量自己是不是那块料。九菊的哭声很低，一抽一噎，像是嗓子里憋着东西。

在乡下，女人们分为两种。闺女和媳妇。嫁人，似乎是做女人的一道门槛。做闺女时，大都是一个样子，羞涩，矜持，保守得近乎执拗。穿着特制的背心，窄而紧，把蓬勃的胸脯束得平坦空旷。倘若谁挺着高高的胸脯在街上走过，老人们就像看见了瘟神，连连说，丑，丑死了。回到家，爹娘也不给好脸色，觉得闺女的胸脯给自己丢了人。一旦嫁了人，做了媳妇，先是拘谨几日，慢慢就放开了。人们开着热辣辣的玩笑，有的还动手动脚，都是无妨的。夏天，天热，媳妇们就索性在家光了膀子。男人们，辈分大的，串门的时候就格外谨慎，通常在院子里咳上几声，算是招呼的意思，屋里的女人就赶紧披了衣服，或者避一下。辈分小的，就自在多了，少不了嘴上手上都占了便宜。按说，有九菊大伯在家，九菊娘就该穿衣谨慎些。大伯哥和弟妹，原是很奇特的一对矛盾。可是九菊娘不。麦子一泛黄，天刚刚热起来，九菊娘就开始光膀子了。九菊娘胖，而且白，一对布袋奶在胸前晃来晃去，晃得九菊大伯睁不开眼。

那时候，露天电影是最吸引人的事物。镇上的放映队挨着村子串，总要一个月左右才能轮上一回。放电影前几天，消息就传开了，什么片子，哪天放，几点。地点却是不变的，在村子中央的场地上。这几天，村子里的空气都不一样了，热切，黏稠，蠢蠢欲动，夹杂着一种隐秘的渴望和莫名其妙的心神不宁。到了那一天，人们早早吃过晚饭，搬了板凳去占位子。一块大的白布挂在两根木桩上，风一吹，就微微皱了，画面上的人也就皱起来，变了形。放映机的光打在白布上，无数个灰粒子在光里快乐地舞蹈着。忽然，银幕上出现了小孩子的一只手，就有人喊，小混蛋，放下。旁边是老灶头的货车子，空气里弥漫着一股爆米花的焦香和芝麻糖的甜腻。

银幕上的故事扣人心弦。少林寺的小和尚和俊俏的牧羊女四目相对，空气里仿佛有什么东西发酵了，浓得化不开。我憋着尿，心里像有一根羽毛掠过，毛茸茸地痒。人们都探着脖子，眼睛一眨不眨地盯着银幕。旁边墙根传来哗哗的解手声，我再也忍不住了，转身就往家跑。

解完手，我一身轻松，心里惦记着那个俊俏的牧羊女，就心急火燎地往场地跑。月亮很大，很白，有着一圈毛茸茸的光晕。街上到处都像流淌着白花花的水银，风吹过来，村庄在这水银里一漾一漾，像一场梦。刚收完秋，玉米秸子被垛成一堆一堆，黑黢黢的，散发着庄稼和青草的气息。我忽然听见玉米秸子里面窸窸窣窣的声音，细碎，激烈，不可开交。我停下脚步。月光下，玉米秸子微微颤动着，仿佛风吹过水面，一波未平，一波又起。这时候，一阵歌声传来，场地上的电影正如火如荼，我撒腿向歌声跑去。

小学校在村子的最西头。是一个大院子，有着两排平房。一排是教室，一排是老师的办公室。院子里种着白杨，高大，挺拔，就算是操场了。九菊常常带着国国和欣欣来院子里玩。夏天，蝉声热烈，雨点一样落下来，把满院子的树影砸得零零落落。九菊坐在一捆青草上。国国和欣欣正把尿和成泥巴。教室里，我们的读书声参差不齐，笨拙，却认真。矮矮的土墙外面，是大片的庄稼地，经了太阳的熏烤，蒸腾着一片淡淡的青雾，叫人恍惚。这时候，九菊的神情就有些辽远了。

九菊大伯是车把式，常年住队里的牲口房。九菊大伯待牲口亲，耐心，细致，把牲口们伺候得服服帖帖，人们都说，这老树，是把牲口当成自家孩子了。九菊大伯是在后来才住牲口房的。先前，他住家里。大伯子哥，在弟媳妇面前本就多有不便，何况在一个屋檐下。一口锅里搅马勺，难免有勺子碰着锅沿的时候。有一回，中午，九菊大伯去地里捉棉花虫，走了半路又折回来，他忘了戴草帽。一进门就呆住了。炕上，两个人正缠作一团，听见动静就停下来。大家都没料到，都傻了。做哥哥的逃也似的跑出院子，身后，爆发出一阵锐利的哭声。

那时候的乡下，一般人家，都是一家大小挤在一张炕上。生养又稠。孩子多，大人们就少有闲情。后来，有一阵子，大点的孩子都聚到一起睡——谁家有空余的房间，就搬到谁家去住。我们也学着大孩子的样子，到香香家去。香香娘把那间盛杂物的小西屋腾出来，打扫干净。大人们帮我们抱着铺盖卷，口中唠叨着，脸上的欢喜却是藏也藏不住。

现在想来，那是我最早住集体宿舍的日子。后来，在一个宿舍到另一个宿舍的迁徙中，我总是想起香香家那间小西屋。

冬夜漫长。我，香香，小多，躲在被窝里，讲鬼故事。这些故事都是从燕奶奶那里听来的。周围很静，我们自己吓自己。缩在被子里，能听见彼此的心跳。灯光在地上投下暗黑的影子，摇摇晃晃，变化着形状。在我们眼里，每一个变化都是一个阴谋。我憋着尿，肚子生疼，不敢下去。

后来九菊来了。九菊是偶尔来，国国和欣欣离不开。在家里，九菊就是九菊娘的角色。九菊来了就不一样了，九菊给我们讲别的故事，讲男人和女人。九菊考我们，娃娃是打哪来的？我们都不屑，打哪来，还不是燕奶奶从大河套里捡回来的。大人们说，村子里所有的孩子都是燕奶奶从大河套里捡回来的。九菊神秘地笑了，说，傻。娃娃是从娘肚子里生出来的。我们都不信，说骗人。九菊就撇撇嘴巴，很不屑的样子，不反驳，也不急于解释，只是慢条斯理地纳鞋底——九菊一向是这样，手头永远有忙不完的活计。我们都被这神态镇住了，就哑了声，小心翼翼地等九菊开口。九菊把针尖往头发上蹭一下，又蹭一下，半晌，才说，娃娃是从娘肚子里生出来的。男人和女人，睡一觉，女人肚子里就有娃娃了。我们听得入神，接下来就心惊肉跳。怎么可能？九菊说，不信，去问你爹和你娘。我们缩在被窝里，手心里都捏出了一把汗。男人和女人，睡一觉，就有娃娃了，这太——有意思了。香香说，我和臭旦天天在一条炕上，挨着睡，我的肚子里会有娃娃吗？我说，背不住。小多说，香香，晚上你还摸臭旦的小雀子不？臭旦是香香的弟弟，两岁半，雪团似的胖小子。九菊纳着鞋底子，扑哧一声笑了，说，傻，跟你们，真说不清。

　　那时候，车把式是很让人眼热的差事。打着喂牲口的旗号，马房里，总有嫩生生的玉米，滚圆的红薯，带着枝叶的湿漉漉的鲜花生。九菊大伯把它们藏在筐里，上面盖上薄薄的一层青草，遮人耳目。远远地，九菊就教着国国和欣欣喊，看，大伯来了。猜猜，大伯筐筐有啥好吃头。九菊娘看见了，就呸地吐一口，说，吃货。九菊立刻就噤了声，低头给欣欣擦嘴角亮晶晶的口水。大伯走到近前了，刚要从筐里拿东西，九菊却把身子一转，走了。只剩下欣欣含混不清地叫，大伯……吃……

冬天，地里没有了庄稼，牲口们也就闲下来了。这时候，马房是最吸引人的地方。九菊大伯把炉火生得旺旺的，坐在炕头上编筐。荆条子是从河套里割来的，柔韧，结实，在九菊大伯的怀里跳跃着。屋子里弥漫着熟花生的焦香，夹杂着一股淡淡的谷草的腥气。九菊坐在一个草墩子上，不停地把炉口四周的花生挪动着位置。国国在马房门口看两只狗打架。欣欣眼巴巴地盯着姐姐飞快挪动的手，嘴角黑黑的。九菊大伯编一会筐，就停下来，看着草墩子上的九菊。阳光透过窗棂子，斜斜地照进来，给屋子敷上一层薄薄的金粉。九菊侧身坐在那里，整个人就罩上了一圈亮亮的光晕。她脸上的绒毛也成了淡淡的金色，毛茸茸的。耳垂是粉红的，给日光一照，简直要透明了。九菊大伯看一会九菊，编一会筐，编一会筐，看一会九菊。一不小心，就让荆条子把手扎破了。

流言是慢慢传开的。说是九菊大伯和九菊娘。人们都不大相信，怎么可能。九菊娘疯疯癫癫的，恐怕连九菊爹，也奈何不了她。有人说，再湿的柴，也架不住火烧。三十多岁的光棍汉，正是一把烈火呢。大伯哥和弟媳妇，这关系本身就颇耐人寻味，有了这种流言，就更给人们添了茶余饭后的谈资。人们不停地争辩着，胜负倒是不论，似乎专为了求得旁人更有力的凭证。就有人说了，看见他们钻柴火垛了。还有人说，不是柴火垛，是村北的破土窑。人们就又争论起来，赤头红脸的，样子极认真。

我们都因此不理九菊。用大人们的话说，上梁不正下梁歪。有什么样的娘，就有什么样的闺女。九菊也有自知之明。软的硬的钉子碰过几回，就沉默了。只是照常地忙。脸上，却分明多了一种说不出的忧伤。

有一回，傍晚，还在吃晚饭，就听见九菊娘的骂声从半空中噼里啪啦落下来，瓢泼一般，把整个村庄都淹没了。这种骂法，是很厉害的，不特指某个人，却实在是骂了整个村子。人们都沉默，仿佛多日来一直在等这场骂，等当事人站出来，把舌头上夹缠不清的东西理出个头绪。人们都说，这女人，不疯。

九菊大伯本就是个寡言的人，经了这事，话更少了。回家也少。多是在马房里，或者地里，即便在街上走过，也是低了头，匆匆的样子。在弟弟面前，就更添了几分屈抑和小心。只是拼命地干活，一个人，简直要把整个家都给勉力撑起来了。九菊爹人懒，还有那么一点缺心眼，这时候也落得轻闲，做起了甩手掌柜。

过了麦天，我就上三年级了。我们还是在香香家的小西屋
睡。其间，忘了是什么原因，我们一度搬回家住。躺在自家炕
上，听父母有一句没一句扯着闲篇，竟然有些陌生了。现在想
来，那种由陌生带来的不适，或许就是叫作成长吧。后来，我
们终于又搬回了我们的小西屋。

九菊有时候也来。来了也不怎么说话，听我们赌天发誓地
吵，就宽厚地笑一下。

日子一天天滑过去，像风，刮过就刮过了，没有一丝
痕迹。

有一回，是个夏天，大概是暑假吧，我没上学，坐在院子
的丝瓜架下编小辫。那时候村子里的女孩子都编这个。把麦莛
用水浸湿了，拿一块塑料布齐齐整整裹起来，夹在腋下。抽一
根，再抽一根。麦莛和麦莛缠绕起来，小辫越来越长，一直蜿
蜒到膝盖上。这些小辫一圈一圈围起来，缝在一起，就做成了
一只草帽。可我们不在乎草帽，我们热衷于编小辫的过程，我
们享受这个过程。天很热。丝瓜架上的花开得正好，挤挤挨
挨，跌跌撞撞。一只小瓜悄悄从叶子里探出脑袋，怯生生，淡
绿色的瓜皮上生着一层薄薄的白绒毛。我忽然感到心烦意乱，
站起身往外走。

中午的村庄很安静。我在九菊家门口望了望，看不见九菊的影子。我就去马房。晚上村子里放电影，我想问问是什么电影。九菊肯定知道。这种消息，九菊一向是很灵通的。马房在村东，用玉米秸秆编了篱笆围起来，算是院子。周围是庄稼地。老远，我看见国国和欣欣在院子里玩，一个在篱笆里，一个在篱笆外。看见我，就叫起来，九菊。他们不喊我，喊九菊。我往屋里走，一阵牲口和庄稼的气息呼啦一下扑上人的脸，热烘烘的。九菊大伯从里屋出来，满脸汗水，说，妮妮，你找九菊吧。九菊不在。我望了一眼里屋，黑洞洞的，什么也看不清。九菊。国国和欣欣在院子里喊。我朝外面看去，一院子的阳光，蝉鸣，没有九菊。九菊大伯站在我面前，汗水像一条条小溪，正顺着他厚实的胸肌淌下来。他的胸脯上生着一片黑黑的汗毛，打着卷，很茂盛。我转身跑出马房。九菊大伯在后面喊，妮妮，我让九菊去找你，啊。国国和欣欣一齐喊，九菊。

其实，直到现在，我也不知道，九菊和九菊大伯是不是真的有过。九菊娘对九菊的仇恨，似乎也无从解释。可是，后来，我一直记得那天。一院子的阳光，蝉鸣。中午的庄稼地蒸腾着新鲜的汁水的气息。我沿着绿草蔓延的小道仓皇出逃，逃离热烘烘的马房，还有懵懂迷茫的童年岁月。

那天以后，没来由地，我和九菊真的生分起来。

其时，我年纪渐长，功课也渐渐重了。我早已经搬出了香香家的小西屋。而香香，去邻县的一个纸箱厂做工了。小多，则到邻村的姐姐家，帮着带孩子。九菊娘的病又厉害了。据说常常光着身子跑到街上，嘴里喊着九菊大伯的名字。九菊爹只得找人把她捆在床上。九菊大伯人越发委顿，真像一截毫无生机的老树了。九菊似乎更忙了，里里外外，难得闲暇。童年的伙伴，仿佛天上的云彩，刚才还热热闹闹地在一处，风一吹，说散就都散了。

我小学毕业，考上了县里的中学，住宿，难得探一次家。后来，省城，京城。不知从什么时候，那个村子，村子里的人和事，离我越来越远了。只听说，九菊很早就定了亲，嫁人，男方在很远的一个村子，老，而且，盲。九菊的美丽，男人是注定终生都无法看到了。

后来，我再也没有见过九菊。

腊　八

　　腊月初八，换谷盘算着，要不要煮一锅腊八粥喝。在芳村，腊八节这天，人们是要喝腊八粥的。抓一把小米，抓一把麦仁，抓一把高粱米，抓一把豆子，豇豆、赤小豆、花芸豆、花生豆、黑豆、绿豆，再抓一把大枣，笨枣也行，金丝小枣也行，要是家里有核桃仁，也抓一把放进去。几样了？可不止八样了。换谷掰着指头数一数，索性就凑它十样，十全十美么。要么十二样，好事成双么。换谷信这个。

　　为了这个，闺女老笑话她，说她迷信。换谷不服。这能叫迷信？才到城里几天呀，就嫌亲娘迷信了。女婿倒是话不多。女婿跟闺女同岁，看上去，却比闺女老成得多。说话做事，稳稳当当。就是有一样，不大开口叫人。早先倒不觉得，一个在北京，一个在芳村，隔着千里万里的。而今在一个屋檐下住着，一口锅里搅马勺，就觉出来了。女婿对换谷，能不叫就不叫，实在躲不过了，就跟着外孙女叫，姥姥这个，姥姥那个。换谷心里不大高兴。换谷是个利落人儿，在芳村，原是出了名的。眼一分，手一分，嘴一分。换谷爱说爱笑，平生最恨闷葫芦。背地里，换谷不免跟闺女抱怨。闺女说，一个女婿汉，你叫人家怎么叫？换谷也笑，话忒金贵，开个口就那么难哪？闺女说，丈母娘跟前，人家能有多少话？在外头，跟同事同学朋友，人家话多着呢。换谷看着闺女红扑扑的一张圆脸，前额上细细的绒毛还没褪净。心想，护得倒要紧，个死妮子。

　　进了腊月门，气温忽然降下来了。三九四九冰上走，这话不错。正是四九天气，风挺大，阳光却挺好。云彩在天上飞，麻雀在树上唱。快过年了，小区里到处挂起了红灯笼，红彤彤的，热闹好看，可是城里的年味怎么能跟乡下比？在乡下过年，那才叫真的过年。这要是在芳村，换谷早忙开了，还有老伴儿，老伴儿也不闲着，两个人忙得四脚朝天，颠颠倒倒，蒸馒头，做豆腐，炖肉，蒸年糕，炸丸子，煮肉肠，捏饺子，杀鸡宰鹅……一直要忙到年根底下，忙得欢喜，忙得痛快。换谷想起老伴儿的熊样子，心里骂了一句狠心贼。迎面过来一个老婆儿，穿一件大红羽绒袄，戴一顶枣红绒线帽。换谷撇撇嘴，心里说，老妖怪呀，这么大年纪了，还敢穿这么鲜明。那老婆儿走到跟前，却停下了。这天儿可真冷。老婆儿说话好像是外地口音。可不是，真冷。换谷搭讪道。老婆儿说，孩子们都上班去了？换谷说，是哇，上班的上班，上学的上学。老婆儿说，你这是闺女家，还是小子家？换谷说，闺女家。老婆儿说，闺女家好，我是小子家，闺女好哇。换谷见她话稠，仿佛是有满腹心事，忙岔开话题，问她，在哪个小区住呀？老婆儿说，就在那个小区，吉祥嘉园。跟这个幸福苑隔条马路。换谷知道吉祥嘉园，小区挺大，一律都是灰蓝色板楼，门卫穿着制服把门，出入要刷卡，看上去挺高级，最起码，比他们的幸福苑要高级。幸福苑是老小区，六层高，没有电梯，他们住五楼，上楼的时候，她总要歇上两回，才能慢慢喘上气来。换谷心里怏怏的，觉得给那老婆儿比下去了。还有，人家住小子家，天经地义，出气就粗。她住闺女家，哪里有人家有气势。

小超市不大，东西倒齐全。进了腊月，年货也多起来。这个打折，那个促销。买一送一啦，满减啦，抽奖啦，都是骗人钱哩，哄着人们把兜里钱掏出来。换谷可不肯上这个当。她在蔬菜架子前面挑挑拣拣，买了一把葱，一把芹菜，两个长茄子，买了煮腊八粥的江米啊芸豆啊大枣啊，又悄悄多拿了几个购物塑料袋，不拿白不拿么。城里什么都贵，就这点子东西，竟然花了好几十。平时买菜的钱都是闺女给，闺女把钱给她打到手机里。算好账，收银台那个眉梢长着一颗痣的胖姑娘举着一个东西轻轻一扫，滴的一声，钱就扫出去了。换谷拿着手机看来看去，有点不甘心。这么容易？

风小了些。阳光金沙似的铺下来，到处都明晃晃一片。小区里很安静。这个时间，该忙的都出去忙了。大冷天，人们也不大出门。城里人待人冷淡，互相之间都有点戒备心。就算对门住着，人们也只是点点头，顶多寒暄一句，咣当把防盗门一关，就把她后头的话给堵回去了。换谷是个爱热闹的人。在芳村的时候，家里头天天人来人往，热闹惯了。乍一到城里，不免觉得寂寞。闺女女婿都忙。闺女在一家什么公司上班，加班是家常便饭，上下班打卡，听说还要刷脸。我的娘哎，如今的人们真有办法。女婿呢，在一个公家的大单位上班，具体什么单位，闺女说过好几回，换谷到底没弄明白。总之她琢磨那意思是，女婿的单位比闺女的好，国家的饭碗，有保障，工资呢，也比闺女高。为了这个，换谷对女婿的心情就有点复杂。在女婿的事情上，换谷就不由得想的有点多。女婿下班回来，换谷总要悄悄看下女婿的脸色。偏偏这女婿是个不爱笑的，天天锁着个眉头，好像是谁欠他二百吊似的。做饭上呢，换谷也常常照顾着女婿的口味。女婿是南方人，好吃清淡的，爱甜口儿，做什么菜都要加糖。爱吃米饭，对面食不大喜欢。饺子啊包子啊面条啊烙饼啊，这些个换谷最拿手的，竟然都派不上用场。换谷真是遗憾得很，私下里暗暗发愁。这一日三餐，看着平常，其实大有学问呢。要有荤有素，有粗有细，有稀有干，有红有绿，还要不重样儿，还要不破费。换谷纵有一双巧手，也是心思费尽。闺女说，你做啥我们吃啥。她说，那还行？闺女说，你做啥我都爱吃。拉着她的胳膊，晃了几晃。换谷心头一热。她想起闺女小时候，毛茸茸的小脑袋，在她怀里拱来拱去。那时候她才几岁？

午饭就她一个人，把头天晚上剩下的饭菜热热，潦草吃了。饭菜是她悄悄收起来的，闺女看见了，肯定要埋怨她。换谷想不通，剩菜怎么了，剩菜怎么就不能吃了。在芳村，谁家不吃剩饭剩菜呢。吃了大半辈子，也不见有谁吃出不好来。闺女恼了，说，跟你说不清。换谷说，我有理么。得意得不行。得意归得意，她也不敢明火执仗地把剩菜留下来。她总是悄悄的，趁他们不注意，悄悄地留，悄悄地吃。换谷边吃边想，省了就等于是赚了。城里花销大，孩子们不容易。

这房子是两室一厅，客厅还兼着饭厅。原先的厨房是开放式的，嫌油烟大，又给封起来了。闺女女婿一间，她带外孙女一间。换谷刚来的时候，着实吃了一惊。她万没料到，闺女他们住得这么拥挤。并且，这老小区的楼房这么旧，这么——不体面，不排场。换谷又是吃惊，又是心疼。她还以为闺女在北京享福呢。不说别的，就这住处，比芳村可差远了。如今的芳村，谁家不是大房子大院子，盖得铁桶似的。装修得那个豪华，那个讲究。闺女笑得不行，说，这怎么能比？换谷心里不服，怎么不能比？不比能看出黑白高低来？闺女他们的卧室里，一张梳妆台兼着书桌，女婿常常坐在书桌前，噼里啪啦弄电脑。平日里，小两口的房间，她轻易不进去。打扫卫生的时候不算。她总是挑他们不在家的时候打扫卫生。扫地，擦地，擦灰，给阳台上的花草们浇水。换谷的腰不好，常年贴着膏药。来北京以后，就没有再贴。膏药这东西，味儿忒大，别叫人家女婿有意见。怎么说呢，女婿不是闺女，到底隔着一层肚皮哩。

正在屋里忙呢，听见有人叫她，谷子谷子谷子。抬头一看，却是老伴儿，笑嘻嘻的，手里抱着几个大玉米棒子，深绿皮儿，紫红缨子有点蔫儿了，咧嘴的地方露出黄黄白白的玉米籽儿。换谷欢喜得不行，哎呀，又该吹横笛儿啦。换谷好啃煮玉米，她把啃玉米叫做吹横笛儿。每年秋天，她总要吹几回横笛儿，解解馋。换谷说，我这腰不好，你快帮我把地擦了。老伴儿却不说话，只笑嘻嘻看着她。换谷有点急，说你这人怎么这么肉呀，一辈子的毛病。上去就拽他的袖子，老伴儿却轻轻一挣，不见了。换谷急了，哎？我说？哎？

屋子里安静得很，只有那只闹钟在滴滴答答走着。低头一看，见手里紧紧拽着被子的一角，恍惚想起方才的梦。换谷叹口气。老伴儿走了两年了。当初她总是说，将来她要走在他前头，她要他伺候她打发她，下剩的七事八事，她都不管了。老伴儿说，一辈子听你的，这个上头还得听你的？不讲理。换谷说，我就是不讲理，怎么？笑得嘎嘎嘎嘎的。这房间是阴面，好在暖气很足。外孙女在墙上冲着她笑。不过才一岁吧，黑棋子似的眼睛，咧着嘴，露出一嘴粉红的嫩牙床子。外孙女长得像闺女，鼻子却像女婿，肉乎乎的蒜头鼻子，要是小子家也就罢了，不丑不俊的。闺女家呢，就不够秀气。就是这么个小闺女，闺女女婿凤凰蛋似的，捧在手里怕摔了，含在嘴里怕化了。换谷从旁看着，心里又是欢喜，又是难过。这要是个小子，还了得！说起来，这也是换谷的一桩心事。她这一辈子，就生了一个闺女。在乡下，没小子就处处低人家一头，是个大短处。万没料到，闺女也跟她一样，命里没小子。虽说是城里都不讲这个，可到底不一样。更何况，女婿也是独生子。只为了这个，换谷就觉得对人家有亏欠。有好几回，换谷想劝闺女再生一个，都被闺女给堵回去了。闺女说，都什么年代了？老脑筋。笑得不行。换谷看她没心没肺的样子，心里恼火，忍了忍，到底不好发作。

快快起来，觉得头有点儿疼。其实也不是头疼，就是脑仁儿疼。老毛病了，睡不好就脑仁儿疼。早先脑仁儿疼，都是叫老伴儿给她捏一捏。不能捏头，就捏脖颈子后头，捏一下，捏两下，捏三下，要捏上好一会子，筋筒子都给捏通了，才渐渐清透畅快起来。也不知道怎么回事，竟然梦见了老伴儿。快两年了吧，他走了快两年了，她一回也没有梦见过他。真是怪了。梦里，他竟然是年轻时候的样子，大高个儿，黑塔似的，两个招风耳朵，一笑，眼睛就眯成一条缝。她心里头骂了一句，狠心贼。慢慢起来，到厨房里把那些个米啊豆子啊大枣啊泡上，又把芹菜择了，腐竹和黑木耳发上，花生米煮上，想着弄一个凉拌菜，再弄一个尖椒炒鸡蛋。荤菜呢，就把那半只烧鸡拆了。煮粥么，就吃馒头。晚饭他们都吃得少，说是减肥。减哪门子肥哇，真是不懂。

正忙碌着，电话响了。电话在客厅的小茶几上，换谷任它响，也不去接。阳光透过厨房的窗子照过来，把小小的厨房弄得金灿灿的。料理台上摆满了盆盆碗碗，置物架上是案板菜刀蒸锅电热壶，各种型号的盆子篮子筐子；灶台擦得干干净净，餐边柜上摆得整整齐齐。换谷是个利落人儿。她可不肯家里弄得颠三倒四的。更何况，厨房是什么地方？厨房是她的战场。一天下来大多数时候，她都待在厨房里，洗洗涮涮，东摸摸西弄弄。厨房里永远有干不完的活儿。至于电话，叫它响好了。反正也不是找她的。再说了，如今都有手机，真要是有急事儿，不会打手机？这话是闺女嘱咐她的，如今骗子忒多，一个人在家，别叫人家给骗喽。换谷心里哼了一声。谁不是长着一个脑瓜儿俩眼睛，活了大半辈子，就那么好糊弄？闺女也真是，自己少心没肺的，还瞎操心别人。不是她说大话吹牛，她吃亏就吃亏在没文化上，要是她念了书，考出来，保准比闺女要出息，要能干，说不定还能成点儿大事呢。谁叫她是换谷呢。随便到芳村打问一下，谁不知道村东头的换谷？

电话铃又响起来。换谷心里说，叫你响，你响，你响，你还响。电话铃声在客厅里回荡，丁零零，丁零零，丁零零，丁零零。换谷戴着围裙跑过去，立在客厅里，盯着那奶白色的电话机看。那架势，好像是在跟一个人对峙，看谁的气势大，看谁能把对方压下去。客厅不大，其实也就是一个小过厅，摆上沙发茶几电视柜，满满当当。对着厨房门口，靠墙摆了一张小圆桌，就是餐桌。真是局促得很。只有墙上挂的那些个字画，还有闺女他们屋里那一个挺大的书橱，才叫她觉得有一点点安慰。到底是文化人，读过书的。她最恨村里那些好事的人，问闺女一个月挣多少？房子多大？买的还是租的？女婿呢？咸吃萝卜淡操心。她总是含含糊糊的，不肯给他们漏一句实话。

老伴儿说的没错，她就是好面子。死要面子，活受罪。这是老伴儿的原话。她想起老伴儿说这话时候的样子，心里又骂了一句，狠心贼。

这个季节，天短，太阳落山早。刚才还见阳光在窗子上跳跃呢，好像一转身工夫，太阳就转到楼后头去了。屋子里渐渐昏暗下来。换谷看看时间，三点四十，该接孩子了。闺女嘱咐过，今天没有课外班，早点去接，别叫孩子等着。换谷赶忙套上羽绒服，换鞋，又到厨房把火拧了小火，想了想，又转身到客厅糖盒子里抓了两块巧克力——外孙女爱吃，偏偏被闺女女婿管得紧。这个不让，那个不行，事儿忒多。换谷可不管这一套。正要出门，电话却又响起来。换谷一手扶着门把手，一手摸着兜里的巧克力。鬼使神差一般，她三步两步跑过去接电话。喂？那边却没有声音。她又对着话筒喊了一声，喂？你找谁？那边还是没有声音。换谷纳闷得很，刚要再问，那边却咔嗒一声，挂断了。

幼儿园不远。出了幸福苑，往右拐，过了那家小超市，再路过一家理发店，在马路对过，吉祥嘉园的南门。老远就看见门口挤满了接孩子的家长，大多是老头老婆儿，爷爷奶奶，要不就是姥姥姥爷。年轻人不多，这个点儿，年轻人都忙着上班呢。保姆也有，并不多。在北京，雇个保姆多少钱？有一回听闺女说起来，惊得她直叫老天爷。一个保姆，这么金贵，挣这么多。心里又是得意，又是安慰。自己这现成的保姆，给孩子们省了多少钱！忽然看见那个穿大红羽绒袄的老婆儿，戴着枣红毛线帽子，在风里头立着，眼巴巴瞅着大门口。换谷就走过去叫她。那老婆儿说，也来接孩子呀？换谷说，接孩子。两个人立在门口说话。风挺冷，小刀子似的，割人的脸。老婆儿说，你家是男孩儿还是女孩儿？换谷说女孩儿。老婆儿说，我家也是女孩儿。换谷心里有些高兴，说女孩儿好，女孩儿是小棉袄儿。老婆儿说，这话我信。换谷又问，孩子几岁，大班还是小班，爱闹病不爱，吃饭好不好？那老婆儿看着是个文化人儿，不大爱说话，想不到却跟她说个没完。小子在哪里上班，媳妇在哪里上班，家里几口人，老家是哪里，几时来的北京。换谷听着，不住点头。心里说，这老婆儿，看来平时也没个人说话儿。生是给憋闷的。

晚上吃饭的时候，女婿看上去情绪不错，脸上笑笑的，跟孩子逗，逗得孩子都急了。闺女说，今儿个有喜事儿？女婿不说话，只是笑笑。把孩子的小辫子拨拉过来拨拉过去，孩子气坏了，左躲右躲躲不过，干脆就跑到姥姥这边来，嘴里说，坏爸爸。换谷说，你爸跟你闹着玩儿呢，看你。闺女问，那事，成了？女婿点点头，笑笑。闺女哎呀叫了一声，喜欢得不行，

冲着换谷说，他提职啦。换谷说，提职？闺女说，就是升官，
他升官啦。换谷叫了一声老天爷，说，升官啦？女婿笑笑，说
刚公示，刚公示。换谷说我的娘，这是大喜事，我说怎么今天
眼皮子老跳呢。原来是喜事临门哇。闺女跑到屋里，拿了一瓶
红酒出来，打开倒上，说庆祝一下，庆祝一下。一家子碰了
杯。就连孩子，也举着半杯果汁碰了一下，像模像样的。换谷
说，今儿个腊八，果然是好日子。我煮了腊八粥，你们多吃一
碗，多吃一碗。闺女喝了酒，两颊红扑扑的，好像是抹了胭脂
一般。眼睛雾蒙蒙，在灯下闪着水光。一个劲儿给女婿碰杯，
碰得杯子叮当乱响，说话也开始颠三倒四的。换谷心里叹了一
声，恨闺女不稳当，二两骨头！男人家，哪有这么惯着的。闺
女忒年轻，不懂这些个。再说了，又不是你升官了，看把你轻
狂的。都是大学同学，怎么就差得没个远近哪。悄悄看女婿，
高兴倒是高兴，却端正得体，不走模样儿。心里暗暗喜欢，又
暗暗担忧。担忧什么呢，又一时说不出。

　　夜里，风好像是小了些。小区临近地铁，有一段在地面上
通过，车轮轰隆隆碾过轨道，撞得大地和楼房似乎都在跟着颤
动。孩子喜欢趴着睡，小青蛙似的，蹬脚蹬腿。睡觉又不老
实，老踢开被子，跟闺女小时候一模一样。睡觉的时候呢，喜
欢吧嗒嘴，喜欢说梦话，含含糊糊的，也听不真切。换谷歪着

身子，看着身边这个呼呼大睡的小家伙，仔细端详她的眉眼，她的鼻子嘴巴，她毛茸茸的额头，胖嘟嘟的小脸蛋儿。她睡得可真香，沐浴露的香气，混合着小孩子微微的汗酸，还有淡淡的奶香。这孩子也是个爱出汗的，这一点倒随了她。芳村有句话，吃饭出汗，一辈子白干。是说吃饭爱出汗的人是干活的命，受累的命。她偏不信这个。她受累的命也就算了，到了外孙女这一代，生在蜜罐子里头，还受累的命？晚饭的时候，一家人说家常，她说起来下午那个电话，八成是个骗子。女婿正笑笑地喝酒，听她这话，就停下了，跑到座机那边看了看，回来接着喝酒。闺女只顾颠三倒四地说话，笑，说他们同学中谁谁提了副处，谁谁这么多年，还是一个主任科员，谁谁倒是早早提了正处，不想却因为酒驾，出事了，又夸奖女婿能干，跟女婿碰杯。换谷心里骂道，个小官迷。张狂。也不知道是不是换谷多心，她注意到，女婿照常喝酒，却不再笑笑的了。他冲着孩子说，宝儿，姥姥这腊八粥好吃吧？又香又甜。换谷说，是不是？我再给你盛一碗。

半夜里，迷迷糊糊起夜，换谷听见好像有人在说话，心想，大半夜不睡觉，谁呀这是？再仔细一听，是闺女的声音。闺女女婿，两个人在吵架。一声一声的，虽说是极力压抑着，还是零零碎碎听见几句。女婿说，工作，房子，单位，她，她，她，她。换谷想，这个她，是谁呢。闺女的鼻音很重，呜呜哝哝的。忽然间，女婿好像蹦出一句，你妈。换谷心里忽悠一下子。你妈。女婿不爱叫人，她对这个挺有看法。女婿跟着孩子叫，姥姥长，姥姥短。她虽然不满，慢慢也就想通了。可她听到女婿跟闺女说，你妈，你妈，你妈这个，你妈那个。她心里还是感到难过，难过得不行。闺女好像是在哭，小声地，一抽一噎地，哭得好痛。换谷心里又是疼，又是急。死妮子，你不是嘴厉害么？就会跟你妈厉害。老鼠扛枪，窝里横。跟你那爹一个模子刻出来的。女婿又在说，你妈这个，你妈那个。换谷有心敲门冲进去，问问他，她妈怎么了？为了这个家，老妈子似的，从早到晚，洗衣做饭，伺候着一大家子。换谷立在原地，脑子里飞快闪过一百句质问女婿的话，身子打摆子似的，不住地哆嗦。她早该看出来，这个女婿，就是个狼羔子，白眼狼，喂不熟的白眼狼。当初她就不同意这门亲事，可架不住闺女待见呀。个死妮子！正胡思乱想着，忽然听见里面不吵了，闺女却真的哭起来。仔细一听，她的脸上立刻火烧火燎，烫了一般。个死妮子！哪里是在哭，分明是在叫唤。哎呀哎呀的，也不嫌害臊。不要脸的妮子！

　　换谷躺在床上，心里还在怦怦乱跳。做贼似的。不要脸，真不要脸。好像是做了不要脸的好事的，不是隔壁的小两口，而是她换谷。如今的年轻人，怎么都这个样儿？没羞没臊的，不管不顾的。她真是不懂。她真是想不通。当年，他们年轻时候，给他们一百个胆子，哪敢这么张狂？一会儿猫脸儿，一会儿狗脸儿，一会儿苦，一会儿甜。真是三香六臭。狗东西！不要脸的们！骂着骂着，扑哧一声，自己也就笑了。

夜色深沉，整个城市还在梦里沉沉睡着。该是后半夜了吧。这个时候，芳村的鸡们快该打鸣了。腊七腊八，出门冻傻。进了腊月门，寒冷的日子真的来了。腊月里，冷是真冷，可人们不怕，不是还有个年在前头招手么。

过了年，就是新春了。

谜　底

　　放下父亲的电话，云彩靠在沙发上，默默出神。父亲确实老了。耳朵也明显背了。跟她说话的时候，常常嗯嗯啊啊的，不断呵呵笑着，有点讨好的意思，是怕冷场，也许是怕招孩子们厌烦，表示他一直在听，他的耳朵还是像从前那么好。茶杯里新泡的碧螺春冒着袅袅的热气，是明前茶，淡淡的嫩绿的芽儿，在透明玻璃杯里缓缓浮动着。

　　老林走过来，见她发呆，就问，怎么样？老家没事吧？爸身体还好吗？老林穿一套豆沙色家居服，戴着灰格子围裙，身材已经微微发福，肚子腆出来，最底下那颗扣子没有系。彩云说，没事，爹老了。老林在她身边挤着坐下，把她的肩头揽住，傻话——谁能长生不老哇？咱们都这个年纪了。老林的手掌厚厚的，身上有一股洗衣液和糖醋鱼混合的香气。糖醋鱼是老林的拿手菜，他平日里忙，只有周末才偶尔下厨露一手。云彩说，我就是觉得难受。她往老林怀里钻了钻，赌气似的。好像是，父亲的变老，老林负有挺大责任。老林呵呵呵呵笑，用手一下一下替她捏肩膀，说，好啦好啦，没事就好。八十岁的人了，没灾没病，平平安安，多大的福分！

厨房那边的香气慢慢溢出来，缭绕了一屋子。初夏的阳光透过落地窗，把大半个客厅弄得亮晶晶的，金丝银线乱飞。阳台上晾着新洗的床单衣物，散发出清新好闻的气息。阳台的侧门通着一个小小的花园，三十来平吧。这是住一楼的好处。花园里早先种着竹子，被老林拔掉了，只留下边角上几株，给窗前添一些婆娑的竹影。下剩的云彩全种了蔬菜，大葱，豇豆角，西红柿，芫荽，丝瓜搭了架子，任嫩绿的藤蔓卷了细细弯弯的须子，慢慢爬啊爬。就为了种菜的事，云彩常常给父亲打电话，问这问那。什么节气种什么菜啦，怎么浇水施肥啦，捉虫子啦，搭架子啦，间苗啦，除草松土啦，都一一向父亲讨教。父亲种了一辈子庄稼，积累了一肚子的农事经验、心得体会。头伏萝卜二伏菜。谷雨前后，种瓜点豆。雨种豆子晴种棉。二月清明菠菜老，三月清明菠菜小。父亲在电话里声音洪亮，中气十足，好像又回到他当年在田地里劳作的壮年时代。云彩把手里的话筒悄悄挪开些，免得父亲的大嗓门震耳朵，心里却是欢喜的，又欢喜，又得意。

自从去年母亲走后，父亲好像是变了一个人。他常常一个人出神，半天不说一句话。有时候一早去田野里走走，一等不回，二等不回，原来是去母亲坟上拔草了。有时候呢，兴冲冲回来，一进门就叫，哎，哎，哎——叫好几声。没有人应他。他从来不叫母亲的名字。私下里，他总是叫她"哎"。当着孩子们，是另一种叫法。你娘这个，你娘那个。要么就跟着孙子叫，奶奶长，奶奶短。怎么说呢，母亲走后，父亲整个人渐渐委顿下来。胃口也不大好，戒了多年的烟又重新吸起来了。哥哥说，让爹到北京去住一阵子吧，散散心。云彩说，爹肯来？哥哥说，你来劝，我敲边鼓。云彩说，嫂子的意思？哥哥的一张圆脸一下子涨得通红，刚要分辩，云彩却笑了，逗你呢，看把你急的。

父亲果然不肯。这么多年了，父亲从来没有到北京来过。当然，多年前他也是来过的。正是困难时期，父亲来找他的后奶奶求救济。后奶奶在北京城给人家当保姆。父亲带了几个煮鸡蛋当干粮，从芳村一路走到石家庄，再坐绿皮火车，过正定、新乐、定州、望都、保定、徐水、高碑店、涿州、丰台，到北京站。天安门也看过，还特意起早去看升国旗。那时候，父亲多大？也不过二十出头吧，年轻的乡下小子，又莽撞，又腼腆，站在北京的大街上，傻乎乎地东张西望。太阳红彤彤照着，金水桥并不是金子做的，天安门原来是故宫的一个门，五星红旗在风中飘啊飘，跟宣传画上一模一样。而脑子里过火车似的轰鸣不休，胸口有什么东西满满的鼓胀鼓胀鼓胀——他都忘了肚子还饿着。

那一年，云彩考到北京来的时候，母亲已经病了。父亲说，你一个大学生，识文断字，走不丢吧？云彩噙着泪点点头。私心里，她很愿意父亲送她去上学。带着行囊，坐着火车，到北京去。也不是胆怯，也不是虚荣。究竟是什么呢？她也说不好。

到底还是嫂子出了面。

嫂子说，去吧，去北京看看，去云彩家看看，看看她住的啥屋子啥院，咱也好放下心。嫂子说，多照点相片，让咱们也看看人家大北京大城市。

嫂子说，要是想家了，一个电话，我们就去接你。

嫂子说，好好养养，等身子壮实了，还想吃你烙的馅盒子哩。

嫂子说话脆生生的，金铃铛一样。父亲吧嗒吧嗒吸烟，把孙子的小光头摸来摸去。五月里，田里的庄稼翻滚着绿色波浪。布谷鸟在村外叫。行不得也哥哥——行不得也哥哥——

公正地说，老林是个好女婿。他陪着父亲洗澡，带父亲去四联理发修脸，还特意请了假，陪父亲去颐和园，去天坛地坛，去天安门，去故宫。父亲腿脚灵便，走起路来一点不忱。倒是云彩，穿着一双新鞋子磨脚，吃了不少苦头。老林就笑她说，你呀，哪像村里长大的孩子。你看爸——云彩嫌他笑，恼火得不行，当着父亲，又不好使性子。老林一口一个爸，叫得父亲有点不好意思，脸上放得平平的，不显山不露水，心里肯定美得不行。老林这家伙，会来事儿，有眼力见儿，嘴又甜。云彩最恨他这一点。

晚上关了门，老林夸卖功劳，哎哟哎哟的，喊腿酸，背疼，脚都走大了。云彩不理他。顾自往脸上身上抹这抹那。老林自讨没趣，气哼哼地翻身看手机。云彩收拾好过来，正要推他，却被他一下子抱住，求犒劳。云彩冲着门外努努嘴，使劲摇头。老林哪里肯。推搡之间，床头灯偏偏被碰倒了，连带着碰翻了床头柜上的水杯。哐嘟嘟一声，在夜里显得格外响亮。云彩又羞又恼，冲着老林咬牙切齿。

次日是周末，一家人去吃烤鸭。有外孙女在，父亲格外高兴。问，学校的功课忙不忙？食堂伙食好不好？宿舍里几个人住？外孙女听不懂姥爷的芳村土话，一句一个什么？什么？什么？云彩忙着做翻译，桌子底下使劲踢了女儿一脚。女儿蝎子蜇了似的叫起来，疼——踢我干吗？云彩说，不小心，对不起对不起。

回来洗漱完毕，云彩到父亲房间里来，嘱咐他吃药。父亲血压高，一直吃药控制着。脑血管有点小毛病，问题倒不大。云彩找医生朋友开了个方子，让他坚持吃。父亲先是不肯，没事吃这个？是药三分毒。云彩只好请那医生朋友到家里来，跟父亲解释，拆讲，举例子，讲这个病的风险，发病机会，不良后果，预防的好处。对医生，父亲一向是信服的。何况人家还是那么有名的大医院的医生。云彩把瓶瓶罐罐里的药一一分好，放在一个小盒子里。又给他倒了一杯水，热了一杯牛奶。问他，薄被够不够？要不要搭一条毛巾被？加湿器要开，北京忒干燥。父亲坐在小沙发里，来回摩挲着沙发扶手上灰蓝色绒布面，灯光下，那绒布面被磨得起着绒头，灰蓝中泛着银的光泽。半晌，父亲才说，我想回去了。云彩说，才来一个星期呀——怎么就要回去？

父亲走后，云彩跟老林闹了一场别扭。差不多半个多月吧，两个人谁都不理谁。期间云彩出了一趟差，走和回都没有跟老林说。老林把电话都打爆了，她只不理。气得老林语音留言，说，怪我吗，又不是我让你爹走的。云彩看着手机，心里冷笑一声，到底装不下去了，可不，就是我爹。跟你一毛钱关系都没有。后来，还是老林忍不住，过来求和，低三下四的，说都是自己不好——他要立功赎罪，给爸换一个智能手机，这样就能视频了，脸对着脸说话，跟见面一样。云彩翻他一眼，说，那能一样？又扑哧一声笑了。

芳村却轰动了。父亲从北京回来，谁见了都要问一声——从北京回来啦？父亲说，天天跟坐监狱似的，哪有咱芳村好？人们都说，那还是北京好，我们是没有这么好的闺女。父亲呵呵笑。人们问东问西，尤其是父亲的老伙计们，问得最是详细。云彩家住哪个区？离中南海远不远？天安门城楼上去没有？故宫里头啥模样？那可是紫禁城呀。北京的猪肉多少钱一斤？鸡蛋呢？长城没有爬？哎呀，不到长城非好汉哇。父亲慢条斯理吸烟，笑眯眯的。性子急的就催促，讲讲哇，给大伙儿讲讲。你这辈子，死了也不冤了——去过北京城，见过世面了。父亲不服，我多少年前就去过了，一个北京！不过是车多人多，住的那楼，取灯盒子似的。东西又死贵。哪有咱芳村好？

老林的糖醋鱼果然不错。味道醇厚，汤汁鲜美。老林说，今天去晚了，武昌鱼就剩这一条了，个有点大，不大好入味儿。糖醋鱼之外，还有两个菜，一个肉末烧茄子，一个干煸豆角。两个人默默吃饭。窗子开着，谁家的孩子在哭，混杂着断断续续的钢琴声。老林说，怎么样？要不再弄个汤？云彩说，甭麻烦了。老林说，不麻烦，都是现成的。虾皮紫菜汤？还是西红柿蛋花汤？云彩不答，埋头吃饭，忽然就掉下泪来，一大颗一大颗，都落在自己饭碗里头。老林说，怎么了？你看你。云彩只是落泪。老林说，好了，好了，咱们把爸接过来？云彩不说话。老林说，咱俩去接——下周吧，明天我还有个会。云彩说，他不肯来。你明明知道他不肯来。老林说，做做工作嘛。我在单位好歹也是一领导，思想工作还是拿手的。云彩说，就你？老林说，你这人！老林说，爸没说什么吧？今天？云彩说，我听着他不大对。不是跟我嫂子生气了吧。老林说，净胡思乱想。云彩说，我哥这人忒没出息，事事看媳妇脸色。老林说，你这话！那我更没出息了。云彩翻他一眼。老林叹口气说，给爸打点钱过去吧。这个月的钱也该打了。云彩说，我就是气我嫂子那话，说什么光有钱就行了？——这些年还不都是咱们花钱？老林说，你嫂子就是嘴巴厉害。云彩不说话，默默择鱼刺。鱼在盘子里躺着，一副受难者的姿势。鱼肉被逐渐剔除，白的脊骨正在慢慢显露出来。鱼刺排列清晰有序，对称工整，好像是一幅精心结构的模型。父亲对鱼兴趣不大。鱼这东西，吃起来麻烦。吃来吃去，肉还不够塞牙缝，反吃出一大

堆刺来。在芳村，人们更喜欢大块吃肉，大碗喝酒。这一点
上，云彩倒不像是芳村出来的。她爱吃鱼虾海鲜，为了那一点
鲜美滋味，从来不怕辛苦费事。老林早把一碗虾皮紫菜汤端过
来，热气腾腾，黑是黑白是白，上头绿绿的撒了一层芫荽末。
老林说，我倒有个想法，就是不知道你愿不愿意？云彩说，你
说。老林说，我说了你可别生气。云彩说，你说。老林说，养
老院——要么咱们也了解一下？云彩一下子就哭出来，你怎么
不去养老院？你爸妈怎么不去养老院？姓林的，你也太狠心
了！老林说，说好了不动气，你看你——我就是随便提这么一
嘴——那你说怎么办？老爷子不肯来，咱们又回不去。云彩
说，那就送养老院？老林说，我听老郑说，他老爸那家就挺不
错。云彩说，老郑说？他的话你也信？老林说，你看你，就你
这脾气。云彩说，我这脾气怎么了？也就是我这脾气，软柿子
一个，才能叫你们这么揉搓来揉搓去。耳根子又软，心眼子又
软，嗓子眼儿也粗，换别个人，谁能咽下去？你们那些个破事
儿！云彩哭得一噎一噎的，眼泪一对儿一对儿落在那碗热汤里
头。老林气得脸儿都白了，还有完没完？哎？你还有完没完？
这点子破事儿你揪着不放，你打算记几辈子？云彩说，你心虚
了？你当我愿意提你们那些个破事儿？我还记几辈子？我压根
就不想记！事儿是你们做下的，是你们在我这心窝子里扎了一

根刺！老林说，你说，你接着说，你痛快就好。云彩说，我痛快？我不痛快！我想把这破事儿忘了，我想忘了你知道吗？我真想这就是一个噩梦，醒了天就亮了。可我就看不得你这样子！老林说，我怎么了？我天天小心伺候着，看你脸色，生怕你不高兴，我伺候了老的伺候小的，我伺候你爹，鞍前马后的，就差给老爷子提鞋穿袜了。我亲爹我都没这么伺候过。云彩说，你为什么这么着？低三下四的，还不是心里有亏欠？还不是心里有鬼？老林的厚嘴唇哆嗦着，一句话说不出来。云彩心里警告自己，刘云彩你别说了千万别说了。可她管不住自己的嘴。你装不下去了吧？我就知道你装不下去了。我倒要看看你能装多久。老林眼睛瞪得老大，鼻子里咻咻出着粗气，一挥手把餐桌上的盘盘碗碗推下去，哐啷啷一阵乱响。云彩呜呜呜呜大哭起来。

　　阳光照在窗台上，金色箭头似的，乱纷纷一团。刚过了小满，天气渐渐热起来。空气里流淌着草木疯长的蓊郁气味，夹杂着乱七八糟的鸟的啁啾，叫人心里莫名的烦恼。卧室的门关着，侧耳听一听，外头静悄悄的。闹钟在床头克叮克叮克叮走着，云彩听得心烦，抬手把它翻过去。依然是克叮克叮克叮响，好像是更响了一些。云彩把毛巾被蒙住头，身子一动不动。脑子里却是隆隆隆隆轰鸣一片，震得太阳穴隐隐作痛。她今天也不知道怎么了，鬼使神差的，又提起了那件事儿。原本，那年大闹一场之后，她是暗暗发过毒誓的。翻篇儿，全都翻篇儿。无论如何，那件事就此翻篇了，今后永不再提。人这一辈子，谁还没有个一差二错的？老林也跟她保证过了，不过是一时冲动，他跟那女的，连逢场作戏都谈不上。老林说这话的时候，她把眼睛看着别处。她不想看他。可是他的话一个字一个字，全落到她耳朵里去了。老林把她的头扳过来，又温柔，又坚决。老林说，我错了。我知道错了还不行吗？云彩的眼泪控制不住地流下来，流了满脸，仿佛前半辈子的眼泪都在那个晚上流干了。从那以后，老林果然戒了酒。这么多年了，为了喝酒，她跟他闹过多少回？前年吧，嗯，就是前年，老林工作调动，升职提任，算是家里头一件喜事。亲戚朋友都祝贺，道喜，说，年轻有为啊，前程似锦啊。也有人开玩笑，说嫂夫人你要把林局看紧噢——意味深长的语气。云彩却渐渐把一颗心放下来。老林正是事业上升期，从当年一个穷小子到今日身居要职，在这个城市白手起家，他吃了多少苦？他该知道轻重。这么多年下来，她自认还是懂他的。那一回，很可能就像他说的，不过是一个偶然，一场事故，因为醉酒，一时糊涂。嗯，不是一时糊涂，是一时软弱吧。是人就有软弱的时候，软弱，无助，觉得人生虚无，两手空空，渴望抓住点什么。抓住什么呢？有时候是名利，有时候是欢愉——精神的，肉体的。年轻的新鲜的身体，陌生的战栗，动荡的不确定性，甜美的黑暗的禁忌，破坏的冲动，摧毁的欲望。人又不是铁打的，总有一些时候，是软弱的吧。云彩也是读书人，她怎么不懂？多少回，她苦苦劝说自己。两个云彩在心里打架，争吵，有时候这一个鄙视另一个，有时候呢，另一个心疼这一个。两个云彩抱头痛哭，亲姊妹一般。婚姻这东西，怎么说呢。说好便好，若说不好吧——她深深叹口气。夜色中，她看着枕边这个男人，他沉浸在睡梦中，脸上的线条因为放松而显得柔和安详。厚厚的嘴唇微微张开，好像是有话要说。眉间有一个川字纹，是他喜欢皱眉的结果。而两鬓已经有了星星点点的秋霜——他当年那一头乌发呢？睡觉的姿势跟年轻时候一样，摊手摊脚，好像一个孩子。老实说，那件事以后，他们比以前更好了。他们都小心翼翼的，不去碰那个伤疤。凭良心说，老林是个体贴的丈夫。体贴，温存，耐心，细腻。她应该珍惜才是。然而，莫名其妙，她却开始失眠了。她整夜整夜睡不好觉。她睁着眼在黑暗中躺着，听着老林在耳边香甜的鼾声，她内心翻滚，像沸水，像烈焰。城市在梦的深渊中陷落。她在沸水烈焰中煎熬。直到晨曦悄悄爬上窗子，北京在市声中慢慢苏醒。她明显地瘦下来。婴儿肥不见了，反逼出尖尖的下巴颏儿。同事们说，呀，怎么减下来的？

手机忽然叫起来。是哥哥的视频通话。她这样子怎么接？赶忙爬起来，洗脸梳头，定一定神，刚要回过去，又想能有什么要紧事，晚上再说吧。哥哥嘴巴浅，盛不住话。万一给他看出什么来，嚷嚷出去，反倒麻烦。

通往小花园的门开着，风悠悠吹过来，两只蛾子乱飞，白蛾子黄蛾子，嘤嘤嗡嗡，把空气搅动得又凌乱，又喧闹。西红柿已经结出小小的青色的小柿子，才手指肚大，豆角开着紫色的小花，一簇一簇的。四月鲜扁扁的，好像一只只小鞋底子。菠菜湛绿湛绿，打了蜡似的泛着油光。芳村有个谜语，红嘴绿鹦哥儿，说的就是菠菜。红屋子，麻帐子，里头住着个白胖子。说的是花生。小时候，父亲常常拿这个来考他们。好像是，父亲肚子里有猜不完的谜语。芳村管猜谜不叫猜谜，叫猜昧。她记得有一回，也不知道为了什么，母亲跟父亲吵架。母亲哭得伤心，骂的却是芹婶子，一口一个狐狸精。当着孩子们，父亲也不辩解，只出谜语叫他们猜。

红口袋，绿口袋，有人害怕有人爱。

哥哥说，辣椒！

小时青，老来黄，金色屋子小姑藏。

哥哥说，谷子！

奇怪奇怪真奇怪，腰里长出胡子来。拔掉胡子剥开看，露出牙齿一排排。

哥哥说，玉米！

云彩猜不出，哇地一声哭出来。跟母亲的哭声和在一起。那时候，云彩几岁？

一场雨过后，草们又冒出来。马生菜，灯笼草，野蒿子，这一丛那一片。一群蚂蚁忙忙碌碌，也不知道在忙什么。云彩把一块小坷垃挡在它们面前，蚁群顿时乱了阵脚。芫荽给晒得更绿了，香气里带着一种好闻的苦味。芹菜的叶子散发着淡淡的药香。地气蒸腾，园子里弥漫着甜丝丝乱纷纷的植物的腥气。阳光不错，蔬菜们长势也不错。这小小的园子生机勃勃，引得路人经过，都要往里面张一张。赞一声，呀，真好。

老林应该是出去了吧？周末，这个时间，他会去哪里呢？楼后头的小公园？花草们都繁盛起来，阳光也不热，散散步也是不错的。张大钧家？他们大学同学，就在旁边的上林嘉园住。要么就是楼上老局长家？老林的老领导，一直对老林非常赏识。据说这回升职，也是老局长说了话的。云彩拔草，浇水，把豆角架子丝瓜架子都加固了一遍。出了一身热汗，倒觉得身上心头轻快许多。倒杯水一气喝光了，忽然发现那蚁群早已经绕过那坷垃，走得很远了。依旧是浩浩荡荡的队伍，忙忙碌碌，却井然有序。云彩朝着那坷垃踢了一脚，倒把脚上的拖鞋给踢飞了。

哥哥的视频通话又打过来，她跑到阳台上去接。哥哥劈头便问，怎么不接电话呀？云彩刚想编个瞎话，哥哥却说开了，爹也不知道怎么了，饭也不吃，药也不吃。云彩说，前晌打电话不是还好好的？哥哥说，没敢跟你说，好几天了都。哥哥圆脸，像母亲。男人家长一张圆圆的娃娃脸，多大年纪都不脱一股孩子气。云彩说，到底怎么回事哇？哥哥说，你问我？我问谁？云彩说，你们天天守着，不问你问谁？哥哥说，云彩你怎么说话？我们天天守着，还有罪了？云彩说，我怎么说话？你叫我怎么说话？有你这么当哥的？哥哥说，云彩，谁惹你了？你啼哭个啥？是不是老林？你说，是不是姓林的？云彩说，让你管？你个媳妇迷，就听媳妇的！咱爹的死活，你妹子的死活，你还管呀？哥哥的娃娃脸涨得大红布似的，鼻孔张着，半天说不出话来。云彩恨恨地回了一声，眼泪越发止不住。

落地阳台正对着小区里的花园。有年轻母亲推着婴儿车晒太阳，脸晒得红扑扑的，浑身上下散发着湿漉漉的母性的气味。一个老头儿在遛弯，不知道是狗牵着他，还是他牵着狗。一人一狗，淡淡的影子投在地下，不时交错重叠着。月季花开了，红的，粉的，黄的，一大朵又一大朵又一大朵，是那种喧闹的繁华的好看。木槿也开了满树，紫色的，粉色的，层层叠叠的花瓣，有点像紫叶李，却更丰腴一些。一个孩子，大约不过四五岁吧，在花池子边上寂寞地吹着肥皂泡，一个两个三个四个五个，阳光下五光十色，转瞬间就破裂了。他父亲在一旁看手机，也不知道看到什么，忽然间微笑了。人世间的悲欢，原是不相通的。

痛快哭了一场，云彩内心里反而安静下来。安静，和煦，晴朗，仿佛这五月里北方的天气。她重新洗了脸，薄薄施了粉黛，对着镜子笑了一下。嗯，还好。她给哥哥发去好多照片。她精心侍弄的菜园子。她刚学的新菜金汤肥牛。她办公桌上新添置的多肉。老林准备换的新车。他们的家庭自拍，她跟老林的，她跟女儿的，他们一家三口的。哥哥半晌没回复。云彩留言嘱咐哥哥，记着给咱爹看呀。想了想，又发了一个大笑脸。

太阳慢慢从楼后头坠落下去，天边的晚霞给城市涂抹上辉煌的金色。仿佛无数金色的翅膀徐徐扇动着，黄昏悄悄降临了。夕照如同金色的河流，从落地窗里不断涌进来涌进来。屋子里的家具油画鲜花绿植，都沐浴在薄薄的金光中，静谧而温暖。

云彩正在厨房里炒菜的时候，老林回来了，一进门就大呼小叫，哎，哎，哎——接我一下。手里大包小包，满头大汗。云彩顾自噼里啪啦炒菜。油烟机轰隆隆响着。油锅滋滋啦啦呼喊。汤锅里的蒸汽噗噗噗噗顶着锅盖。老林说，哎，哎，哎——家里没人？哎？云彩心里一跳，锅铲一歪，一粒油点子飞溅到她尖尖的下巴颏儿上。她仰着头，不让眼泪掉下来。

如意令

北方就是这一点不好。三月中旬便停了暖气。外面的阳光极好，屋子里呢，却是凉森森的。娇气一点的，怕是还要加一件外套，甚或是毛背心。这个季节，人在屋子里就不大待得住。杨花早已经飞起来了。风一吹，纷纷落落的，张扬得很。偶尔落在人的脸上，脖子里，毛茸茸的，弄得一颗心也有些痒了。

乔素素在厨房里剥豌豆，炉子上炖着排骨，小砂锅咕嘟咕嘟响着，煎的是中药。乔素素不放心，隔一会儿，就忍不住走过去看一眼。

海先生在书房里写字。书桌大得有些惊人，设着笔墨纸砚，都是上等的东西。海先生立在那里，悬着腕，一脸端正，真是写字的气派。旁边的废纸篓里，张牙舞爪地团着几张废字。客厅的 CD 机放着邓丽君。甜美的，幽怨的，带着一点空灵的遐想的味道。海先生侧耳听了一时，仿佛是入了神。他们这个年纪的人，有几个不迷邓丽君？就连找朋友，也是暗暗地有了参照。比方说，原先的那一个，眉目之间，就有那么一点邓丽君的影子。嗓音也甜，嗲声嗲气的，是南方小女人的做派。当初，第一眼看见，海先生就下了决心。然而，谁料得到呢？海先生不由地叹了口气。却发现，一滴墨汁正落在那个"情"字上，弄污了。

厨房里弥漫着香气。排骨的香气，草药的香气，混合在一起，是纷乱的家常的气息。温暖的，世俗的，带有微微的瑕疵，让人安宁，妥帖，也有那么一点说不出口的无可奈何。豌豆正当时令。海先生喜欢豌豆。因此，乔素素也喜欢豌豆。每年豌豆上市的时候，乔素素都要买回来很多。乔素素喜欢买带壳子的。便宜倒在其次。她简直是把剥豌豆当作了一种消遣。看电视的时候，听音乐的时候，聊天的时候。手指头娴熟地动着，毕毕剥剥，潮湿的，青涩的，不太清脆。一地的绿壳子，张着惊讶的嘴巴，乔素素把剥好的豌豆冷藏起来。豌豆炖排骨，豌豆烧牛肉，豌豆煨鸡汤，能够一直吃到春节。

海先生慢慢踱过来，立在一旁，看乔素素剥豌豆。嫩绿的豌豆盛在洁白的瓷碗里，十分的悦目。海先生看了一会剥豌豆，又去看砂锅里的中药。随手拿起旁边的筷子，一面尖起嘴唇吹气，一面小心地搅一搅，把周边的药渣子往里面拢一拢。乔素素看他的样子，知道他是有话要说。正待开口问，海先生却说话了，今年，我得回去一趟。乔素素不说话，等着他的下文，海先生却不说了。

清汤排骨用的也是砂锅。在这方面，乔素素是个固执的人。高压锅偶尔也用。不过是万般无奈的时候应急罢了。砂锅里的东西咕嘟咕嘟响着，白色的蒸汽冒出来，雾蒙蒙的，把窗玻璃模糊了一片。海先生把一颗掉在外面的豌豆捡起来，摊在掌心里研究了一会儿，依旧扔进瓷碗里。乔素素目不转睛地剥豌豆，眼皮待抬不抬的。海先生咳嗽了一下，清了清嗓子说，那什么，我得回去一趟——去年，就没有回成。乔素素说，好啊。海先生似乎本来预备了很多说辞，听她这么痛快，倒一时间不知说什么好了。半晌才解释道，小鸢也刚买了房，想让我过去看看。小鸢是海先生的女儿。想必，他们父女两个，是早已经通过电话了。乔素素说，好啊，那真好。海先生忖度她的语气，迟疑了一下，说，那，我就回去看看。是商量的口吻，听在乔素素耳朵里，却是已经决定的了。回去回去。一口一个回去。当真是把苏州当作家了！那么北京呢？他和她的小窝，这个漂亮的四居室，算作什么？

我出去买菜——晚上，吃什么？海先生弯下腰来，把脸凑到她的脸下。这是在讨好她了。这么些年了，做大爷也做惯了。他几时想起来过买菜的事！乔素素说，我去吧，你也不知道都买什么。海先生趁机说，那，不如我们一起？

风有些大。树木的枝条在风中舞蹈，是放荡的春天的样子。阳光软软地泼下来，到处都很明亮，叫人忍不住微微眯起眼睛。隔着小河，对面的马路上，一辆辆汽车一掠而过，反射着太阳光，只看见无数个光斑，流星一般闪过。乔素素在前面走，手里拿着购物袋。海先生在后面跟着，有一点亦步亦趋的意思。这两年，海先生是更胖了一些。肚子高高地挺着，把风衣支出去老远。因为个子高，看上去倒还不算十分臃肿。乔素素听得他呼哧呼哧的喘气声渐渐有些紧了，心里有些不忍。还有，倘若让熟人看见了，说不定会以为他们在怄气。这些年来，在人前，他们可是出了名的恩爱夫妻，于是便故意把脚步慢下来等他。

去菜场要穿过一个小的街心公园。远远望去，那一行柳树，竟也绿蒙蒙的，是烟柳的意思了。几个老人立在树下说闲话，一面伸胳膊伸腿。乔素素从包里掏出面巾纸，小心地把嘴唇按一按，立刻便有一个淡淡的口红印子。海先生说过，她的唇色好，根本不需要涂口红。

　　当初认识海先生的时候，乔素素已经三十三了。这个年纪的女人，经历了一次婚姻，对生活仍是似懂非懂。有一点世故，有一点天真，有一点沧桑，还有一点幻想。一切都是刚刚好。公正地讲，乔素素是一个耐人琢磨的女人。眉目如画，尖尖的下巴颏，秀巧得让人心疼。如今，虽说依旧是不胖，但无论如何，是不一样了。怎么说，有了一些珠圆玉润的意思。那一举手，一投足，一个眼风，一个低眉，都似乎有无限的意味在里面。当年，乔素素也是很多男人的梦中人。求之不得，便有人赌咒发誓，非她不娶。为了表忠心，也有人为了她，决意要打破自己婚姻的牢笼，都一一被乔素素劝阻了。经历过一次失败，她知道自己想要什么样的生活。一直以来，乔素素宁愿一个人孤单单地熬日月，正是因为她深知这一点。事情既然已经到了这一地步，她绝不肯令自己委屈半分。直到遇上海先生，距离她跟原先的那一个离婚，已经是四年多了。那四年间，她什么没有遇见过？

　　阳光照下来，街上笼着一层薄薄的烟霭，淡蓝色的，有一点透明。墙上是现代派的壁画，配着洒脱的英文。黑色的雕塑静静地站着，仔细一看，却是果皮箱。在北京，这一片住宅区，被称作高尚社区。真是有意思得很。高尚社区！难不成还有卑下社区？乔素素这样嘲讽着，心里还是不免有一些得意。

如今这个时代，可怎么得了！什么都离不开物质两个字。物价，房价，什么都涨——除了薪水。小民百姓，竟然都住不上自己的房子！就像她从前。吃够了苦头，只是为了争着做上房奴。仔细想来，如果不是因为海先生，这一生，她怎么会住进这样的社区？修剪整齐的草坪，幽雅迷人的小花园，高档休闲会所，就连穿漂亮制服的年轻门卫，脸上的微笑都是高贵而矜持的，彬彬有礼，热情而节制。虽然，乔素素总不肯承认，这一切，都是海先生带给她的。私心里，她怎么不知道呢？按照旁人的说法，她算是嫁对了。亲戚朋友中间，她竟然成了女人们口中的例证，在夫妻吵架的对白中，乔素素梅开二度的好姻缘，不免成了女人们有力的依据，成了一种梦想的激励，或者怂恿。

先前的那一个，自不必说了。年少夫妻，一路牵扯着跌跌撞撞走过来的。年貌相当。甜蜜也是甜蜜过的。可越是这样，越容易针尖碰上麦芒。指着鼻子对着脸，吵起架来，像两只好斗的蛐蛐，是谁都不肯容让半分的。她和他统共过了四年。四年里，她只记得，他们一趟一趟地吵架。枕头在空中飞来飞去。茶杯的破碎声像花一样，猝然绽放。米饭不是夹生，就是烧焦了，永远没有合适的时候。卫生间洗手盆里碎的黑胡茬。茶几上烟蒂不小心烧出的伤疤。仔细想来，都是含混的糊涂的岁月，年轻，仓皇，手足无措，却真切地感到那种气恼，还有绝望。痛不欲生。这是真的。当时，两个人分手的时候，都是赌了咒发了誓的，就像他们当初好的时候那样。恶毒的词语，绝情的话，也都是尽着说完了的。咬牙切齿，生怕让对方看出自己半分的犹豫和不舍。那一种孩子气的决然，如今想来，倒忍不住有些好笑。何至于此？再怎么，也曾是彼此真心喜欢过的，一千多个日夜的枕边人。何至于此？

同海先生呢，就不一样了。赌气，吵嘴，甚至，一连几天不给他好脸子，种种情形，也是有的。可是，到底是不一样了。比方说，今天。今天这件事，其实，乔素素早就料到的。她只是不说罢了。这几天，海先生有点心神不宁。这些年，每逢这几天，哪一年不是如此呢？自然是有缘故的。海先生原先的那一位，据说是病逝的，就在清明前后。到底是什么病，问了两回，也没有问出所以然来。只说是急症。也便不好再问了。看海先生那吞吞吐吐的样子，乔素素心里有些不痛快。倒仿佛是，就连那一点病症，也是他和她之间共同的秘密，不便与不相干的人分享。也为了这一点，每年的清明，海先生总要费一番踌躇。犹豫着要不要回去，要不要开口，如何开口——海先生跟原先的那一位是同乡，祖坟自然也在苏州。回乡祭祖，说到哪里，都是天经地义的事情。乔素素不是一个不明事理的人。可是，乔素素总觉得，海先生回苏州，有那么一点假公济私的意思。论理，即便果真借机去缅怀凭吊一番，也是人之常情。更何况，还有小鸢，他们的女儿在侧。可乔素素顶恨的，是海先生那副冠冕堂皇的样子。比方说刚才，还把女儿搬新居的事情拿出来。亏他想得出！有时候，乔素素就是要故意为难他一下，让他知道，她并不是一个傻瓜，任他哄骗。然后呢，还要放他走。也是让他明白，她是一个通情达理的好太太。她懂他。这世界上除了她，谁还能够懂得他？

当然了，也有例外的时候。比方说去年，海先生就没有能够如愿。去年，想来也是赶巧了。学术界有一个重要会议，作为 B 大的重量级人物，海先生理当出席。偏偏是，乔素素又病了。这病呢，又有一点说不出口，是女人家的私疾。虽则是病在乔素素身上，然而海先生怎么能够脱得了干系？看着乔素素娇滴滴病恹恹的样子，海先生几度欲开口辞行，都被乔素素的眼神堵回去了。海先生明情知势不能回了，只有背地里跟女儿通电话，百般譬解，许诺，方才把那一方渐渐安抚下去。这一边呢，也索性不去管什么会议的事了，安心待在家里，端汤递水，细心服侍，把乔素素敷衍得风雨不透。如今想来，这么多年了，去年的清明，算是乔素素最痛快的一回。那一阵子，乔素素倒宁愿把那一点小恙抱着，越性做了一回病西施，看海先生如何放下一切，对她极尽温存体贴，殷勤周到。当然了，乔素素也不是不懂事的人。投桃报李，这一点情理，她是知道的。因此上，那一个微雨的清明，两个人倒真的感受到了春天的气息。甜蜜的，湿润的，微醺的，动荡的，凉的凉，热的热。有一些放纵和疯狂，但并不过分。

阳光寂寂的，同周围的人声隔绝开来。远远地，竟有一两声鸡啼——该是菜场那边的鸡。熙熙攘攘的城市，有一种千里荒烟的错觉。乔素素情不自禁地叹了口气。总觉得不过是昨天的纠结，缠缠绕绕横竖理不清，岂料偶一回首，竟然都是前尘往事了。

菜场并不远。海先生终于跟上来的时候，已经快到了。旁边就是物美。乔素素迟疑着，是到菜场呢，还是到超市？怎么说呢，平日里，乔素素都是到菜场买菜。菜场里的菜又新鲜，又便宜。种类也丰富。鸡鸭鱼虾都是活的，现吃现宰。还有各种杂粮，超市里都不全。可是今天，有海先生跟着。去逛乱糟糟的菜场，乔素素总觉得有点不相宜。正犹豫间，迎面走过来一个人，远远地叫她，小乔，小乔。仔细一看，竟是当初的旧同事吴亚芳。

乔素素当年在中学里教书的时候，和吴亚芳都在英语组。都知道英语组的女老师活泼大方，时尚洋派，又会打扮，又会穿衣服。这个吴亚芳，就是一个例证。吴亚芳人生得丰满高大，一头卷发，性感迷人，人称大洋马。当年，吴亚芳亲眼见证了乔素素恋爱结婚离婚的全过程。后来，乔素素调动工作，几乎跟原来的旧同事失去了联系。而今，乔素素在街头偶遇吴亚芳，她心里不由地一跳，只有满脸惊喜地同她寒暄。

吴亚芳一迭声地哎呀呀，哎呀呀，一面抱怨乔素素的人间蒸发，一面把眼睛飞向旁边的海先生，左一眼又一眼地打量。乔素素也咯咯笑着，有些夸张。同吴亚芳说起了当年的一些故人旧事。轻轻叹着气，也不知道是感叹，还是惋惜。

海先生从旁看着，两个女人十指交握，互诉着离情别绪，心里笑了一下。女人真是麻烦的小东西。最是口是心非。这么多年了，也曾听乔素素提起当年的旧同事，都是置身事外的口吻。眼光也是客观公正的。无非是一些小知识分子，装腔作势，清高自许。势利起来，却是比谁都要入木三分的。还有眼前这个女人，也不知道，是不是乔素素口中的大洋马。关于她的那些风流韵事，他听得实在是太多了。

吴亚芳忽然把话头止住，向着乔素素说，怎么，也不介绍一下？眼睛却看着海先生。乔素素忙说，哎呀，光顾说话了。这是我先生。姓海。又指着吴亚芳，对海先生说，这是吴亚芳。我原来的同事。吴亚芳嘴里又是一迭声地哎呀呀，说，海先生你好。一面把手伸出来。海先生连忙握住那涂了丹蔻的指尖,只轻轻一下,便想抽出来。却已经不能了。吴亚芳握着海先生的手,直个劲儿地抒发感情,赞美乔素素贤惠,感叹海先生有福。海先生被她握着手,脸上虽则是微笑着的,心里却有些不自在。乔素素从旁看着,心里明镜似的。这个吴亚芳,她怎么不知道呢?当年,在学校的时候,就是一个著名人物。据说,校长都要让她三分。一说是因为她是市教育局长眼前的红人儿。一说是,校长大人本人,也和这大洋马有一些首尾。还有一说,这吴亚芳虽是那胖书记的干女儿,却比嫡亲的女儿都还要亲几分。总之,无论如何,吴亚芳在二中的位置有些特殊。而她天生又是那样一种女人,在这一方面,永远是孜孜不倦。最擅长在男人队伍里周旋。那些男同事们,连同校长大人书记老爷,少不得又要拈酸吃醋。为此,闹出了很多桃色故事。吴亚芳本人,倒是泰然自若,十分的从容。有一度,吴亚芳是把乔素素当作潜在的情敌的。仔细想来,在二中,怕是只有乔素素,才可以同吴亚芳一较短长。可是,乔素素怎么肯?

杨花乱飞,阳光落在地上,溅起一片金粒子。市声喧嚣,仿佛从很远的地方传来。有行人不断从身旁经过。乔素素冷眼看着旁边这两个人。海先生今天穿浅米色的风衣,同色皮鞋,卡其色西裤,戴一顶浅咖色软帽,恰好把秃顶掩盖起来。咖啡色眼镜，衬着白皙的肤色，一眼看上去，果真像一个学者的气派。乔素素不免暗暗有些得意。当初，也真是万幸。把海先生这样一个人抓到手里。虽则说，日常里也有许多的不如意，然而无论如何，还好。还好。

其实，当初，乔素素还是有一些犹豫的。按说，海先生先前那一个病逝，倒也简单了。省得牵牵绊绊的，藕断了，却还连着丝。而今想来，是自己太天真了。失去的，总是最好的。这个道理，她怎么就忽略了呢？每一年的清明，都是他们最难熬的日子。看着海先生那心神不宁的样子，乔素素心里就觉得委屈得不行。让自己同一个不在世的人较量，海先生他凭什么呢？还有小鸢。最初，乔素素是下了决心的。绝不找带孩子的。她和原先的那一位没有孩子。她可不愿意，一进门就做人家的后妈。况且，后妈难当。这是任谁都明白的道理。当初她母亲极力反对，也是因为心疼她。更要命的是，小鸢偏偏是女儿。是谁说的话，女儿是父亲前世的情人。这话真是对极。海先生和他的女儿，感情十分好。电话，短信，是从来不曾厌烦过的。看那神态，听那口气，不知情的，不以为是父亲和女儿在说话，倒以为是恋爱中的小情人了。吵架，撒娇，耍赖皮，打嘴仗，种种情态，都是有的。乔素素偶尔从旁听见了，不免酸溜溜的，觉得电话那一端的，不该是小鸢，而应该是乔素素。海先生呢，就笑她说，瞧你，这么大个人了，还吃起女儿的醋了。海先生拿食指挑一下她的下巴颏，说，傻不傻？啊，你傻不傻？

旁边一个孕妇慢慢走过，挺着高高的肚子，神色宁静，有些雍容的意思。一旁的男人小心地趋步随着，一只手围在身后，虚张声势地护着。一定是做丈夫的了。乔素素这辈子，从来没有机会享受这样的待遇。不是她不想。是海先生。海先生也不是不想。怎么说呢，究竟是年纪不饶人了。再者，做学问的人，整日里在书斋里待着，也不得益。听医生说，且得吃几服药调理。这阵子，乔素素就十分积极地煎中药。海先生的态度，似乎是无可无不可。这让乔素素心里不痛快。他倒是有了那么大的女儿养老。海先生比她大那么多，万一有一个想不到，可叫她后半生指望何人呢？

吴亚芳犹自絮絮地说个不停。海先生只觉得那一只手，被她握得微微出了汗，湿漉漉的，难受。有乔素素在一旁，又不好看着对方的眼睛。然而呢，又不好不看。海先生的一双眼睛就有些躲闪，做贼心虚的样子。吴亚芳的笑声很婉转，娇滴滴，脆生生，像一群黄莺，扑棱棱在耳边盘旋。乔素素心中暗暗骂了一句，没见过世面的东西！也不知道是在骂谁。看着海先生的窘样子，乔素素终于有些不忍。上前去一把挽起海先

生，冲着吴亚芳甜甜一笑，说，吴姐，一会家里来客人——我
们去买点菜。回头聊？

　　从菜场出来，太阳正慢慢从那座赭红色大楼边缘掉下去。
街心公园里，迎春早已经开了。娇黄的，细碎的小花，挤挤挨
挨的，簇在一起，倒很有几分繁华的景象了。桃花粉粉白白，
让人看了，不禁想起美人的嫣然一笑。经过这一番活动，已经
微微地出了汗。乔素素停下来，喘口气。海先生也跟着停下
来。海先生的手里拎着大包小包，满当当的。他人又胖，简直
一动就出汗。她想起他们夫妻之间的一句玩笑话，禁不住把脸
飞红了。瞟一眼海先生，见他衣襟上不知怎么沾了一片菜叶
子，纤细的，带着锯齿，大约是茼蒿。忍不住要替他摘下来，
却又恐怕前功尽弃了。就扭过头去，只管用手指整理吹乱的头
发。海先生见她一张脸红彤彤的，大约因为热的缘故，眼睛里
波光闪闪，忍不住要逗她说话。见她耷着眼皮，待看不看的，
知道少不得要碰个软钉子。也只有把身段软下来，说，累不
累？我看还是依着我，请个阿姨帮着做做家务。这也是个老话
题了。海先生曾几番提起，乔素素只是不肯。乔素素在图书馆
上班，大学图书馆，最适合女人。清闲，自在，假如不喜欢看
书的话，甚至还有一些百无聊赖。这当然也是海先生的功劳。

女人嘛，就是要闲一些才好。所谓的闲情，闲心，都是养出来的。这是海先生的原话。整日里风风火火的，哪里有女人的样子。怎么说呢，如今，乔素素最重要的事业，是家庭。她宁愿自己劳累一些，也要亲手把家打理好。这是她的江山，失而复得，来之不易。她怎么不知道呢？海先生纵有千般的不如意，自己少不得要忍耐一些。已经有过一回了，难不成还要再来折腾一过？想起从前那一回，仗着年纪轻，什么都是大无畏的。爱和恨，都是不管不顾的，赤膊上阵，没有半分遮掩。刀枪之下，难免伤筋动骨，留下一辈子都难以痊愈的暗伤。然而如今，到底是不一样了。

隔了马路，是护城河。遥遥地，小河里的水涨满了，闪着波光，绸缎一般。有垂钓的人，在河边安静地等着。上来就是车水马龙。他们倒仿佛入定了一样，也不怕吵。路边有一家修自行车的摊子。摊主是一个乐呵呵的中年男人。此刻，他正把一个轮胎抱在怀里，满手油污。女人在一旁打下手，手脚麻利。地下有一个罐头瓶，充当大号的茶杯，染满了黄色的茶渍。两个人并不说话。过了一会，男人把头摆一摆，女人就在围裙上蹭一下手，把茶杯给男人递到嘴边。喝罢水，两个人依旧埋头干活。自始至终，也没有一句话。乔素素想起来，和海先生刚认识的时候，是说不完的话。后来呢，却越来越话少了。偶尔说一句，往往是听了上半句，对方早已经知道了下半句。甚至一个眼神，就知道了对方的心思。海先生是一个风趣的人，可那都是从前的事了。当然了，在外面，海先生或者依旧是从前的样子。风趣，机智，爱说俏皮话，逗得人简直是撑不住笑疼了肚子。乔素素不免有些遗憾。却又觉得安心。有时候，她也一时弄不清楚自己，是喜欢现在的海先生，还是从前的那一个。

海先生见她往前走，只好赶忙提起东西跟着。大包小包散在地下，等全拎在手里的时候，已经被乔素素落下一大段了。从后面看去，乔素素的身材还是很不错的，洋红洒金的中式小袄，黑色纯棉宽腿裤，头发随意地松松一绾，女人味十足。当初，为了娶她，海先生也是费了一番心思的。这个年纪的男人，太鲁莽了不行，太矜持了呢，也不行。经历了一回，他可不想再在这方面冒险。乔素素这个人，哪里都好，只有一点，学历是低了一些。女人嘛，海先生的意见，还是简单一些才好。女人本就是麻烦的小东西。再遇上个复杂的，可怎么得了！就像原先的那一个。学问倒是大得很，然而——海先生摇了摇头，仿佛要把这个想法摇掉。无论如何，现在的这个女人，知情识趣，虽说是北方女子，不比南方女人的精致——可话说回来，也多亏是北方女子，凡事大气，不计小节——比方说，每年清明的事情，也真是委屈了她。然而，不知道怎么回事，今年，她的脾气似乎是变了一些，不过还好，总不至于吧。

夕阳渐渐从楼顶上坠下去了。西天上一片绚烂，金红，绯红，粉色，浅紫，映在河里，像是有一河的碎金烂银流淌跳跃。对面有一对老夫妇，正预备过马路。老先生提着一兜青菜，另一只手拿着报纸。老太太抱着一个油汪汪的纸袋，一只手扯着丈夫的衣襟。一辆摩托车风驰电掣而过，只留下一阵震耳欲聋的音乐。不知道谁家的鸽子，似乎受了惊吓，扑棱棱飞起来，翅膀在霞光里轻轻剪过，带着清脆的哨音。

风吹过来，吹在微汗的身上，竟然还是有一些凉了。外套脱也不是，不脱呢，也不是。这个季节的天气，就是这样让人烦恼。海先生把东西换一换手，抬头瞥见乔素素回头看他，赶忙提一口气，快步追上去。

好在，也终于快到家了。

闰六月

　　天真热。今年也不知道怎么回事，还没有入伏，就热得不像话了。北京的夏天，是那种典型的北方的夏天，干脆的，响亮的，边缘清晰的，好像是一只青花瓷大碗不小心摔在地下，豁朗朗的，利落决绝。太阳很大，白花花的，把世界照得晶莹耀眼，相比之下，屋子里就有点昏暗了。日光灯倒是亮着的，可是不一样。这种日光灯，小改顶不喜欢，涣散，苍白，忧郁，像极了一个女人失意的脸。女人失意的脸是什么样子的呢？小改叹了口气，皱一皱眉头，也就微笑了。

　　这是一家小邮局，在北五环以外，再往北，就是昌平了。天气好的时候，可以看得见远处山峰的影子，那是燕山余脉蜿蜒的曲线。据老吴说，早些年，这一带还是大片的荒地，少有人烟，繁华起来也就是这十多年光景。老吴说这话的时候，是感叹的语气，又好像是有一点遗憾。小改插不上嘴，只有听着。老吴是老北京，对这个城市知根知底，前朝古代，逸事趣闻，他清楚得很。无论是褒是贬，是笑是骂，都是有理的。就好像是自家人说起家事，一嗔一怒，一咏一叹，都有那么一种家常的亲昵在里面。小改就不行。小改是外地人。小改的老家，是河北省的一个小村子。在村子里，小改名气不小。都知道刘家的二闺女念书好，在北京工作。北京城哪。

上午顾客不多，显得有点冷清。旁边的储蓄柜台倒是有几个人排队。大多是附近的居民，老头老太太居多。如今，年轻人都不大跑银行了，他们干什么都有手机。网上购物，网上支付，网上转账，网上订票，什么都是网上。出门只要带上手机就足够了，连钱包都不用带，手机绑定着银行卡呢。这是一个什么时代呢？新媒体时代。没事的时候，小改也是在微信上泡着，刷朋友圈，玩游戏，看小说看剧。总之是，网上的世界，比生活精彩多了。

自然了，上班时间，小改是不敢玩手机的。小改知道分寸，懂进退。

北京这地方，都叫帝都，这称呼里有一种景仰，也有一种调侃和戏谑，可是谁不知道呢，景仰是庄重的，认真的，而调侃和戏谑，不过是虚晃一枪罢了，是给自己留了后路，这后路的尽头，是更庄重更认真的景仰。全国人民，谁敢说自己心里不想着北京？北上广北上广，排第一位的，首先还是北京。可是，北京是什么地方？不说别的，单只是北京的房价，就足够给外地人一个下马威了。帝都啊，果然是厉害的。小改怎么不知道，她这份工作来之不易。如今博士硕士们都境况艰难，何况她区区一个小本科生呢。当初，她的最高理想，不过是做一个北京市民，有一个北京户口，在人人仰望的北京城，有一个自己的家。谁能料到，这看似平凡的理想，竟是一个白日梦。本科生留京，怎么可能？

那时候，小改正跟大徐好着。大徐也是河北人，算是老乡，小改学校里那间复印店，据说就是大徐的。还据说，大徐跟学校后勤的某个领导，是亲戚。这些小改都信。能在校园里面开店，要不是有关系，怎么可能呢？那间复印店生意很好。店里雇着两个男孩子，都是河北口音。大徐呢，每天穿得干净体面，出入开一辆奥迪，是老板的派头了。小改和大徐是怎么好上的呢，她都不大记得了。只记得，她老是去大徐店里打印资料，渐渐就熟络起来。结账的时候，大徐总是吩咐伙计们，算了，甭给了，算了。小改不肯算了，硬是把钱扔过去。后来有一回，大徐请她吃饭，是学校附近那家著名的日料。那是她第一次吃日料。日料店是十足的日式格调，安静幽雅，书卷气中有一种隐约的浪漫。人们说话都轻轻地，像是耳语。灯光柔软，器物精致，服务生的和服樱花般绚丽迷人。好像是点着香，淡淡的，仿佛似有若无的撩拨。先生。小姐。请慢用。低着头，半弓着身子，浅笑，殷勤周到，谦恭极了。小改静静地享受着这一切，心里渐渐涌起一股奇异的柔软的波动。对面的大徐伸出手来，盖在她的手背上。她没有动。

关于大徐，她是认真想过的。大徐在北京，有店铺，有车，有房，看上去，也不过是三十六七岁，比她大一些，但这也没有什么。那些同龄的男生，倒是年貌相当，可是前程未卜。这是最要命的。大徐长得呢，还算整齐，因为发福的缘故，肚子有点大，不过还好。关键是，大徐喜欢她。大徐看她的时候，眼睛里有一簇小火苗，摇摇曳曳。大徐经常请她吃饭，给她买衣服买包买化妆品。大徐有这个实力。逢年过节，大徐还记得买东西让小改带回老家。给爹娘的，给姐姐姐夫的，还有那个淘气的小外甥。这就很难得了。小改顶满意大徐这一点。

有一回，好像是一个周末，早上，两个人还没起床，外面有人敲门。大徐说，不管，可能是京东。小改闭着眼，睫毛一颤一颤的。正是隆冬天气，北风吹了一夜，外面想必是寒霜满地。外面的寒冷，更加衬托出室内的温暖醉人。昨晚大徐喝了点酒，乘着那点酒意，兴致好极了。敲门声却更响了。小改说，你去看看吧。大徐说，烦死。一面就睡眼蒙眬起身，走到门口，忽然就停住了。外面敲门声更大了。小改说，怎么了？大徐不说话。小改说，怎么了，你？北方呼啸。也不知道窗子上什么东西，被吹得丁零当啷乱响。

门外面是大徐老婆。原来，大徐是有老婆的。

小改不哭也不闹，也不逼大徐离婚。像是什么都没有发生一样。小改照样来大徐店里打印资料，打印毕业论文，有空的时候，还跟那两个伙计调笑几句。小改穿着大徐买的墨绿色羊绒大衣，米白色羊绒围巾随意垂下来，一头浓密的黑发微微卷曲着，瀑布一样，点缀着亮晶晶的雪粒子。小改人瘦了不少，头发乌云一般堆下来，逼出尖尖的下巴颏儿。

大徐赌咒发誓。大徐说，你容我两年。我要跟她离。

细雪乱飞，把冬日的校园弄得又缭乱，又惆怅。院子里俨然是梨树飞花一般，有一种乱纷纷的好看。寒假快到了。人们都忙着回家过年。

小改说，别。顿了顿，小改说，我要留北京。

北京的春天特别短。几场风吹过，仿佛是一夜之间，就是满城草木了。花们该开的都开了，该谢的都谢了。暮春已尽，盛夏来了。

小改留在了北京，在这家小邮局工作。据说，是大徐托那亲戚，也不知道怎么弄了一个指标。关系先落在京郊，然后七绕八绕，慢慢往市里弄，费了很多周折。大徐说这些的时候，小改始终不说话。小改把手放在自己的膝盖上，慢慢地抚弄她的黑丝袜。黑丝袜是极薄的那种，圆圆的膝盖头在黑丝里藏着，弧度美好，若隐若现，反而多了一点招惹的意思。

小改——

大徐眼睛里那簇小火苗一闪一闪。小改咬着嘴唇，不说话。大徐的嘴唇很厚，牙齿雪白。小改喜欢牙齿好的男人。她想起来这张嘴在她的乳房上细细吸吮的感觉，触电一般，她越是战栗，那嘴越是不舍。灯光柔软，就像是日料店那晚的灯光。大徐的脸在灯影里渐渐虚化，模糊，好像是一帧老照片，面目不清，有一点似是而非。

同学都说她好厉害，不声不响地，居然就留京了。小改只是笑。她能说什么呢。看着同学们羡慕嫉妒恨的脸，听着他们半真半假的祝福，她心里只是凄然，只是冷笑。觉得，生活真的是，怎么说，真的是他妈的莫名其妙。他们知道什么呢。他们眼前这个刘小改，早已经不是原来那个刘小改了。在她二十一岁那一年，在那个冷风凄厉的周末的早晨，她早已经被命运摔碎在地下，摔得七零八落，是她拼了前半生的力气，才慢慢把碎了一地的东西重新拼在一起，成了眼前这个刘小改。镇定的，从容的，胸中有数，好像是经过了千山万水，其实心里慌乱得不行。她没办法。她只能靠她自己。她怎么不知道，在这个城市里，她什么都没有。只有这个薄薄的小小的饭碗。这份工作，看起来普通，其实是，怎么说呢，其实是她的初恋，是她的莽撞的破碎的青春。

工作倒是清闲的。用老家的话说，是坐柜台。风吹不着，雨淋不着，顶适合女孩子。薪水不高。这也没什么。将来嫁个好男人就是了。这是母亲的原话。嫁汉嫁汉，穿衣吃饭。老家人都是这么说的。老话也有老话的道理。

老吴倒是男人。老婆没有工作，要靠他养活。儿子呢，也不争气，在社会上闲混。私心里，她对老吴有一点看不上。一个大男人，难不成就一辈子困在这个小小的邮局里头了？一点志向都没有。这怎么行。这个老吴，总有五十多岁了吧。五十五，还是五十六？他的口头禅就是，再混几年就退了。老吴说这话的时候，有一点满不在乎，不跟生活一般见识的意思，也有一点自嘲和自黑的意思。我这一辈子，也就这样儿啦。人哪，就那么回事儿。怎么不是一辈子？小改想笑，到了嘴边，又笑不出来了，心头竟酸酸凉凉的，有个硬块梗在那里。她怎么不知道，无论如何，老吴是老吴，她怎么能跟老吴比呢。老吴是一棵老树，根须都扎在北京这个城市的深处。老吴的家，小改没有去过。可是凭想象，也知道是胡同里的平房，几家合住一个院子，有点局促，有点拥挤，人们脸上的神情却是自负的。平房怎么了，这可是后海附近的平房哪。听老吴说，这些个平房，将来肯定是要拆迁的。你想想，后海是什么地段儿？老吴的眼睛亮亮的，脸上有一种梦幻般的光泽。后海。小改默默在心里算了算，吓了一跳。老吴说，等着瞧吧。早晚的事儿。

关于房子，小改早先也是做过一些梦的。后来索性也就不做了。确切地说，是不敢。首付都付不起，还谈什么呢。租着也挺好。人家外国不都是租房住吗。小改跟一个女孩合租，在天通苑北。房租不算贵，条件是，要替那家的孩子辅导功课。她跟那个女孩，一人包几科。好在不过是初中生，她们都能应付得来。两室一厅，两个女孩子一人一间。

门口忽然一暗，一个人走进来。因为逆着光，只看见那人手上的镯子一闪一闪的，伴随着一股淡淡的香水味，弥漫了一屋子。小改不用看就知道，那女的来了。

每个月月初，初一，或者初二，最多不超过初三，那女的都要过来一次。每一次，都是寄钱。她寄钱不说寄钱，说汇款。她说，我汇款。她说话的声音很轻，很软。口音呢，是纯正的普通话。不是老北京话，老北京话是老吴那种，油光水滑的，带着一种漫不经心的优越，还有微微的自嘲在里面。那女的普通话就是普通话，因为过于普通，就显得没有任何特点。每一回，小改想努力从中听出一些破绽来，可是没有。那女的话不多。

汇款。那女的说。简洁利落，一句废话也没有。不待小改回答，自己就取了一张单子填写起来。她低着头，一手挎着那只奶油色皮包，一手拿着圆珠笔，熟练地填单子。今天，她穿了一条米色真丝长裙，上面配一件奶白丝绸无袖衫，头发被松松绾在后面，慵懒中有一种家常的清新。项链上那个翡翠小佛悬垂下来，随着她的动作，一荡一荡的。她写得流利，玉镯子碰在柜台玻璃板边缘，叮当乱响。小改一时都看得呆了。

还是那个地址。河北省大谷县青草镇芳村，翟翠棉收。金额是 1000 元。汇款人地址，就是旁边这个小区，叫作金鼎苑的。汇款人姓名，二闺。莫非是，眼前这个模样雅致的女的，叫作二闺？

小改心里疑惑着，一面把单子打印出来，交给那女的核实。她却只匆匆看一眼，点点头，从那只奶油色皮包里取出一只钱夹，拿出一沓钱，递过来。

二闺。这是她在老家的小名吧。想必是，她在家排行老二。小改老家就是这样，孩子多，随意叫个阿猫阿狗，二丫头三妮子，也就罢了。正胡乱想着，那女的已经转身离开了，袅袅婷婷，高跟鞋在水磨石地面上敲出哒哒哒哒的响声。

屋子里一时安静下来，外面的蝉声却忽然喧闹了，仿佛一阵急雨，叫得人心里烦躁。阳光猛烈，世界明晃晃的。小改不由得闭了闭眼。

老吴慢慢踱过来，看着门外，说这女的，有点意思哈。像是自言自语，又像是跟小改说话。小改不吭声，自顾埋头看电脑。老实说，第一次看见汇款单上那个地址，小改心里一激灵。难不成，那女的也是河北人？大谷县，小改也是听说过的。也不知道，那个收款人翟翠棉，是那女的什么人。莫名其妙地，小改就对那女的有了一种牵挂。她老是想，她是做什么的呢，几时来的北京，过得好不好，想到了这里，她就笑了。怎么能不好呢。看她那衣裳，那首饰，那包，还有每个月那寄出去的真金白银。真是的，真是瞎操心了。

老吴讨了个没趣，就把手放在脖子后面，慢慢揪着后脖子那一块，慢慢地揪一下，揪一下，再揪一下，龇牙咧嘴的，好像是舒服，又好像是不舒服。揪了好一会儿，才说，饭点儿了哈。真快。人是铁，饭是钢哪。

　　小改看了看手机，十一点四十。一面看电脑，一面心里盘算着午饭的事儿。老吴照例是自己带饭。一个不锈钢饭盒，外面套了一个布套子，大号茶杯是玻璃的，带着斑驳的黄的茶渍。办公室有一个微波炉，专门热饭用的。小改嫌麻烦，也觉得不卫生。冬天还好，这大热天儿的，饭菜捂上大半天，不馊才怪。小改宁愿出去吃面。这条街上，小饭馆不多，跟邮局隔不远，倒有一家小面馆，叫做见面。这名字倒是有意思。见面，见面，可不是天天见面么。

　　正午的阳光，盛大，猛烈。从屋子里出来，乍一到外面，忽然有些眩晕。小改不由得闭了闭眼。这个季节，是北京最热的时候。偏偏今年还闰六月，两个六月，夏天更长了。

　　邮局旁边，紧挨着地铁口。地铁五号线，这一站叫作立水桥南。也不知道什么时候，地铁在这个城市渐渐蔓延开来，好像是蜘蛛结网似的，一点一点地，把四面八方连接起来。五号线贯穿城市的南北，压力大，客流多，尤其是，从惠新西街南口，往天通苑方向，简直是人满为患。小改也是每天挤地铁，好在没有几站地，忍一忍也就到了。

　　面馆里人挺多。老板娘是一个精瘦的女人，化着浓妆。见了人，不笑不说话，听上去，好像是陕北口音。小改挑了一个靠窗的位置，慢慢等自己的面。这家面馆门脸不大，跟邮局一样，是小区临街的底商租赁，也不过十几个平方，收拾得倒是干净整齐。不知道是面的味道好，还是老板娘的笑脸迷人，见面的生意颇不坏。房间里开着冷气，玻璃窗上模模糊糊的，好像是一个人恍惚的脸。小改伸出手指头在上面写字，北京，后面是一个叹号。小改的字不错，秀丽工整，有点瘦。一只苍蝇飞过来，落在那个感叹号上，犹犹豫豫的，并不飞走。桌子上有一只玻璃瓶，看起来好像是装过水果罐头，要么就是蜂蜜，被洗干净了，蓄上清水，里面养着几枝绿萝，枝枝叶叶，有十分精神。老板娘端过面来，又殷勤地从旁边桌子上拿过来醋和辣椒油，小改冲她笑笑。

老北京有一种说法，北边好，北边上风上水，风水绝佳。也不知道是不是因为这说法的缘故，北边的人气格外的旺。不说别的，只北五环这一带，住宅小区就很集中。又紧邻着地铁，这边的房价自然也水涨船高。用老吴的话说，疯了，真是疯了。早出十年去，这可是鸟都不拉屎的地方哪。

盛夏时分，满城的绿烟弥漫，同天上的云彩缠绕在一起，被日光照耀着，城市显出了她柔软的梦幻的气质。车流在大街上流淌着，汽车壳在阳光下一闪一闪，仿佛大颗大颗的水滴，慢慢融入汹涌的河水里。

老吴已经吃完他的午饭，屋子里弥漫着一股浓烈的韭菜味儿。不用问，不是饺子包子，就是锅贴馅饼。老吴喜欢带馅儿的，尤其偏爱韭菜馅儿。老吴还好喝一口，也不是多么过分，就是老北京二锅头。饺子就酒，越过越有。这是老吴的口头禅。这会儿，老吴正靠在椅子上，抱着他的大茶杯，心满意足地喝茶水。喝茶呢，老吴也是老习惯，喝花茶。红茶绿茶老吴都不爱。老吴这个人，有那么一点固执。

中午人不多。不过，这也说不好。有时候，偏偏是中午的时候人多。上班的人们趁午休时间溜出来，办点私事，顺便散步消食，也是有的。老吴专心喝他的茶，小改也并不坐回座位上，而是在柜台外面的那点空地上，开始做体操。其实也不是什么体操，类似学生时代的课间操，这么多年了，她早忘光了。她只不过是坐烦了，活动活动。像他们这样长期坐着的，特别不好，有一句话叫作久坐伤身，就是这个意思了。老吴说，歇会儿吧，甭减了。小改不理他。小改骨头架子小，天生就不是那种能长胖的人。可是，小改还是十分警惕。对自己的身材，体重，她有着近乎苛刻的标准。她不能胖。她得绷着这股劲儿。她还没有嫁人呢。她可不能像姐姐那样。这些年，姐姐是早就胖了。女人不能胖。女人一胖，整个人就塌下来了。姐姐早就不打扮了。也不戴胸罩，一对乳房，松松垮垮的，没有样子了。有好几次，她想提醒姐姐，可是，话到嘴边，终于说不出口。老家生活艰难，姐姐哪里顾得上这些。想当年，姐姐也是一个出挑的美人，容颜姣好，有楚楚风姿。这才几年。

其实，严格地说，小改还没有男朋友。那些个暧昧男们不算。暧昧男们热衷的是捉迷藏的游戏，一个藏，一个找，待藏的那个真的出来了，找的人却又装起傻来。刚开始的时候，小改也陪着他们玩一玩，微信多方便啊，语言若不够，还有各种小表情小图案，又有趣，又安全。在微信里，无论怎么戏谑调笑，甚至调情调戏，都是可以被原谅的。即便是每天给你送大把的玫瑰花，红彤彤的心，热辣辣的吻，都是半真半假，谁要是当了真，那才是真正的傻瓜。后来，小改渐渐地也就烦了，倦了。觉得，实在是没意思得很。经历了大徐，小改好像是有一点变了。好几年了，对于大徐，她从来都是刻意回避着。还有跟大徐的那一段往事，就好像是，一个伤疤，就长在她的心尖子上，看着是已经愈合了，可是那一块到底是新肉，不能碰。大徐呢，后来也就慢慢凉下来了。大徐是什么时候没有音讯的呢，她努力想了想，竟然想不起来了。

前一阵子朋友圈里有一个中国式相亲价目表，都传疯了。大家都很气愤，各种讨伐，各种批判，各种不平之气。小改默默看了，只是心里一叹。即便是没有这个价目表，她怎么不清楚自己的境况呢。她想起来，有一回，同学介绍她相亲，是江苏人，老家是苏北的一个小县城。文学硕士，在一家国企宣传部门工作。见了一面之后，那人开始约她。两个人感觉还不错。这一次，小改很珍惜。她话不多，安静，有点羞涩。喜欢低着头，不大看对方的眼睛。偶尔拉手，也是被动的，像是受惊的小鹿，又慌乱，又胆怯，叫人不由得生出怜爱之心。那一回，趁着夜色，还是被那人吻了去。那人的吻，怎么说呢，有点笨拙，有点莽撞，甚至有那么点不得要领。夜色迷离。北京城的夜原来也这样的叫人迷醉。小改半闭着眼，一颗心扑扑扑扑地乱跳着。却是略略放下心来。

这次恋爱，小改谁都没有说起。老实说，在北京，她也没有几个朋友。大学同学，大都知道大徐那段往事，她也是忌讳。家里人呢，她也不想说这么早。她不是一个张扬的人。还有，时机不到。好饭不怕晚。她得慢慢学会耐心。她甚至憧憬着，以后，他们在哪里买房，大的买不起，就买个小的，那种大一居，两个人住也够了。或者索性就先租着，以后有实力了，再慢慢考虑买。租呢，就在地铁沿线，上下班方便，在北京，交通是个大问题。总之是，无论如何，不能先要孩子。两个人还没有立稳脚跟呢。不急，等过两年稳定下来，再说。

然而，有一天，那人发来一个微信，说了分手的意思。考虑了很久，我们还是做朋友吧。话说得婉转，可小改又不是傻瓜。他什么意思？说分就分了，朋友，谁跟你做朋友。小改看着那微信，强忍着不流泪。凭什么，凭什么呢？两个人一直好好的，何至于此，何至于此。

她想问一下那人，还是忍住了。在这件事上，男人比女人决绝得多。既然开口了，肯定是决定了。一旦他决定了，纠缠有什么用呢？不过是自取其辱罢了。她的一个心得是，这个时候，与其痴缠恋战，还不如索性掉头而去。痴缠的姿态虽说柔软，可去意已决的男人怎会理会？只能让人家生出厌烦之心。如果掉头而去呢，说不定那人还会对那背影怅然惘然茫然，也未可知。

同学也发来微信安慰。她忽然疑心，是不是这同学告诉了那人，当年大徐的那一段。也不一定是有什么恶意，可能就是那么随口一说，言者无心，听者有意。被那人听到耳朵里，记到心里了。谁知道呢。她有心打电话过去问一问这同学，不想同学发来一堆语音，说是那人觉得小改老家农村的，将来负担重。小改的工作也不大如意，工资低不说，也不大体面。同学说，天涯何处无芳草啊，算了，都过去了。都是安慰的话。小改的眼泪忍着，忍着，终于忍不住了，流下来，滴在手机屏幕上，花了一大片。

老吴的鼾声一下子高起来，他自己却被惊醒了，赶忙跳起来，带的椅子一阵吱吱嘎嘎乱响。每天午饭后这小憩，老吴是雷打不动。客人多的时候没办法。在工作上，老吴还是一点都不含糊的。

下午顾客还是不多，稀稀落落的，有两三个办理个人业务的。夏天午后这一段，最是难熬。天热，空调的冷气又寒意太重，冷热夹击，叫人不适。有人进来，拿着两张汇款单，要取款。小改看了看那金额，抱歉道，不好意思先生，现金不够，今天取不了。那先生啊了一声说，怎么不够，这才两万多。小改说，我们小邮局，现金不多，要么请您明天上午过来吧。我们一般上午现金还充足，下午就不好说了。那先生说，明天上午，明天上午我还有会，真是岂有此理。说罢愤愤走了。临出门还说了句，小邮局！

老吴朝这边看了看，做了口型。小改知道他是在骂人。有什么办法呢，可不就是小邮局么。这几年，这种话，她也是听多了。起先还生气，后来也就不气了。有本事就走，另谋高就。没本事的话，就老实待着。这世上，人都得学会认领属于自己的命运。不是吗。

比方说，刚才那个先生，那种语气，才两万多。才两万多。轻轻一句话，就是小改大半年的工资。也不知道，那先生是做什么的，怎么就那么多汇款单，她记得，好像是稿费。那么如此说来，那先生可能是写文章的。作家？她拿不太准。那先生穿一件细格子衬衣，质地精良，头发干净，手指甲干净，看上去教养不错。神情却又有点寂寞，还带着一种莫名的惆怅。要说作家，倒是有点像。谁知道呢。就冲他临走那一脸怒气，一脸鄙夷，又不像。小邮局。哈。

昏沉沉的，又困，又疲倦，一点精神都没有。幸亏今天头儿没过来，可以稍微松口气，偷偷懒。看看表，都四点多了，外面太阳还是那么大，阳光纷纷扬扬，金粉银沙一般，把整个城市包裹进去。有微信进来，小改恹恹看了一眼，又是相亲。她在一个相亲群里，天天都是这种信息。怎么说呢，就像人们调侃的，这几年，她不是在相亲，就是在相亲的路上。像她这样的女孩子，不是那种叫人惊艳的美女，只能算是，有几分姿色，打扮起来，也自有动人处。京城里，有多少这样的女孩子？也有学院派的，也有淑女森女风的，文艺范儿的也有，小清新的也有，非主流的也有。大徐之后，她的衣品是上来了，可是囊中羞涩，只好淘宝。那些衣服怎么能穿呢。有青春做底子倒还好，这两年，年岁渐大，穿在身上，远不是那么回事了。

磨磨蹭蹭出门，下班。正是晚高峰。地铁口仿佛一个巨大的嘴巴，把人们吞进去，吐出来。便道上堆满了小黄车，挨挨挤挤的，叫人替它们窒息，好像是那小黄真的有生命似的。正走着，忽然见前面有个人眼熟，正蹲在地上。是那女的。小改以为她不舒服，刚要过去问，却停下了。那女的素面朝天，干干净净一张脸。穿一条花裙子，松松垮垮的，头发扎起来，脚上是一双人字夹趾凉拖。朴素，家常，平凡，甚至平庸，在人群里，一点都不起眼儿。仿佛换了一个人。只有那双手，小改是认识的。白皙纤细，手指格外长，指甲油是淡绿色的，好像十个淡绿的嫩豆芽，清爽水灵。正疑惑着，那女的脸上却笑起来，冲着那边招了招手。一个小女孩跑过来，穿着肥大的校服，也不怕热，那个大书包在她背上一颠一颠的，她张着双臂，仿佛生出了一对翅膀。

小改怔怔地看着那小人儿一头飞进那女的怀里。那女的搂着她，笑着，忽然抬头看见了小改。慢慢地，她脸上的笑容僵硬了，凝固了。她长长的睫毛忽然垂下来，好像是一扇窗子，关上了。

小改慢慢后退，后退，咣当一声撞在一辆小黄身上，才好像惊醒一般，转身跑进地铁。

巨大的轰鸣声从地下传来。地铁开过来了。

谁此刻在世界上的某处哭

　　妈的电话打过来的时候，晓敏正在给文文讲洋流。她看了一眼那号码，伸手就挂断了。洋流这一部分不好懂，她当年上学的时候，班上很多人都学得稀里糊涂的，到了都没弄明白。文文却被那个电话分了神，讲了好几遍，还是不懂。宋晓敏只好耐着性子再慢慢拆解。文文是个很俊俏的女孩子，今年高考，文综分数差一大截，尤其是地理，有很多知识漏洞要补。晓敏把手机扣过去，心里头有点烦躁。

　　房间不大，布置得却温馨舒适，米色的墙，米色的家具，卧具是咖色和米色相间，墙上挂着小幅油画，珍珠灰窗帘，白色纱帘垂下来，床头的大肚陶罐里插着一大簇满天星，梦幻一般。床上有点乱，却是那种干净的乱。梳妆台上摆着瓶瓶罐罐，镜子里照出对面书桌上的一张白纸，上面写着几个大字：厉兵秣马，逐梦青春。一个大大的感叹号。看字迹，是文文的。晓敏心里轻轻叹了一声。当年，她也是这么过来的。她怎么不知道其中的滋味呢？都说北京的孩子高考容易，闭着眼睛都能上个985或者211，清华北大就在家门口呢，却不想他们也学得这么辛苦。可见这世上多得是偏见和谣言，都作不得真的。文文爸爸是在网上的家教中心联系的她，当时她正急着找工作，看条件合适，就应下来。给小女孩做家教，安全，踏实，功课又是她的强项，报酬也不错。挺好的。

第一回到文文家来，晓敏差点坐过站。文文家在北五环，地铁五号线，大屯路东那一站出来，走十来分钟，就是小区的侧门。这一点，也是晓敏满意的。在北京，交通方便，是顶重要的一件事。这小区看上去朴素低调，茂盛的藤蔓植物把铁艺栏杆密密匝匝围起来，蔷薇开得很好，还有月季，木槿，一种很高的植物，开着极艳的大朵的花瓣，是凛然的逼人的美丽。小区里都是小板楼，楼层不高，错落有致，在绿树红花的掩映下，有一种幽雅的孤独的气质。院子里很安静，有人在遛狗，有人在散步，也有人在长椅上坐着发呆，不知道谁家在炖肉，香气浓郁，跟院子里花草的气息缠绕在一起。晓敏看了看时间，来早了。约的是六点半，现在才六点多一点儿。也不知道人家吃完饭没有，是不是方便。晓敏是一个守时的人，最恨迟到。她宁可早到，也绝不愿意让别人等着。守时，也是一种美德吧。

这个季节的夜晚，是姗姗来迟的。黄昏时分，天光还明亮着，暮色淡淡升腾，萦绕，平添了一种温柔的梦幻的气息。这一片楼房背后，是一个绿化带，跟马路对面的高楼隔离开来，只能遥遥看见尖尖的楼顶插入天空。地铁的轰鸣声隐隐传来，把大地震得微微颤抖。从惠新西街北口那一站，地铁在地上穿行，坐在车厢里向窗外看，可以看见城市里的街道楼房，迅速向后面一掠而过。晓敏有点惊讶。她原以为，地铁都是在地下的。有些日本电影里，好像就看见过这种景象。也不知道，这一带的房子价格怎样，是不是也像市里那么吓人。北京交通是个大问题，地铁房就显得格外珍贵。地铁给人们提供了便利，也给人们制造了噪音。这真是矛盾。她看了看时间，还有五分钟。磨蹭了一会儿，有人用门禁卡开门，晓敏趁机跟着进去。

是文文爸爸开的门。他说，欢迎啊，小宋老师。好听的北京话，带着懒洋洋的胸腔共鸣音。她心里一热。来北京两年多了，这是她第一次到北京人的家里，亲眼看见一个北京家庭的内部。她站在门口，看着干净的发光的地板，不知道是该进去，还是该停下来。文文爸爸说，别客气，请进。她就进去了，几乎没有敢往四下里看。在人家里东张西望，也是不礼貌的吧。

文文十七岁，瘦瘦的，个子很高，总有一米七吧，一头浓密的长发，把皮肤衬托得更加白皙，甚至可以隐隐看见淡蓝色的血管。晓敏个子不高，站在她面前，倒要仰着头看她。晓敏就尽量坐下来说话。文文高三，文科生，别的功课还好，只是文综很糟糕，尤其是史地，拉分拉得厉害。第一次上课的时候，晓敏考了她一下，算是摸底吧，几乎是一问三不知。零碎知识点不说，这门学科的基本框架都没有搭建起来。晓敏心里嘀咕，这孩子，怎么学的啊。也不知道他们老师课堂上都教点儿什么。照说不至于啊。想当年，她文综最棒，高考的时候，几乎是满分。否则的话，她怎么能从芳村考到北京这所著名的高校呢。真是冲破千军万马，过五关斩六将哪。看着文文涨红的脸，晓敏心里有点不忍，赶忙说，没事啊，我们慢慢补。也悄悄松了口气，想这孩子程度低，进步空间大。反倒不是坏事。

房间里有一种淡淡的檀香的味道，书桌的香炉里还点着香，袅袅的烟雾升腾着，叫人觉得恬静怡然。文文爸爸端一杯茶进来，是普洱，醇厚的深红，在玻璃杯里荡漾着，琥珀一般。文文爸爸说，小宋老师，喝茶。普洱，不影响睡眠的。轻轻关上门就退出去了。晓敏赶忙站起身来，说谢谢叔叔。有点局促，也不大好意思抬头看。几乎每次都是文文爸爸接待她。

给她开门，迎她进屋，过来递茶，送她出门，到电梯口，帮她按电梯，看着她进了电梯，说，再见啊小宋老师，注意安全。一口好听的普通话，细腻的，体贴的，叫人觉得温暖熨帖。看上去，文文爸爸四十多岁，人生得高大，却有一种书生气质。在家喜欢穿家居服，细格子棉麻，烟灰条纹，咖色碎花丝绸，光脚穿着藤编凉拖，干净清爽中有一种慵懒的温雅的气息。莫名其妙地，晓敏觉得这个北京男人温暖可亲。在北京这座城市，有谁这么亲切地待过她呢？武威不算。武威是另外一回事。

武威算是她男朋友。老实说，对这个山东乡下来的男孩子，晓敏说不上喜欢，也说不上不喜欢。马马虎虎吧。武威长得健壮，跟他名字一样，结实有力，是典型的山东大汉。人也豪爽，抽烟喝酒，粗声大气说话，动不动就我靠。晓敏心里嫌他粗鲁，脸就沉着。武威却浑然不知，自顾我靠我靠的。晓敏恼火极了。武威还有一个不好的习惯，喜欢吃大葱大蒜。这种辛辣刺激的味道，混合着长年抽烟的烟味，荷尔蒙旺盛的年轻男人热烈的汗味，叫人难以忍受。晓敏是个有洁癖的人，对气味尤其敏感。武威呢，偏偏粗粗拉拉的，不大注意。两个人常常闹别扭。每逢这个时候，武威也紧张，哄她，怎么哄也不对。索性也就恼了。晓敏心里就叹一声，骂自己矫情，又恨武威不解人意。却也无可奈何。

房间里安静极了，只听见闹表丁丁丁丁走动的声音，还有文文写字的沙沙声。窗帘拉开了，可以看见阳台上的花草，郁郁葱葱的，十分繁盛。一大丛竹子，种在一只硕大的陶盆里，开枝散叶，绕过晾衣竿，直长到天花板上。也不知道怎么回事，南方的竹子，竟然在北方长得这么好。海棠也开着花，重重叠叠的，繁华极了。绿萝挂在墙上的竹篮子里，瀑布一般纷披下来，肥厚的叶子闪着幽幽的光。晾衣竿上挂着几件衣服，一条紫罗兰长裙，一件淡蓝小西装，白衬衣是男款，还有一件小巧的牛仔短裤，是文文的吧。那长裙和小西装，想必是文文妈妈的。晓敏来文文家两个月了，还没有跟女主人打过照面。只有一回，她刚坐定，文文妈妈来送茶，是一双保养得很好的手，丰腴圆润，涂着裸粉指甲油，腕子上戴一副玉镯子，还有一副老蜜蜡手钏，叮当作响，暗香浮动。晓敏心里怦怦跳着，说谢谢，还不待抬头，人已经飘然而去。晓敏心里纳罕，怎么走路都没有动静，难道是仙子下凡不成。后来，只是看见主卧那日式屏风后头，影影绰绰的，好像是人，又好像是花，再没有露过面。也不知道，这女主人是做什么的，长得什么样子，性子好不好。晓敏看着那晾衣竿上的衣服发呆，心里头乱七八糟。文文在做卷子，她出的题，现场考试，现场判卷，这样效果更好。灯光下，文文的脸庞上细细的绒毛被染成金色，毛茸茸一片，叫人忍不住想伸手去摸一摸。文文的鼻子很高很直，侧影印在对面的墙上，十分动人。有一小块被那幅油画打断了，落在画框一角。画框下面是一只粉色的长颈鹿，温驯地靠墙卧着。文文床上有很多毛绒玩具，长毛狗，小熊，长鼻子匹诺曹，大头娃娃，枕边还有一个白色的小猪，圆滚滚肥嘟嘟，笨笨的可爱。文文看上去是大姑娘了，其实还是一个小孩子。在芳村，像她这么大的女孩子，都该说婆家了。谁还有心思玩这些小玩意儿呢？晓敏长这么大，几乎就没有什么像样的玩具。乡下的孩子都这样，一块泥巴就能玩上大半天。乡下的那些蚂蚱呀，知了猴啊，蚰蜒啊，屎壳郎啊，就够他们玩的了。直到现在，她宿舍里的床上都没有这些玩具。私心里，她挺看不上那些个娇滴滴的女生们，挺大个人了都，还抱着玩具撒娇，嗲兮兮地说话，舌头都捋不直，叫人起鸡皮疙瘩。比方说颜雁，南方姑娘，娇得很，跟谁都黏黏糊糊的。在颜雁面前，男生们竟都贱得要命，恨不能为了她去死。晓敏心里切了一声。文文已经做完了卷子，活动着手指头关节，喝水，上卫生间。晓敏给她判卷子，客观题几乎错了一半，怎么搞的！这明明是刚刚讲过的知识点啊。文文这孩子看上去安安静静的，其实主意大得很。也不知道，她的课她听进去了多少，还有，她课后的要求，她是不是按质按量做了。文文进来了，在镜子前面照，左看看，右看看，半天不过来。晓敏忍不住说，文文，上课了。来，看看你这卷子。文文磨磨蹭蹭地过来，坐下，听她讲卷子。晓敏心想，一小时两百块呢。怎么一点都不知道珍惜。她给人家上课，就老是替人家计算。两个小时的课，她几乎是钉在椅子上，不敢喝水，她是怕喝水多了要上卫生间，她从来没有在人家里上过卫生间。是怕耽搁时间，也是担心人家反感。她自己的洁癖倒还在其次。上课的时候，不说与课程无关的闲话废话。她是家教，要对学生的成绩负责。人家家长可是花钱请的她啊。

两个小时的课，有时候漫长，有时候呢，觉得飞快。看看表，时间已经超了大概十分钟。在这个上头，晓敏愿意慷慨一些。她不喜欢斤斤计较。她特别愿意看到出门的时候，文文爸爸脸上感激的微笑。小宋老师，辛苦了啊。她不知道文文怎么想的。或许，文文是不大情愿的吧。两个小时的课上下来，早累得头晕眼花了。她大概是一心想着赶紧下课，她就解放了。真是个孩子。晓敏心里笑了一下。

出了电梯，手机微信叮咚两声，是两个红包。文文爸爸总是这样，第一时间把家教费转过来。一个红包两百块，两个红包四百块。她点开收了，回复说，谢谢叔叔。一个大大的笑脸。

夜幕下的北京城，幽深，华美，像一个沉迷的梦境。一城的灯火，在夏夜的风中摇曳，闪烁，晕染，花木繁盛的气息缠缠绕绕，白日的溽热渐渐消退，晚风送来丝丝难得的清凉。街边的一家小店门口摆着摊子，人们喝啤酒，吃毛豆，撸串，吹牛，笑。老板娘瘦瘦的，穿着黑色吊带，长长的腿，鹭鸶一般，出出进进，招呼着客人。周末，也该放松一下了。

地铁里人依然很多。也不知道怎么回事，在北京，好像任何时候都是交通高峰。晓敏奋力挤上去，找了个靠边的位置站着。她掏出手机，看着妈那个未接来电。刚才上课的时候，妈的电话打进来，她是有点烦的。她周末晚上出来做家教，妈是知道的。她偏偏挑那个时间打电话，真是的。妈的脾气，她最清楚了。想必又是诉苦。这么多年了，妈的那些话，她也是听够了。正刷朋友圈，妈的电话却打过来了。她不想接。地铁里信号不好，断断续续的，听不清。还有一点更重要的。她不愿意在大庭广众之下，用芳村口音跟妈大声通话。妈却很执着，手机响了一遍又一遍。晓敏只好调了静音。妈就是这样。她心里叹一声。窗外，巨幅广告牌一闪而过，夸张的，耀眼的，带着强烈的视觉冲击力，叫人觉得眩晕。地铁这个庞然大物，在城市的地下轰隆隆穿过，带着无数人的缥缈的梦，还有倦怠和激情。它能够洞穿这个城市的秘密吗？

从地铁出来，晓敏慢慢往学校走。她不想骑小黄车，也没有像往常一样，让武威来接她。妈的电话又打过来，一接通，那一口芳村话大嗓门就劈头盖脸砸过来，连珠炮似的。晓敏把手机拿开一点，忍耐地听着。妈却说起了别的。问她对象怎么样，就是那个叫什么威的，哪儿的人？家里条件怎么样？父母干什么的？城里的还是村里的？能在北京买房子吗？买多大的？是全款呢？还是付个首付再分期还？晓敏不耐烦道，怎么老问人家里啊，我又不是跟他父母结婚。妈就火了，在那边骂她。她也急了，说好啊，你不就是想让我给你找个有钱的吗？好啊，北京有钱的多了去了，我这就给你找一个你信不信，你要多大的，六十的行不行，二婚的行不行，有老婆孩子的我给你抢过来，行不行？她妈说，你这闺女怎么不知道好歹呀？晓敏啪地挂了电话，泪却流下来。

地铁到学校这段路很僻静。学校围墙上爬满了爬山虎，大片大片的森森然的绿，间或有牵牛花月季露出头来，明艳地笑着。树影落在墙上，一重一重的。灯光隐隐照过来，把浓重的影子弄得斑斑驳驳。小虫子在路边的草丛里叫着，唧唧唧，唧唧唧。一只鸟嘎地叫了一声，静默一时，又叫了一声。是乌鸦吧。这一带树木茂盛，多的是这种黑色的神秘的鸟类。晓敏看着那灯火璀璨的远方，心里头酸酸凉凉一片。她不能怪妈。这么多年了，爸走得早，妈带着哥哥跟她，吃了多少苦头，受了多少委屈，妈不说，她也能猜到。妈的脾气大。可要是妈是个性子柔弱的，能撑下来吗？给哥哥娶了媳妇，供晓敏考大学读研。一个女人家，有多少不易。妈是个要强的人。妈的苦处，不跟她说，难道还要跟嫂子说不成。哥哥长年在外头打工，婆媳两个之间，少不得磕磕碰碰，没有撕破脸，都算是好的了。只顾低头想心事，却听见有人叫她。抬头一看，武威站在暗影里，笑着，一口雪白的牙齿，十分耀眼。武威说，怎么，微信也不回？晓敏说，没看见。武威看着她的脸色说，没事吧？把她的包接过来，递上一瓶果汁。晓敏说，有什么事，没事。又把果汁递给武威，武威故意龇牙咧嘴，帮她拧盖子。

夏天的校园，到处可以看见成双成对的情侣。树影花影，混合了灯光月色，有一种朦胧的抒情的调子。草地上有人在弹吉他，树上有蝉在鸣叫，风轻轻吹过，把草木的郁郁的气息送过来，夹杂着花的香味和泥土的腥气，还有青春年少浓烈的荷尔蒙的味道。武威把手放在晓敏的腰间，晓敏没有挣扎。绕过篮球场，过了图书馆，就是宿舍楼了。武威在她耳边恳求道，晓敏——欲言又止。晓敏说，去，想得美。见武威一脸愁苦，就扑哧笑了，夺过她的包，飞也似的跑了。武威在后头咬牙跺脚，宋晓敏——

晚上，晓敏收到文文爸爸的微信说，想加一次课，问她明天晚上有没有安排。跟教课有关的事，都是文文爸爸跟她联系。她跟文文也加了微信，照说，文文十七岁，能够处理自己的一些事了，尤其是功课的事。每一回上完课，文文爸爸送晓敏出来，文文早迫不及待刷起朋友圈了。两个小时不看手机，她恐怕是憋坏了。文文爸爸的语气是委婉的，商量的，叫人觉得妥帖舒适。虽然，这种临时的加课有点突然，况且，她明天晚上确实跟武威约好了，要去看电影。她又把文文爸爸的信息看了一遍，迟疑一下，回道，好的。没问题。一面想，电影票都买好了，怎么跟武威解释呢。

其实周日晓敏安排得很满，上午去做另一份家教，下午是院里的活动。晚上本该放松一下的，她跟武威，已经有好长时间没有看过电影了。为了这个，武威也是有怨言的。武威这家伙，老是控制不住自己，像个馋嘴的孩子。有时候哀求，低三下四的，有时候使性子甩脸子。软硬兼施，叫人哭笑不得。晓敏并不是老古董，这是什么年代，学校里这些情侣们，所谓的谈恋爱，大多有身体的接触。大学校园周边的那些快捷酒店，都有钟点房，方便得很。在这个上头，晓敏是有坚持的。她不愿意像颜雁她们那样，打着恋爱的幌子，随随便便就把自己交出去。她还老是憧憬着花好月圆，良辰美景，传统的，古典的，浪漫的，正大且郑重，在对的时间，跟对的人。有时候，她也觉得这想法未免迂腐，不合时宜。就连芳村，人们都变了，变得开放，没有什么顾忌。当初，她哥哥嫂子不就是奉子成婚吗。为了这个，妈都气疯了。任女方要这要那，房子车子，各种名目的彩礼，有一种敲诈的味道。日后妈跟嫂子之间的矛盾摩擦，跟这个不无关系。当妈的总觉得儿子是被勾引的，吃了亏。天底下的母亲们，大约都是这样吧，她们固执地认为，没有哪一个姑娘能够配得上自己的宝贝儿子。母亲的电话，都是说嫂子的不是。叮嘱晓敏要争口气，找个像样的，叫她看一看。像样的。什么样的才算得上像样的呢？武威呢，算不算？晓敏心里一惊。武威，当然是不算的。不说别的，单是他那农村出身，就不符合妈的条件。私心里，晓敏也觉得武威不是那个对的人。那么，她为什么接受他呢？

周日，跟武威一起吃晚饭，就在学校旁边的一家云南菜。武威点了她最爱的香草烤鱼，菠萝饭。晓敏埋头吃菜，武威却一脸不高兴。晓敏故意不理他。吃了大半，武威果然就绷不住了，觍着脸，逗她，哄她。晓敏心里不忍，就许诺他下周，下周他们去郊外，怀柔吧，住两天。武威说，哼，又是空头支票。晓敏就笑。

到文文家的时候，刚好准点。摁了门铃，开门的却是文文。晓敏说，怎么，你自己在家？文文耸了耸肩，手一摊说，不知道。说着去烧水，沏茶，把晓敏一个人扔在偌大的客厅里。这是三室一厅的房子，装修简洁，大气，有文艺风。墙上是阿拉伯风的纸莎草画，还有小幅的俄罗斯油画，广口陶瓷罐子插着白玫瑰，花开得太盛，有点过了，花瓣边缘微微卷起来，有白中透黄的花瓣落在桌布上。主卧的门半开着，可以看见屏风后面，大床的一角，梳妆镜里，映照出对面的米色小沙发，地毯上躺着一本杂志，还有一只深蓝绒面靠垫。再往里，被灯光弄得幽深神秘，看不大真切。文文端了茶杯过来，定定心神，开始上课。

文文却听得不大认真。父母不在，她好像是大大松了一口气。吊儿郎当的，有一搭没一搭。晓敏也有点心不在焉。真是奇怪。往常，文文爸爸虽然并不在场，但她知道，他就在外面，在这个房子里。他轻轻的脚步声，他偶尔的咳嗽，他压低嗓子跟人通话，应门铃，接待物业的，查水电的，送快递的。这些琐碎的声音，叫人莫名的安心。今天晚上，他到哪里去了呢？是加班，应酬，还是跟文文妈妈一起出去了？晓敏心里乱七八糟的，不免骂自己操闲心。赶忙把思绪收回来，专心上课。今天文文做题效果还不错，客观题尤其好。晓敏表扬了她，文文竟然脸红了。晓敏心想，到底是孩子。

快上完课的时候，听见开门的声音。有人进来，换鞋，低低的说话声，好像是争执，含着怒气。晓敏心里一震。

时间到了，她故意磨蹭了一会儿，大约总有六七分钟吧。推门出来，却见文文爸爸一个人在客厅里，起身招呼，笑眯眯的。小宋老师，辛苦啊。问了一些功课的事，约了下回上课时间，又抱歉这次临时调课，说要考试了，想让文文多补一补。晓敏说，没事没事。出门，上电梯，文文爸爸的身影高高的，被灯光打在地上。电梯关闭，把那句再见关在外面。

夜色浓郁。小区的凉亭里，还有人在纳凉。谁的收音机唱着京戏，锣鼓声铿锵，唱腔却是委婉哀艳。楼下转角的园子里，种着一丛竹子，竹影摇曳，浴着月光，在夜色中有着十分的情味。晓敏的手机叮咚一声，文文爸爸转来两个红包。晓敏看着红包，迟疑了一下，照例回复了。正要走开，却见竹丛后面立着一个人，是个女人，长发，黑裙子，同夜色融在一起。她低着头看手机，手机屏幕闪着微光，照出她脸上的泪光。晓敏心里叹一声，想这世间多的是伤心人伤心事，也不知道这个女人，躲在这城市的夜的暗影里，有什么难言之隐。绕过凉亭，花圃，转过地下车库，一路蜿蜒曲折出了小区，大街上的人声车声，混合着蒸腾的暑气，扑面而来。手机里又过来一条微信，是文文爸爸。对不起。真的对不起。一个拥抱的表情。晓敏心里一惊。想这是怎么回事，文文爸爸怎么会给她发这样的信息。忖度那语气措辞，越加莫名其妙。她看着那信息，一个字一个字，在屏幕上闪闪烁烁，像深情的眼睛。晓敏感觉背上热辣辣的，出了一身热汗。回想方才告别的时候，像往常一样，并没有什么异样。这几个月以来，每周末她过来给文文上课，言谈举止恰当，也没有什么不妥。她当然知道《简·爱》的故事。女教师和男主人，彼此相爱，演绎出一场动人的爱情传奇。可是，她怎么不知道，小说是小说，现实终究是现实。怎么可能呢？小说家不过是借着虚构的幌子，痴人说梦罢了。正胡思乱想，又一条微信进来。却是武威，问她上完课了吗，要不要来接她。晓敏心慌意乱地回复了，说，不用了。哎，来接她，又没有车，不过也是坐地铁过来，然后两个人再坐地铁回去。不由生出了满腔幽怨。迎面走过来几个男人，醉醺醺的，冲着她叫美女。美女，喝一杯吧。她心里厌恶，加快了脚步。那几个男人嘎嘎大笑起来。

地铁轰隆隆穿过这个庞大的城市。窗外，树影浓重，在夜色中被灯光照得一块明，一块暗。夜空是那种淡淡的紫色，看不见星星，月亮也不知道躲到哪里去了。只有一城灯火匆忙掠过。晓敏攥着那手机，手心里湿漉漉都是汗，脑子里有无数疯狂的念头，电闪雷鸣交织在一起。她被吓坏了。好像是，长到二十三岁，她头一次看清了自己的内心。手机微信叮咚叮咚响着，都不是她想的。她想要什么呢，她到底想要什么呢？反正，总不是武威微信里那些个喋喋不休，那些个搞笑的小表情小动作。她，宋晓敏，一个芳村来的女孩子，长得还算好看，肯吃苦，能容人，名校硕士，如果愿意的话，再拿个博士也不在话下，更重要的是，还守着女儿家的洁净身体，宝贵的童贞。她苦苦守着，守了这么多年。她总不肯轻易交付了，怕看错了人，也怕委屈了自己。这么多年，她眼睁睁看着身边的女孩子们花开了又谢了，眼看着她们起高楼宴宾客楼塌了，心里又惊又惧，又忧又叹。她知道，她得守住自己。在这个城市，她不能指望任何人。窗玻璃上映出她的脸，同外面巨大的广告牌交叠在一起，明灭，断续，显现，隐藏。有一种怪异的梦幻感。她看着那窗子，忽然间，仿佛看见了一张男人的脸，微笑着，温雅的，慵懒的，眉眼间有脉脉温情。她的心里一惊。看手机，还是那条微信。这是怎么回事呢？莫非是，发错了？她想起来，楼下拐角处，那一丛竹子后面，黑裙子的长发女人，夜色中闪闪的泪光。文文爸爸，他的道歉和安慰，是不是为了这泪光呢？可是，这么长时间了，他怎么还没有发觉？

地铁口像一个巨大嘴巴，把一群人慢慢吐出来。晓敏被人群裹挟着，一路跌跌撞撞。高跟鞋是新买的，有点磨脚。她竭力忍着，一瘸一拐地出来。远远看见武威站在路边等她。武威穿一件牛仔短裤，大红 T 恤，浑身热气腾腾。公正地说，算是一个帅哥。晓敏的气却是不打一处来，看也不看他，咯噔咯噔就走过去了。武威在后头喊，哎，哎，哎，怎么了，怎么了啊？晓敏咬着嘴唇，自顾往前走。脚真疼呀。疼得钻心。

晓敏的眼泪终于无声地流下来了。

红了樱桃

一

记不得是从什么时候开始的，樱桃变得怕过生日了，而且是，越来越怕。

眼下，樱桃三十四岁。过了十月，十月初九，樱桃就满三十五了。怎么说呢，三十四，对于一个女人来说，尤其是一个大城市的女人来说，不算太大——这里是北京嘛——但也绝不算小——如今的男人们，口味有多刁！女人的青春韶华，倘若从十八岁算起——自然了，即使从十六岁算起，也不为过，二八年华，碧玉青春，说得正是。从十八岁，到二十八岁，十年，一大把一大把的光阴，该是多少花样年华，金子一般的岁月哪。从二十八到三十四，又是忽忽六年！人生能有几个六年？这碎金烂银样亮晶晶的日子，怎么就被这么粗枝大叶地，稀里糊涂地，一路挥霍一路蹉跎过来了？想起来，真是恍惚得很。

老实说，樱桃不属于那种第一眼美女。只一眼看过去，是不够的，须得再看上第二眼，第三眼。这就需要耐心了。可现今的人们，最缺少的便是耐心。这个世界，满眼都是光华，满耳都是声色，满心都是名和利，谁还有那么多的耐心，浪费在一个平平淡淡的女子身上？人们的眼光，当真都被那些假面美女们惯坏了。化妆品包装出来的，惊人的完美，也惊人的一致。女人们都成了嫡亲的姊妹，而且是孪生。然而，若说樱桃长得丑，也是天大的冤枉。公正地说，樱桃长得绝不丑。不仅不丑，还很有些耐人寻味。假设得体地打扮起来，不说十分，总也有六七分的颜色。长的头发，柔而顺，又偏爱长裙，不论在哪里，或立或卧，便有了那么一点婉转的风姿，至少，是轻口味男人们还算买账的小清新，文艺范儿。而且，樱桃皮肤白。是谁说的，一白遮百丑。白嫩的皮肤，吹弹得破，动不动，脸上便飞红了，另有一种招惹人的意思。认真究起来，樱桃依然称得上一个标致的人儿，然而，这是在京城。京城这个地方，山也高林也密水也深，什么都是见惯不惊。一眼望去，到处都是春衫翩翩，粉白黛绿，翠袖红衣，海了去了。像樱桃这样的女孩子，更是一抓一大把，寻常得很了。若不是十分的出类，终究不过是京华烟云中一粒微末的浮尘而已。

这么些年了，樱桃身边，也不是没有认真的人。比方说，之前那一个，叫作连赞的，认真追了她四年多。四年，一个男人，把四年当作一天，对一个女人痴心一片，真是难得了。如今的男人们，还有几个生着如此的古典心肠？见一个，爱一个，烦一个，丢一个，朝是秦，暮又是楚。男人们的一颗心杂花生树，草长莺飞，都忙得紧。相形之下，这连赞简直就是一个痴情种子。惹得南妃妃从旁直跌脚感叹。樱桃啊樱桃，你就作吧。真是有眼不识金镶玉——南妃妃说这话的时候，有羡慕，有嫉妒，还有那么一点恨铁不成钢。樱桃听了，不说是，也不说不是。只是笑。

连赞是一个官员，不算大，也不算小。要是在地方上，倒是很能够唬一唬人。可这是在京城帝都。冠盖满京华。再牛皮哄哄的人，在这里都是沧海一粟。不过，在樱桃那所普通的私立学校，连赞那一辆奥迪还是十分扎眼。倘若连赞不下车，只在车里坐着，一身挺括的大牌西装，墨镜遮住半个脸，车窗边上，露出团团簇簇火似的玫瑰，简直要令人惊艳了。然而，连赞总是忍不住要走下来。每一回，樱桃都委实替他捏着一把冷汗，担心被人看见。不是担心那大捧的玫瑰，也不是担心那锃亮的汽车，怎么说呢，这个连赞，实在是太矮了一些。他们一同出去，樱桃都不敢穿高跟鞋。不过，连赞虽然个子不高，可是气场却极大。不知道是因为权力的支撑，还是因为见识的广阔，这个小个子男人，立在那里，自有一种凌厉铿锵之气，脸上似笑非笑，却是不怒自威的意思。私下里，南妃妃不止一回跟她感叹，这个连赞，有大气象。前程未可限量哪！樱桃你可别大意。樱桃听了，也只是笑。南妃妃气得直错牙，点着她的额头恨道，你呀，你叫我哪只眼能看上你！

这话听得多了，十句里，樱桃似乎也听进去了一半句。南妃妃的审美，她还是很信服的。南妃妃是她的硕士同学，超级闺蜜。严格地说，南妃妃也不是那种传统意义上的美女。可是，南妃妃就是有那么一种说不出的味道，难画难描。单眼皮，细细长长的眼睛，微微有点吊眼梢。一对蛾眉，斜斜飞入两鬓里去。眼睛水水的，像是揉碎了金子在里面，一嗔一笑，波光流转。皮肤却是小麦色，亮晶晶的，涂了釉质一般。最难得是身材也好。细腰丰臀高胸，比例惊人的夸张。樱桃怎不知道，南妃妃这样的女人，对男人的杀伤力是百分百。这么多年了，杀人杀到手软。可是，世间的事就是这么不讲道理，妖精级别的南妃妃，竟然也被剩下了。自然了，南妃妃的剩，和樱桃的剩，根本上讲不属于一种性质。可是结果是一样的。至少，人生况味该是没有多大的不同，苦辣酸甜咸，自己最清楚。人前端着的那个花架子，不过是自欺欺人罢了。

莫名其妙地，这些年，年纪越大，樱桃的脾气越发大了。也不是脾气大，究其实，是心眼越来越小了。不知从什么时候开始，旁人看她的眼光也渐渐变了。变得，怎么说，又奇怪又暧昧。说起话来，也是十分小心。仿佛是，生怕哪一句话不妥，触动了剩女的一腔闺怨。玩笑呢，更是等闲开不得了。若是哪一句玩笑，竟惹得这古怪的女子翻了脸，就不好了。樱桃看着人们小心翼翼的样子，心里只是冷笑。一群俗人！俗人一群！简直是！俗不可耐！难不成，一个女人的人生，活该就是恋爱结婚生孩子，然后是柴米油盐酱醋茶，是无休止的吵架，哭闹，直至最后的冷漠，仿佛路人，甚至连路人都不如——路人，也有最起码的礼貌吧。周围这样的例子，她实在是看得太多了。让她最不能忍受的，是母亲的眼神。期期艾艾的，像是体谅，又像是恳求。明明是张开了口，却偏偏没有了下文。闪闪烁烁的，话里话外，全是催促的意思，她怎么不懂！前些年，母亲不是这样的。劝导，数落，骂，说着说着就流了泪。幻想着以柔克刚，用一个母亲的泪水，拯救不肖的闺女的命运。那时候，她还算年轻。母亲的焦虑也是直截了当的。这几年，年纪越长，母亲倒变得越发含蓄了。拐弯抹角的，顾左右而言他，一言一行，全是不甘心的试探。好像是，一个病入膏肓的人，反叫人不知道该如何劝慰了。亲人们只有把悲苦留在心里，脸上却是强颜欢笑。不相干的旁人们呢，想必该是假惺惺的同情了。可笑。实在是可笑。如今，樱桃最见不得那些个小情侣们，一对儿一对儿的，手牵着手，肩碰着肩，不管不顾地，竟然当街就亲热起来。当真是脸都不要了。私心里，樱桃总觉得，他们这是故意。谁不是从年轻时候走过来的？说不定，刚刚还在这个街口拥抱，在下一个街口，等待两个人的便是分手。这世上的事，谁又敢妄下断语呢。

热闹是暂时的。然而，连这暂时的热闹，她都不曾拥有。枯寂的房间，即便是夏天，也有一种侵入骨髓的冷。一日三餐，一个人看碗。邻家的笑声传过来，偶尔，还夹杂着小孩子的哭声，大人的呵斥声，电视的音乐，炖牛肉的蓬勃的香气，一阵一阵的，越发衬托出这边的凄清和索然。红尘的繁华，人间的烟火，都在邻家，都在外面，再近些，同她也是不相干的。握在手里的那一杯咖啡，慢慢凉了，凉了，仿佛腔子里那一点温热的人气，都被这精致的杯子吸了去。这咖啡，看上去品位优雅，似乎最宜在月夜雨夕独品，然而只有在舌尖上，在心底里，才能真正领教它的苦涩。

最难挨的，还是那些数不尽的长夜。静寂里，仿佛能听见那迟迟的更漏，像刀子，一点点地，把所剩不多的锦绣年华，一寸一寸地毫不留情地剪了去。关于这些人生冷暖，樱桃从来没有同南妃妃交流过。想来，作为剩女，南妃妃纵然有万种风情，也该是同此凉热吧。有时候，樱桃不禁恶毒地想，这么多年，南妃妃一直同她交好，说不定，正是出于某种不磊落的心理。人这样东西，骨子里都有一种说不出口的卑劣，总是要到比自己更弱的人那里，寻找某种人生安慰，或者叫作自尊也好。如若不然，南妃妃和自己，这么悠久的友谊，该如何解释呢？友谊呢，自然是有的。三载同窗，又有这么多年的岁月磨砺，当年的同学，经过大浪淘沙，也只剩下一个南妃妃了。但其中恐怕也掺杂了其他的添加剂。保质期长的东西，总是要有添加剂的吧。比如矢志不渝的爱情。比如白头终老的婚姻。是不是，越容易腐败的东西，反而越是纯粹的呢？人总愿意同比自己弱的人结交，也无可厚非。没有压力，感觉放松，身心自在。同时，也使得自己拥有更良好的人生感觉。为什么不呢？或许，在南妃妃那里，樱桃不过一种衬托，一个参照物，她们两个之间，是 A 角和 B 角的关系，不容混淆。即便是一台戏里，樱桃侥幸当了主角，可南妃妃，便一定是那幕后的锣鼓，锣鼓喧天，直把那主角的嗓子都盖下去了。热闹自然是热闹的。可也是因了这喧天的锣鼓。这是中国戏的妙处，也是中国戏的不可解之处。

也不知道怎么一回事，对这个连赞，樱桃总是不来电。淡淡的，像是春日里的浮云，似有若无。电话也接，短信呢，也回，闲来也赴赴他的约。吃饭，喝茶，看戏，偶尔到郊外去兜风。也不过如此了。连赞虽是官员，却有一种难得的风趣。尤其是在樱桃面前，更是灵感迸发，妙语连珠。有时候，看着连赞那爽朗大笑的样子，一口整齐的牙，白得耀眼，樱桃不免恨自己，恨自己什么呢，樱桃也说不好。总不能恨自己木头一样，横竖不动心吧。还有，连赞抽烟的样子，怎么说，也十分气派，简直称得上迷人了。他坐在那里，一点也看不出个子的大小。脸上线条冷峻，香烟夹在指间，从容的，镇定的，有一种深沉的神秘的气质。樱桃在一旁默默地看着，一种深深的感动，或者是，柔情？她说不好——这感觉竟然在心底悄悄地升起来，升起来，慢慢地把她整个人围困，裹挟，眼看着，她就这样被生生给掳获去了。然而，在这紧要关头，连赞总能让她从幻觉中醒过来。比方说，不经意间，连赞低头看手表，露出半秃的头。樱桃看着那亮闪闪的头，在温馨的灯光下，好似一圈佛光，带着某种意味深长的暗示，犹如兜头一盆冷水，激灵灵出了一身冷汗。仿佛从一场梦的深处，艰难地退出来，退出来，只觉得满心的茫然，还有虚无。连赞照例坐在那里，慢慢地抽着烟。茶水续了一杯，又续了一杯。茶叶的颜色渐渐地淡

194 . . . 谁此刻在世界上的某处哭

了，淡了，像是一个没有颜色的白日梦，淡到模糊，缥缈到虚
无。烟雾弥漫，化成一道霭一样的屏障，青白，灰白，在两个
人之间浮动，聚了，又散了。然而，连赞再想不到，对面的这
个女子，慢慢啜着茶，脸上始终淡淡的，心里却已经重重地跌
了一跤，挣扎了几番，踉踉跄跄地，重又咬牙立了起来。经了
这一番跌撞，立起来之后的樱桃，倒是更加稳妥了。微笑是稳
妥的，说话也是稳妥的。即便偶尔有波澜溅到衣裙上，也不见
她大惊小怪，镇定得很了。也或者，令连赞一直放不下的，便
是她这一种，怎么说，贞静，端凝，柔软的容貌，坚硬的内
心，近乎小女子的大气概。

南妃妃是见过连赞的。樱桃倒是很愿意听一听南妃妃的
观感。可是，南妃妃泥鳅一样，哪里抓得住。对于连赞的痴
心，南妃妃倒是十分感慨。有时候，樱桃不免有一点小人之
心，这个连赞，不是被南妃妃迷住了吧。这年头，被闺蜜挖墙
脚的案例，委实并不罕见。一念之下，不免有些紧张。一紧
张，行止情状便又不同了。这个时候，樱桃眼里的连赞，似乎
是多了一种莫名其妙的吸引力。连赞见她的神态声口，只道是
打动了她的芳心，不免受宠若惊，只有更加殷勤周到了。渐渐
地，樱桃察其言，观其色，南妃妃大大咧咧的，不像是有心。
况且，南妃妃多忙！桃花泛滥，简直要成灾了。便陡然间松懈

下来。心中不由暗笑自己的小人之心。她甚至荒唐地认为，一个男人，倘若引不起南妃妃的兴趣甚至觊觎，那么，他的魅力，或者价值，便也值得怀疑了。

连赞见她阴晴不定，还以为是女人的心事莫测，倒越发勾起了他追猎的兴味。仿佛是，难啃的骨头更香，扎手的玫瑰更艳。这个小女子，看上去单纯干净，不想竟有一种意想不到的吸引力，繁复的，幽深的，雾中月水中花，谜语一样，叫人想一探究竟。当真是难得得很。

从一开始，樱桃便知道，连赞是离异。一个四十八岁的男人，这是最正常最合理的情感史。否则，倒要叫人起疑了。两个人初见那一年，樱桃二十八岁，还残留着女人一生中最后的一段光华。从二十八到三十二，连赞辛苦追逐了四年，终于知难而退。不知道是耐心耗尽，还是另有所爱，总之是，仿佛一夜之间，连赞便销声匿迹了。

二

起初，樱桃还不太在意。四年了，这个男人，一直就在她屁股后面，紧紧跟着，好像是她的一个影子。对他，她是胜券在握的。她拿得准他。或冷或热，她可以任意对他。她不怕他掉头而去。那一阵子，樱桃正忙着评职称的事，昏天黑地地，自顾还不暇，对连赞的消失，并没有放在心上。后来，待她意识到这个空白的时候，还私心里以为，这不过是这个绞尽脑汁的男人，在束手无策之际，耍的一点小小的花招，或者叫做计谋也好。欲擒故纵，先抑后扬，一弛一张，行的是文武之道。也或者，仅仅是想给她一点颜色，警告一下这个狂妄的小女子，他连赞的耐心也是有限度的。樱桃心里冷笑一声。男人，不论他是多大的人物，终究也是男人。而男人，从本质上来说，都是小孩子。既是孩子，总脱不了孩子气。跟女人玩这种小计谋，幼稚。樱桃该吃吃，该睡睡，养得粉白脂红。直到很久以后，樱桃才彻底悟过来，这一回，连赞是来真的了。

人这东西，真是奇怪得很。想当初，人家低三下四伏在裙下苦苦哀求的时候，再伟岸的男人，看在眼里，也终究是小的。而如今，当那人真的立起身来，拂袖而去的时候，这原本心意已决的一方，望着那渐行渐远的背影，竟然在一瞬之间，忽然生出了惜别之心，念起了那人的种种好处。人就是这样贱，真是没有办法的事。

那一阵子，没有了连赞这个铁杆的骚扰分子，樱桃身旁一下子便清静下来。清静得过了，甚至感到了一丝丝的寂寞，还有失落。仿佛是，原先属于自己的一样首饰，天天戴在身上，喜欢呢，倒也说不上。只是习惯了，像是习惯那一点被体温焐热的薄薄的凉意。忽然间弄丢了，便觉得空落落的，每每情不自禁地去摸索一下，却都扑了空。便更惘然了。

窗台上的花瓶里，插着一束玫瑰，早已经枯萎了，却还保留着新鲜时的姿态。红的花瓣变成了黑色，一碰便纷纷落下来，映衬着枯枝，竟然别有一种零落的萧索的美丽，带着淡淡的凋谢的哀伤，还有惆怅。俯身闻一闻，却早没有了芳菲的味道，只有寂寂的残水，在寂寂的花瓶里，像是睡去了一般。可樱桃依然留着，不肯丢弃。然而也每每小心着，不去碰触它。仿佛是，那玫瑰摆在那里，犹如一段往事，不必再提起，只是为了某种哀悼，或者凭吊。

花当然是连赞送的。早先倒不觉得，这一个人独居的屋子，冷冷清清，原是少不得鲜花的。那时候，连赞的花几乎是汹涌而来，玫瑰，百合，勿忘我，偶尔带着几枝满天星。有了这些花的装点，这简陋的出租屋，便平添了一种罗曼蒂克的气息。阳台的小茶几上，摆着一套青瓷，是很地道的梅子青。一只茶壶，还有四个茶盏，玲珑得叫人心疼。青瓷也是连赞送她的。樱桃总是幻想着，她和一个男人，坐在那里，喝茶，说话，看窗外的月亮，听阶前的雨声，下雪的时候，看雪渐渐把城市的日夜修辞。或者，什么都不做，只是相对无言。夕阳照进窗子，把屋子染成浅浅的蜜色。音乐也是浅浅的，像是若有若无的风，抚弄着他们的衣衫，也抚弄着他们的闲情。空气里浮动着花木的香气。远处高楼上，传来缥缈的歌声。一时有，一时却又听不见了。那个男人究竟是谁，樱桃也没有想好。反正，想来想去，竟也不是送青瓷的那个人。

四年里，连赞不是没有机会上樱桃的屋子里来。但是极少。在这一方面，樱桃是谨慎的。一个男人，倘若先和你有了肉体的关联，不论如何，都不是好事。若只是游戏一场，倒也罢了——然而樱桃并不是那种富有游戏精神的人。若是想要认真地同他谈婚论嫁，倒是宁肯延宕一些，才更有胜数。延宕到什么时候呢，最好延宕到花烛之夜。不是樱桃保守，实在是，男人们喜新厌旧的根性，叫人不得不防。当然了，岂止男人们，谁不喜新厌旧呢？即便是一件衣裳，再心爱，也总有厌烦的时候。而一条新裙子，即便是不那么如人意，可就因为是新的，远远地挂在商店的橱窗里，也不免会引来种种旖旎的想象，想象这裙子穿在自家身上，该是如何的风姿。即便是不妥，也是新鲜的不妥吧。这个连赞，虽说不是理想的结婚对象，但樱桃还是十分的当心。万一呢？她已经不年轻了。再怎么，她也得替自己留个后路才是。

说起来，南妃妃她们都不相信。和连赞交往了四年，他们竟然没有床帏之好。当然了，其他的，也是有的。比方说，拉手，拥抱，接吻，最亲密的，是有一回，连赞直接把手伸进了她的衣裳里。樱桃吓了一跳。但是也没有多少的吃惊。在这方面，樱桃也是有见识的。早在大学的时候，在学校后面那片小树林里，那个笨拙的男生，或许是受了月亮的蛊惑，在费力地亲了她的嘴唇之后，迟迟疑疑地撩起了她的裙子。初夏的夜晚，风微微吹过来，草木的青涩的气息，夹杂着幽幽的花的香气。小虫子在草棵子里叫着，又热烈，又淘气。那男生在她耳边喘着粗气，热热的，有着薄荷的清凉，汗水不断地从他脸上淌下来，浸湿了她的薄衫。她什么感觉都没有，连传说中的疼，都是若有若无的。却平白地感到满怀的委屈，还有沮丧。现在想来，也不知道，那个初夏的月夜的情事，是不是真的成了。莫名其妙的是，那个男生，自那个月夜之后，竟然消失了。其实，也不是消失，据说是转学走了。总之是，不告而别。他们再也没有见过。她恨得直咬牙，却也说不得。

而那一回，连赞却是果决的。他的手在她光滑的背上游走，没有一点转折或是停顿，便径直绕到她的胸前。这个家伙！本以为他是个好人，他竟然敢！她本来想着要同他翻脸的。然而，终究没有。四年了，连赞一直对她规规矩矩。这既让她感到安全，又让她感到深深的不安。一个女人，倘若总是引不起异性的兴趣，也真的需要反省自身了。是过于优雅贤淑，使得男人望而生畏呢，还是过于严正刻板，令男人兴味全无？也或者，是娇媚袭人，叫他们百般怜惜，不忍下手？好在连赞之于樱桃，有一点鸡肋的意思。弃之可惜，食之呢，又无味。然而，假如连赞老是这么规矩，樱桃也不免恨他太过老实。怎么说呢，女子这样物事，最是难以料理。孔夫子早就感叹过了，唯小人与女子难养也。看来这话是对的。或许，普天下的女人，怀着的是一样的心事。千方百计地拒绝男人的骚扰，同时又千方百计地招惹男人的爱慕。一个男人，她并不一定要他。可是，她却一定要叫他要她。即便不是心心念念地想着她，至少，也会在人生的某个时刻，那一个可爱的倩影，蓦地兜上心头。没办法，女人就是这样的矛盾。抗拒也不是，吸引也不是。前走一步是错，后退一步呢，更是错。在她们面前，坏人是难的。而做好人呢，更是不易。

很久以后，樱桃才开始为当初的任性后悔了。当初，她实在是应该趁机把连赞拿下，佯装着束手就擒，索性把自己嫁了。

当然，这都是后来的事了。

三

那时候，樱桃正和唐不在热恋。说是热恋，其实也只不过是樱桃一个人的单相思。当然了，关于这一点，樱桃一直都不肯承认。唐不在是大学老师，教的是中文，身上很有一种文化人的落拓不羁。唐不在留着长发，齐肩。喜欢休闲风，或棉或麻，多是宽袍大袖的范式。又偏爱围巾，不论冬夏，都有一种翩然风度。人又清瘦，立在那里，乱发与围巾齐飞，更像是临风的玉树。据说，学院里的女孩子，为他倾倒者，大不乏人。说来也怪，都说是男性社会，可如今这世道，女人，尤其是女孩子，倒比男人更多了几分骁勇，若认真论起来，个个都是善战的猛将。在情爱这个阵地上，更是如此。可樱桃是个固执的人。所谓的70后，在男女这件事上，还是有那么一点传统的底子，或者叫作包袱也好。理想的爱情，自然是另外一种。高楼上的女子，倚遍阑干，天涯望断，为着心中相思的男子。一腔的柔肠，伴着窗前恼人的雨滴，更兼那迟迟的更漏，在心里辗转一千回一万回，却是一句都说不出口。好女子是如何嫁出去的？自然是要让男人来求。求之而不得，便有了一波三折的故事流芳百世。这样的情结，是很小的时候，便在樱桃心里种下的。因此，对于唐不在身旁的那些个莺莺燕燕，她是一万个看不上。可是唐不在呢，却有那么一点乐在其中的意思。左手云右手雨，依红偎翠。樱桃顶恨他这一点。大学的时候，都说不能找中文系的男生，为的是学中文的心思活泼，想象绮丽，心事也多，心事多了，春梦也便缥缈。可这个唐不在，偏还是个教中文的。在芳菲无尽的校园里，看惯了雪月与风花，吟惯了唐诗和宋词，还有几样能叫他有陌生感的？樱桃只恨自己一时糊涂，中了他的蛊。

头一回见到唐不在，是在一次聚会上。也忘了是谁张罗的聚会，为了什么名目，只记得，是一个暮春，天气晴好，玉兰已经开尽了，新发出了一枝一枝的嫩叶。黄的棠棣，紫的紫荆，樱花是将尽未尽的意思。槐花倒是开得放肆，累累的白的花瓣，娇滴滴的是黄的芯子。绿影重重叠叠的，把京城困在一个慵懒的春梦里面，幽幽的，长长的，似醒非醒的样子。樱桃立在庭院里面，看着红男绿女们出出进进，独自想着心事。这家主人，想必是一个有钱有闲的主儿，中产阶级享受派，在这僻静的京郊，有这么一个幽静的小院儿，真是难得。至今，樱桃还住在出租屋里，二十世纪八十年代的老房子，虽说位置还不错，可终究是有种种不便之处。以北京现在的房价，樱桃还

不敢做买房的好梦。在京城漂泊久了，像是倦飞的鸟儿，总想
着有个可以栖身的枝头。寻寻觅觅了这么多年，终归是一场
空。眼下，这个幽静美丽的小院子，不免叫人生出很多的感
叹。后来，樱桃才想起来，这个聚会是南妃妃张罗的。这个院
子的主人，也不知道是南妃妃的第几任男友。南妃妃这厮，就
是有这样的本事。换男朋友，倒比换衣裳还要勤些。正胡思乱
想，只见一个男人走过来，一面打电话，一面笑。忽然就压低
了嗓子，朝海棠树这边踱来，低低地笑着，漫不经意地朝四面
环视。不防备树后面有人，倒吃了一惊。樱桃也尴尬，仿佛是
故意躲在树后面，偷听人家的私房话。因此，未等开口，倒先
红了脸。那人冲着电话嗯嗯啊啊地说了几句，便匆忙挂掉了。
樱桃赶忙要解释，刚一开口，不想和那人的话撞在一起，两个
人瞅着对方，愣了片刻，都笑了起来。

春日的午后，暖风熏人，带着一种懒懒的闲闲的意思。有
一朵槐花落下来，正好落在樱桃的鬓角上。唐不在正说着李后
主的词，忽然便停下来不说了。一缕阳光透过花枝，筛下碎碎
的影子，把樱桃的长发染成淡金色，槐花簪在发际，将落未
落，颤巍巍的，是风鬟雾鬓的样子。樱桃被看得飞红了脸，扭
身要走，不想高跟鞋崴了一下，唐不在眼疾手快，一下子把她
揽住。

　　院子后面，是隐约的黛色的春山，远远望去，仿佛笼着一层淡蓝色的烟霭。细细森森的花的香气，夹杂着花木葱茏的气息，被风一阵一阵地送过来。天上飞着一片一片的浮云，闲闲的，心无挂碍的模样。樱桃的一颗心扑扑扑扑乱跳，正不知如何是好，忽然听见有人声喧哗，便趁机扭身逃了。到了人丛里，一颗心犹自乱跳不已，又生怕被人看出来，装作去洗手间，转到后面。

　　一带矮矮的篱笆，把前院后院隔开来。篱笆上爬满了藤蔓植物，缠缠绕绕的，绿得逼人的眼。有蛾子蝶子飞来飞去，跌跌撞撞的，不小心撞在人身上，沾惹一身细细的花粉。一个极茂盛的藤萝架，蓊蓊郁郁的，遮住人的耳目，藤编的小月亮门，星星般盛开着各色野花。走进去，却是一个极雅致的洗手间。一色的原木，粗砺的天然的纹理，偏配了青花瓷的盥洗洁具。香皂盒子却是一枚小巧的贝壳。微风过处，花草枝叶相拂，簌簌乱响。樱桃定了定神，掏出化妆包补妆。见镜子里，一张脸红得胭脂似的，眼睛却是水水的亮，不由地骂了一句，混蛋。却听见有人在背后问，混蛋？谁是混蛋？抬头一看，却见镜子里出现了唐不在，端着半杯红酒，一脸的戏谑。樱桃一时说不出话来。

　　那天回来，樱桃坐的是唐不在的车。南妃妃说有事，樱桃心里笑了一下，知道是被什么绊住了，也不点破。同行的，偏还有一个美女，看样子同唐不在十分熟络，一路笑得花枝乱颤，脖子努力往前伸着，恨不能坐到唐不在的腿上去。樱桃从旁冷眼看着，轻易不肯开口。窗外，是黄昏降临中的京郊。春烟迢迢，被天边的落日染成淡淡的金色，一重一重的绿影，汹涌而来，间杂着缤纷的花朵的颜色，直叫人觉得春深似海。窗子半开着，樱桃把手里的一捧野花搁在窗子外面，颤巍巍地悬着，不断地有花瓣子零落下来，扑簌簌乱飞。有农家的小房子一晃而过，像是迷路在童话里，有一点梦幻的错觉。一只鸟从对面飞来，逆着风，吹乱了一身的羽毛。车里人的调笑声，被风一句一句送过来，不偏不倚，都落在樱桃的耳朵里。看上去，那女孩子总也有二十七八岁了。留着短发，被一条鹅黄的发带拦起来，额头光光的，饱满明亮。从前，樱桃一直觉得，女人是万不可留短发的。就像女人不可戴眼镜一样。都说不跟戴眼镜的女人调情。那么留短发的女人，似乎也可归为此列。然而眼下，樱桃却忽然恨起自己的长发来。纠葛缠绕的，都是三千烦恼丝。远不如那一头短发来得干脆俏丽。那小小的淡金色的头，几乎低低地俯在唐不在的肩上。露出一段雪白的颈子，一根细细的银链子，在上面一闪一闪的，亮着碎碎的光泽。樱桃从窗玻璃上看着，看着，忽然啪地一下把窗子关上。

那一大捧野花被夹住了，抽也抽不出。正恼恨着，只听唐不在说，当心啊——还这么淘气。樱桃气得不说话，索性把那一大捧丢掉了。那野花在风中四散，仿佛随性下了一场花瓣雨。唐不在叹口气道，桃花一簇开无主，可爱深红爱浅红。樱桃正想怎么噎他，偏那短发女子开口嗔道，好个花心的唐老师！樱桃心里冷笑一声，想这唐不在真是酸文人，都是一样的桃花，只不过深红浅红，便不知爱哪一个了，那么眼下车上的这两个，一个长发，一个短发，恐怕更是不知进退，把这风流的唐同学愁煞了。窗玻璃上，沾着一个粉色的花瓣，像是一滴活泼泼的眼泪。樱桃对着那花瓣看了一会，却听见唐不在说，前面是北环了。先送哪一位？

北京的春天，向来极短。刚才还是满眼的繁花春树，仅仅一眨眼的工夫，却已经是初夏的光景了。或许正是因了这匆匆二字，才更叫人万般流连吧。在还没有开始的时候，便已经怀了一腔的惜春之意，仿佛每一寸光阴，真的都是金子做的。然而初夏的绿，到底是不同的。褪去了年少轻狂，平添了一些深沉老成的意思。石榴树也开花了，是初夏的石榴花。樱桃记得，老家的院子里，也有一棵很大的石榴树，枝叶繁茂，把廊檐都遮蔽了。开花的时候，火红的一树，有家常的安定和喧闹。她在树下玩耍，有一朵石榴花落下来，落在她的发辫上。

这一阵子，樱桃实在是闲得很。单位里事情不多。又正赶上端午节放假。这么多年，在北京，樱桃最恨的，便是节假日。为什么要有节假日呢？不过都是平常的日子，偏要想出来种种名目，为这日子赋予某种意义。人生一世，日子正长。一眼望去，仿佛是望不到尽头。这些花样，是想叫人仔细品尝人世的滋味吧。有一句话怎么说的，日子好过，节假难熬。樱桃觉得，说的正是她的心事。在中国，也不独在中国，即便是全世界，节假日，都意味着团圆吧。这是人伦。然而，樱桃怎么就这么痛恨这人伦呢！母亲打来电话，问她忙不忙？忙什么？这一回，有没有空儿——樱桃听她试探的口吻，心里烦恼，三句两句就把她堵回去了。嘴上解了恨，心里却是茫然得很。几次想把电话拿起来，拨回去，终究是作罢了。正心下颠三倒四，手机响了。一个男人在电话里笑道，樱桃同学，还记得我吗？

风从半开着的窗子里溜进来，把桌上的一本书翻起来一页，合上，又翻起来一页。有一片阳光，正好落在玻璃杯上，里面是喝剩下的残茶，一叶一叶参差地交错着，仿佛是郁郁青青的森林。杯子表面有一道一道的棱，把阳光折射得亮晶晶的。樱桃端详着那杯残茶，仿佛被晃着了，不由得闭了闭眼。

唐不在。自从那天从京郊回来，唐不在就再也没有出现过。有时候，樱桃不免恍惚，这个唐不在，真有其人吗？是不是，就像她那些个没完没了的白日梦一样，这个男人，仅仅是一种虚构中的幻象？以樱桃三十多年积累的对男人的认识，十有八九，这个唐不在，会主动约她，至少，会在短信里试探她，甚至，在合适的时机，不失风雅地调戏一下她。叫她脸红心跳，惹得她假装翻脸，给他吃几个不大不小的闭门羹。然后，再三再四地，恳求她，逗她，她拗不过，也就顺着他给的台阶，半推半就走下来，一直走到他跟前，任由他牵住自己的手。然而，没有。都没有。自从那次之后，唐不在仿佛是蒸发了。有时候，闲极无聊，翻看手机里的电话簿。翻到唐不在，便怔怔地出一会儿神。她是想起了那个暮春的午后。但若是主动发短信过去，也绝不是樱桃的风格。在这个上面，樱桃是有原则的。而且，风险也大。男女之间的事，女人总是被动一些才好。一个女人，倘若虎狼一般扑上去，终究是太不像话了。况且，不免有扑空的危险。一个女人家的小身子骨，哪里禁得住这一闪？即便是恰巧接住了，也叫人心里不安。那个伸手相接的人，是悠然心会，妙处难与君说呢，还是仅仅，出于应激反应中的本能？不可。万万不可。樱桃比不得南妃妃。在情场上，南妃妃是永远的强者。南妃妃的嬉笑怒骂，都是一篇一篇的锦绣文章，都有人慷慨买账。不为别的，就因为她是南妃妃。樱桃看着唐不在的电话，心里念一遍，再念一遍，不免嘲笑自己，三十多岁的恨嫁女，看来真是疯了。唐不在，他有什么了不起呢？大学老师，穷酸文人一个，偏还是教中文的。谁知道他那一本厚厚的情史里面，有多少女人的血和泪？那一回，在从京郊回来的车里，当着她，那一个短发的女孩子，有多么放肆！固然，一直是那个女孩子哆哆分分地主动搭话，唐不在只是专心开车，认真敷衍而已，可是，是谁把她们惯成了这个样子！后来，唐不在先送的樱桃。在小区门口，樱桃下车，跟唐不在挥手告别。那个短发女子也走下来，却见她径直打开车门，坐到副驾驶座上。汽车扬起淡淡的灰尘，在暮春的黄昏中，慢慢地升腾，又慢慢地弥散。路边是一棵木槿，一阵风吹过，几片紫色的花瓣落下来，落在樱桃的衣衫上。樱桃怔怔地立着，也不去管它。

坦白地说，这个唐不在，并不是樱桃心目中的理想男子。然而，樱桃理想中的好男子，究竟是怎样的呢？她也一时说不出。总之是，这个唐不在，单从外形上来看，有一点叫人不放心。或许，这世间就有那样一种男人，天生带着一种纨绔的气质。怎么说，有那么一种叫人恼恨的倜傥劲儿。自然了，恼恨也不是真的恼恨，是又爱又恨的意思。也难怪，那个短发女

子，几乎在他面前失了形状。严格说来，那个短发女子，实在
是太平凡了一些。过分的瘦，像长腿的鹭鸶，窄窄的屁股，胸
部却是异峰突起，大得有些突然。叫人不免怀疑，究竟是不是
原装。假如唐不在真的好这一口，那么，不见也罢。这么多天
了，樱桃一直以为，她早已经把那个暮春的午后忘记了。直到
这一天，唐不在打来电话。她才蓦然觉出了，对这个电话，她
是期待已久了的。

四

那一阵子，南妃妃忽然闲下来。动不动就约她逛街，偶尔
还过来蹭饭。樱桃有心想问一问，但又深知她的脾气。也就按
捺着不问。看上去，南妃妃兴致倒是还不错，买得大包小包，
卡都要刷爆了。逛累了，两个人在一楼的咖啡馆喝咖啡。有电
话打进来，南妃妃便靠在椅背上接电话。

下午，咖啡馆里人不多。零零散散的客人，喝咖啡，低低
地聊天。透明的玻璃墙外面，是金碧辉煌的商场。高档化妆品
专柜，珠宝专柜，有穿着考究的女人在那里流连，来来回回地
试，十分有耐心。有一个售货小姐，正在给一个胖女人化妆。
那胖女人仰着银盆似的一张大脸，诚恳地尽着她弄。平日里，

樱桃也只是化一点点淡妆。淡淡的，几乎看不出来。她终究是不自信。不像南妃妃。南妃妃几乎从来不化妆。看上去，也不怎么用心打扮。怎么说呢，或许，南妃妃是那种不用打扮的人。眉不画而翠，唇不点而红。头发呢，也是随意地绾一下，倒有了一种慵懒任性的味道。譬如今天，樱桃穿了一条长裙，配一字领开衫。淑女自然是淑女的，但又觉得太正了。而南妃妃呢，就是一件长款麻衬衣，简简单单的奶白色，却给她穿出了说不出的媚气。银色凉拖里，十个粉粉的趾头，又自然又娇憨。谁说人生而平等？真是昏话。单单是女人这容貌气质，就是天大的不公。正想得乱七八糟，只见南妃妃对着电话哭起来。樱桃吓了一跳。跟南妃妃认识这么多年，从来没见她这样过。南妃妃是谁啊？南妃妃是那所学校里著名的校花。连校园里那些个目不斜视的老先生，做学问都做得迂了，见了南妃妃这样的妖精，都要情不自禁，更何况那些一身热血的青皮小子？总之是，在情场上，南妃妃一向是所向披靡的。是谁有恁大的本事，能惹得她这样珠泪横流呢？正疑惑着，只见南妃妃哭着哭着，渐渐化作了柔情的抽泣，颤巍巍的双肩，随着那抽泣，如花枝在风中乱颤。正想着要不要过去劝说，只见南妃妃竟然又笑起来。是半嗔半笑，脸颊上泪痕犹在。也不知道电话那一端说了什么，只见这一端只是低着头，细细地呢喃。一只手拿着手机，另一只闲着的手，只管把那一沓餐巾纸撕成一条一条的，蹂躏得不像样子。樱桃见这种情状，心里早明白了八九。也不过去问，自顾拿了包，去问有没有新烤的点心。这家的下午茶，是有口碑的。

回来的时候，南妃妃已经收了线，没事人似的，坐在那里，悠悠然地喝咖啡了。见樱桃端来榴莲酥和鲜花饼，惊喜地叫了一声。樱桃说，怎么，不战而屈人之兵？南妃妃笑道，小蹄子！什么都瞒不过你。翘着兰花指，挑了一块鲜花饼，一只手小心接着碎屑子，轻轻咬了一口。嗯，不错，唇齿留香啊。真奢侈，活该这么多的玫瑰倒霉。樱桃看她若无其事的样子，心想，这家伙，看来是修炼到家了。

晚上，洗完澡，唐不在打来电话。这一回，也不知怎么回事，唐不在忽冷忽热的，有点叫人捉摸不定。樱桃呢，虽然心里一团火一样，也不得不端着一点，不肯轻易把底子露给他。刚开始的时候，两个人不过是最常规的约会。吃饭，喝茶，偶尔，去美术馆看展览。唐不在有很多美术圈子的狐朋狗友。樱桃自忖，自己这样的女人，打扮了带出去，虽不至于多么惊艳，也肯定不会令他跌份儿。跟着唐不在混了一些个饭局，不咸不淡的，意思不大。但心得也是有的。至少，可以趁机见见他的朋友，是谁说的，看一个人，要看他周围的朋友。唐不在的那些个朋友，说实话，鱼龙混杂，说不上好，也说不上不好。但凭感觉，还算是靠谱。只有一条，唐不在的朋友中，女性倒占了一半。那些个女的，环肥燕瘦，什么形状的都有。唐不在同她们在一起，简直是鱼在水中，十分自在。看样子，这个唐不在，倒是颇有女人缘。那个短发女，她又见过几回。据说是美院的一个老师，教的是雕塑。也不知道，那鹭鸶一样的瘦胳膊瘦腿，怎么能够对付得了那样的体力活儿。在工作室，那鹭鸶，简直就是一个女汉子的做派，杀伐决断，手起刀落。叫人怎么都不敢联想到车上那暖玉温香的一幕。冷眼旁观下来，这个唐不在，确实是挺招女人。但好在是，风过无痕，什么都不沾。仿佛是鸭子戏水，上得岸来，抖抖身子，竟全无挂碍。樱桃不禁暗暗舒了一口气。

或许，这唐不在对樱桃，真的是有那么一点倾心。不算多。可是谈婚论嫁已经够了。樱桃的妄想是，就抓住这一点点温热的痴心，把一直悬而不决的终身大事办了。可这唐不在如何肯？樱桃试探了不止一回，唐不在只作不懂。樱桃气得咬牙，暗骂这人不是东西。却是笑着骂的。真是莫名其妙得很，唐不在越是这样，樱桃越是放他不下。

唐不在在电话里嬉皮笑脸的，没有一句正经。樱桃听得脸红心跳，恨得简直要挂电话了。唐不在嘴上一面求饶，却是更加放肆了。樱桃啪地一下就把电话挂了。

屋子里静悄悄的，只有电视上那一个没完没了的肥皂剧，被她静了音，此时像默片似的，无声地上演着。书桌旁边那一盆龙血树，摇曳着细细长长的叶子，这些日子没有管它，长得乱了，却也乱得妙。绿叶子间杂着黄叶子，倒有了错落参差的意思。比那一味的单纯的绿，更有了丰富的意味。手机静静的，像是睡去了。真是可恨！他敢！他竟然也敢！这个唐不在，向来没轻没重的，这一回，要给他一点颜色看。樱桃把毛巾擦干了头发，细心梳理好。又把换下来的衣裳扔进洗衣机里面，把浴室里的水擦干净。若是唐不在的电话打过来，她不一定要接。至少，不一定立时三刻就接。总要煞一煞他的性子才是。这一回，他一定会赌咒发誓，保证不再犯了——他这个人，嘴巴又甜又坏，她是领教过了的。樱桃不禁微微一笑。这样摔电话，算是闹别扭了吧。樱桃怎么不知道，男女之间，若是不是两厢有情，是闹不起别扭的，至于吵架，更是不会。吵架也是要有资格的吧。自从认识以来，和唐不在，都是彬彬有礼的。而唐不在，尽管嘴上坏，却是油嘴滑舌的那一路，跟谁都一样。今天，这一回，她可要好好治一治他了。手机却一直没有动静。樱桃按捺着不去看，趁机把屋子收拾一遍。扫地，擦地，擦桌子，给阳台上的花们浇水。一面忙进忙出，一面心里咬牙恨道，坏人！看不把你这个坏人！手机忽然响了一下，樱桃赶忙跑过去，打开一看，是房屋中介的短信。她手里拿着那手机，像是被梦魇住了。头发湿漉漉的，有一滴水点子落下来，正好滴在她的颈窝里，却是冰凉的。她不禁静静地打了个寒战。床头的闹表，滴滴答答滴滴答答，走得飞快，快得叫人害怕，仿佛是，真金白银一样的光阴，就这样哗哗哗哗流走了，她伸出手，努力想去抓住一点，却是徒劳。她把那粉色的闹表抄起来，塞到枕头底下，却还能听见那滴滴答答滴滴答答的声音，是催促，是警告，也是叹息。樱桃把身子一拧，整个人扑在床上，直通通的，跌痛了鼻子和脸，她也不管。

也不知道过了多久，电视节目早已经播完了，屏幕上是一片星星点点的急雨，兀自一闪一闪。窗子上仿佛有微白的晨曦，又仿佛不是。屋里屋外，都是暗沉沉的，不知道是日还是夜。这晨昏颠倒日夜错乱的生活啊。

这么多年了。她一个人在北京。没有户口。没有房子。没有老公。没有孩子。一个人。像一个孤魂野鬼。在远离家乡的这座城市，孤零零地游荡，游荡。每一回，从衣香袭人丝竹乱耳的夜宴上回来，回到这个小小的出租屋，仿佛是聊斋里的书生，推开那朱门绮户，一路醉着梦着，眼见得到家了，使劲地叩门，叩了半晌，以为里面有爷娘，有故乡，有命里梦里最温热的那一把土，兴冲冲地，迫不及待地，一声紧似一声。待到终于把自己叩醒了，才发现，什么都没有，竟是一片荒草如烟的坟地。脸上还是热辣辣两朵红云，背上却惊出了一身的冷汗。

这么多年了。她什么没有经历过？疼痛，酸楚，悲凉，轻侮。她都一一承受了。她能够记起来的，似乎也只有这些。当然了，偶尔，还是有一些微末的喜悦，小小的战栗，就像一棵树，偶尔也开花。花固然是美丽的，也有着虚张声势的香气，也会惹来一些艳羡的目光。然而，终究是没有结出果子。间或，果子也是有的，不过总逃不脱苦涩。叫人联想到这么多年来，苦涩的难以下咽的生活。其实，樱桃并不是一个一味贪恋香暖的人。相反，她甚至还有一些向往孤寒。她总觉得，吃一些苦头，总是好的。当然，最好是年轻的时候。有了苦，才更能品咂出甜的滋味。人生哪里有那么多的甜？她知足。知足常乐的道理，她是早就懂得的。可是，怎么做起来就这么的难？譬如说，在感情上，她总是不愿意委屈自己。她这是过于自恋吗？有时候，她不免跟自己赌气，觉得自己矫情，事儿，自作自受。这么多年了，就算闭了眼随便抓一个，也应该不会坏到哪里去吧？可是她终究是不甘心。越来越不甘心。既然已经等了这么久，她还怕等得更久些吗？既然——她已经年过三十，奔四的人了，再早些，也不过是一个剩女的名号。如今这些人，真是损得很。剩女，齐天大圣，简直是侮辱！说到底，终究还是男性话语。一个女人，在适当的年纪不把自己嫁出去，不是心理变态，就是生理畸形，是罪过，更是难题，简直是，怎么说，是生活的公敌。左走一步不对，右走一步也不对。横竖都是错。而那些个老大不小了还不肯娶的，便是单身贵族，钻石王老五，天下所有有女儿的人家，都得眼巴巴地候着，把颈子引断，把秋水望穿。真是岂有此理！

手机还开着，没有一点动静，好像是已经死了。冰冷的，僵硬的，没有一丝呼吸。樱桃强撑着起来，头昏昏沉沉，两个膀子都酸麻了。两颊冰凉凉的，一摸，都是泪。挣扎着去洗手间洗了把脸，凛冽的水，叫她清醒了一些，太阳穴却一跳一跳的，疼得厉害。看看表，已经是凌晨四点多了。

落地灯还亮着，幽幽的灯光，把小小的房间罩住。这么多年了。在这个偌大的城市，这是她的栖身之地，是她的家——如果还称得上的话。年纪渐大，她越来越觉得，人世苍茫。仿佛夜晚的大海上，没有方向，一片混沌，看不到此岸，也看不到彼岸。偶尔，也有隐约的灯光，待要欣喜地扑过去，却总是倏忽一闪，不见了。一天的星星，落在水面上，揉碎了，揉碎了，闪闪烁烁，是捉不住的缥缈的梦，梦里的那些影子，碎片一样，一明一灭，都记不起来了。

五

唐不在再次出现的时候，已经是几个月后了。那时候，学校已经放暑假。樱桃刚从游泳馆出来，戴着墨镜，拎着湿漉漉的泳衣，头发胡乱绾起来，也是湿漉漉的。为了方便，穿着牛仔短裤，吊带背心，光脚穿人字夹趾凉拖。林荫道上，落了一地的蝉鸣。金丝交错着银线，夹杂着层层叠叠的绿树的影子，闲闲卧在日影深处。是真正的夏天了。等红灯的时候，电话忽然响了。唐不在说，我看见你了。樱桃一惊。拿手机的手也微微颤抖起来。这个人，销声匿迹了这么久，竟然又跑来招惹她。他以为他是谁？樱桃刚忖度着回句什么，对方却挂掉了。夏日的天空，有一块云彩悠悠地飞过来，阳光暗了一下，又亮了。而且，是更亮了。十字路口，人和车都像发了疯。交警满头大汗地指挥着，看上去却依然兵荒马乱，仿佛乱世的光景。太阳煌煌地晒着，樱桃只觉得马路都是软的，一步一陷，吃力得很。汗水顺着刚沐浴过的肌肤滑下来，痒梭梭的。过了马路，便是小区了。槐树底下，几个老头老太太闲坐着，一张口都是字正腔圆的老北京话。樱桃觉得眼前一暗，抬头一看，吓了一跳。

唐不在更瘦了。照例是吊儿郎当的，眼神里却仿佛有一种说不出的东西，叫人觉得不一样。他左一眼又一眼，上一眼下一眼，把樱桃端详了半晌，方才笑道，天儿真热——才游泳出来？

后来，每一回想起来，樱桃都恨不能咬自己一口。这个人，怎么就又理他了？更不靠谱的是，怎么就那么轻易地，让他上了楼，进了自己的房间？真是猪油蒙了心了。当时怎么想的，她都记不起来了。小区门口，老头老太太们闲闲地说着话，却是饶有兴致地看着他们。仿佛是，一眼便看穿了他们之间的关系。这些老家伙们，满脸的皱纹，臃肿的身子，眼神是混浊的，却实在是锐利。漫长的一生，他们是怎么挨过来的？一路上，想必也有说不完的坎坷道不尽的曲折吧。然而眼下，他们终于安全抵达了晚年，坐在夏天的黄昏里，摇着扇子，悠闲地，惬意地，看着这些年轻人，在生活的泥潭里辗转挣扎。他们一定在猜想，这两个人，女的已经不年轻了，却还装模作样的，只管端着。她哪里知道，人生也不过那么一回事。哪里经得起仔细推敲！到底还是年轻。还有那个男人，在这门口都立了半天了。大热天儿的。不为别的，就为了这一头一脸的汗——总也该有一两分的真心吧。也或者，这两个人之间，曾经怄过气，闹过别扭，可是，这个世上，真正能够值得怄气的，怕也没有几个人吧！就这么傻乎乎在大太阳底下立着，简直是！他们皱着眉，微笑了。他们是想起了自己年轻的时候。都过去了。老槐树像一个巨大的沉默的翠盖，投下静静的浓荫，把马路上的喧嚣婉拒在外面。有一条小花狗跑过来，眼巴巴地，瞅瞅这个，瞅瞅那个，围着脚边转来转去。谁家的月季开花了，有粉的，有红的，还有一种淡黄，脏兮兮的，有一点污。楼梯上昏沉沉的，门口那一片日光，亮亮的，像是不小心泼了水银。声控灯到底没有常性，一时亮，一时又灭了。

直到很久之后，樱桃还是想不清楚，那一个黄昏的情景。只恍惚记得，一进门，便被他抱住了。抵在门上，两只瘦的胳膊，紧紧地压迫着她。她能够感觉得到，他的骨头，硬硬地硌着她。身后的门也是硬的。她只觉得，自己变得又小又薄，都要被挤进门里面去了。他吻她。辗转地吻她，又细致，又温存，吻得她头脑晕乎乎的，一颗心怦怦怦怦乱跳着，简直马上就要跳出来了。

自始至终没有开灯。屋子里，半明半暗的，浮动着一丝丝花草的香气，还有洗衣液的清新的味道。她一面抵抗着，一面心里油煎一般，急得出汗。该死。难不成就这么轻易地，被他轻薄了去？她原本是发誓不再见他的。这个浪荡子，想来是被女人宠坏了。在情爱的阵地上，要什么有什么，从来没有尝过落败的滋味。一旦遇到一个稍具抵抗力的，便以为，这一个才是他的梦里人，值得他辗转反侧地去思念。樱桃被他压迫着，不肯轻易就范。忽然间，唐不在像换了一个人，喘着粗气，嘴唇凶狠地覆盖下来，又粗鲁，又娴熟。粗鲁娴熟得叫人气愤。她一下子咬住了他的舌头。他疼得直吸冷气，但还是不放过她，而且更凶狠了。樱桃心里暗想，咬他！就是要叫他疼！这带着微咸的血腥气的吻，疼得钻心，也疼得销魂，又疼又销魂，越疼越销魂，跟他和别人之间的那些，总是有不同的吧。她要让他记住这一回！记住她！

窗子半开着，不知道谁家的电视，正在播放天气预报。管他！即便今夜，全世界都有暴风雨，也总该容得下一对俗世男女吧。男欢女爱，人生还不就是这么过来的。即便是同床异梦，凄冷的长夜里，也总要有一个温热的活的人，躺在身边。还有一个孩子，在屋子里跑来跑去，任着性子淘气捣乱。牵牵绊绊的，到处都是鸡毛和蒜皮。是不是，这才是真的人世？

那一回，她简直是疯了。很久以后，每每想起来，樱桃都特别地震惊，怎么说呢，又惊诧，又羞耻。怎么可能呢？她自己都没有料到，她竟然会那么疯狂。她疯狂地咬他，像一架钢琴，键盘裸露着，一碰就响，一碰就轰鸣，就尖叫。任性的，放荡的，无法无天的。为什么不呢？这么多年的屈抑克制，她是受够了。她热烈，娇媚，放纵，像一个真正的荡妇。他简直是惊呆了。继而是狂喜。或许，他也不曾想到，端庄文静的外表之下，她竟然还有着这样艳丽的一面。没错，私心里，他是喜欢那些娶不得的女人。这自然有些说不出口。然而，谁不喜欢呢？就像眼前床上的这一个，简直是风里的旗，浪里的鱼，真仿佛金风玉露相逢，好得无可比方。惹得他满口心肝儿肉地乱叫，一口一个小骚货，一口一个小贱人。樱桃颤巍巍地答应着，一递一声儿，撩拨得他越发起性儿。

窗子半开着，她也不去管。这一场混战，邻居们恐怕都听到了吧。这么多年了，她一个人独居，从不敢错走一步，为了什么？想来真是委屈得很。这个唐不在，她怎么不知道，是浮浪惯了的。必得把他降伏了，才有几分胜算。可是，他会不会就此把她轻看了？一个女人，放纵到这个地步，怕是不妥吧。很可能，他因此而迷恋她。也很可能，他因此会下定决心，不肯娶她。男人就是这样的纠结。总希望世上的女人都是放荡的娼妓。又总希望自己娶回家的那一个，偏偏是贞洁的烈女。唐不在终究是男人，如何能够免俗？

六

微微的晨曦染白了窗子，依稀有一蓬一蓬的潮气涌进来。外面淅淅沥沥的，仿佛下着银丝细雨。窗玻璃上东一点子，西一点子，像亮晶晶的钉子。城市还没有从梦里醒来，懵懵懂懂地，木着一张脸，有一些恍惚。枕头上有一个脑袋的痕迹，浅浅的，却只有一个。床单上，仿佛还有那个夜晚的余温，黏稠的，凝滞的，潮湿的，带着叫人意乱情迷的微甜的腥气。然而，都不过是幻觉。而今，这屋子里，依然是她一个人。一个孤魂野鬼。一个假面人。晴天白日里，是一个模样。夜深人静的时候，又是另一个模样。简直是不人不鬼。

这几个月，她不是在相亲的现场，就是在去相亲的路上。她早就受够了。可是，又能怎么样？她活该受着。谁让她是剩女呢。是谁说的，女人，把自己嫁出去，也是一种能力。她唾弃这句话。但同时又越来越深信不疑。

她不得不承认，或许她真的缺乏这种能力。

这些日子，南妃妃忙得很。偶尔有电话来，也是匆匆不过两句。也不知道，她这个新男友，到底是否能够革命成功。据说，新男友有家室，正在经历漫长的离婚大战。樱桃怎么不知道，这种事情，山重水复，复杂得很，不由为她担着一份心事。南妃妃倒是乐观得多了。说起男友，一口一个我老公，一口一个我先生，是笃定的口吻。樱桃便暗笑自己担心多余。南妃妃久经沙场了，作战经验堪称丰富，怎么会和自己一样，什么都搞不定？真是皇上不急，急煞了太监。

那个男人，樱桃并没有见过。从南妃妃口里说出来，总之是个成功人士，浑身上下，没有一个错处。打拼了这么多年，事业通达，婚姻却不如意，活该遇上了南妃妃，打算从此重获新生。南妃妃也摩拳擦掌地，随时预备着上位，做成功人士的太太，真正步入北京上流社会。

不知道是不是受了南妃妃的激励，这一向，樱桃一颗心又活了过来。就像是一根燃尽了的木头，一眼看上去，已经是灰烬了，但谁能料到，里面竟然还残留着通红的芯子，摸一把是冷的，待要停留片刻，才知道，其实里面还是温热的。一寸一寸的，像是要借了春风春雨，重新嫁接到生前的树上，再认真地活一遍。有热心人介绍男友，她也大大方方地去见一见。一些婚恋网站呢，也积极地去登记。

　　这一阵子，母亲在电话里干脆不问了。然而终究是不放心。不放心什么呢，不放心她这老姑娘的终身。母亲又一次旧话重提，劝她回去。她不肯。在北京这多年了，这个城市，让她吃够了苦。她恨北京，恨得咬牙，但她绝不回去。她总觉得，或许终归有那么一天，她会过上好日子。在自家的阳台上，喝喝茶，种种花草。或者，开着车子，在北京的大街小巷风驰电掣，偶尔，随意地摇下车窗，闲闲地看一看街景，神态从容，镇定，像一个地道的老北京一样。总有一天，她要报仇！她要报仇！母亲，姐姐，还有那些亲人们，他们没有来过北京，没有在北京待过，没有受过北京的欺侮，他们懂得什么！故乡那一个小村庄，她是绝不再回去了。不是不回，是回不去了。或许，自从多年前那个黎明，她背着歪歪扭扭的行囊，去县城求学的时候，她离那个村庄，就越来越远了。一条路越走越远，远得叫人心虚。然而，她也不后悔。与其一辈子老死在一个小圈子里，愚昧麻木地活过，不如在北京这个该死的城市，跌跌撞撞地试试运气，即便碰得头破血流，至少，那疼痛也是真实的吧。母亲在电话里说，她想来看看。看什么？来看她孤苦的困顿的生活？还是看她有没有和男人同居？她在一个三流学校教书，挣得不算多，但也不算少，至少，够她自己花销了。除去房租，生活费，还略有盈余。买衣裳不敢去高档商场，奢侈品呢，更是想都不敢想。那些个觥筹交错的饭局，大多和男人有关。单凭她自己，怎么可能！当然了，有的也得益于南妃妃。而南妃妃，凭的还不依然是男人？老实说，这么多年了，她赖在北京，死也不走，想起来，她自己都觉得不可理喻。她一直不肯承认，京城里那些浮华热闹，跟她都是不相干的。她不过是小民百姓中，最平凡的一个。在京城的大街上行走，要努力地仰起头，透过层层叠叠高楼的缝隙，才隐约能看见一星半点的富贵闲云。然而，都在遥不可及的地方。小剧场，美术馆，博物馆，国家大剧院。繁华倒是繁华的，但根本在她的生活之外。有时候，樱桃不免悲愤地想，多年以后，经历了凄凉的晚景，是不是，她还要孤单单地离开这个世界，并且，不得不埋骨他乡，就像汪峰那首歌里唱的那样？这个时候，樱桃不免羡慕起她姐姐来。她的姐姐，还有母亲，她们平平安安地嫁人，生子，在一个小地方，从生到死。一辈子，她们是笃定的。笃定的人生，就少了很多惊惶和无助吧。比方说，她的母亲，她很知道，差不多，她能够在自家的床上寿终正寝。然后，在生活了一辈子的村庄，在村后的泥土里，在庞大的亲切的祖坟中，安然长眠。这个时候，称得上"如归"吧。在这苍茫未知的人世，仅仅这一点点确定，是多么珍贵，又是多么叫人心安。不像她。现在，尚不能把握，至于未来，谁知道呢。

夏天说完就要完了。北京的夏天，长长的，郁郁的，像一场醒不了的恼人的梦，实在是太难挨了。也不知道从哪一天，风里面竟添了一些凉意。天变得高了，远了，云彩薄薄的，飞过来，又飞过去，一会儿变成狗，一会儿变成马，待要仔细看时，却又倏忽不见了。满城的绿影幢幢，更见苍翠了。一场风吹过，有黄叶子慢慢落下来，落下来。而路旁的银杏树，却越发黄得耀眼，华美得惊人。说不定，一场雨过后，就是秋天了吧。北京的秋天，大约是最美的季节了。

真的。人们都这么说。

无衣令

一

快过春节的时候，小让有点坐不住了。

北京的这个冬天格外冷，却没有雪。真是怪了。要在往常，一进冬天，雪就像春天的情书似的，一场又一场，把整个城市都给覆盖了。小区门口总有一些闲人，袖着手，穿得鼓鼓囊囊的，吸着鼻子，跺着脚，说说闲话，偶尔，仰脸看一看天色，说，这天。看这天干得。就有人搭腔了，听预报说，下周，怕是要有雪了？是商量的口气。有人嗤的一声，笑道，预报也敢信？如今的事，谁说得准？就都不说话了。

小让站在窗前，看着风把地上的枯叶吹起来，一扬一扬地，落在不远处的一个自行车筐里。一只麻雀在地上蹦来蹦去，倒是肥嘟嘟的，喊喊喊，喊喊喊，很是耐烦。这一个小区，都是二十世纪八十年代的楼房，旧是旧了，树却多。大片的绿荫笼着，让人觉得安宁。当初，小让搬过来的时候，一眼就喜欢上了这里的树。房子不大，是一套小两居。老隋的意思，先过渡一下。过渡嘛，肯定是简陋一些。小让嘟着嘴，不说好，也不说不好，只顾低头玩手机。老隋说那什么，晚上，我们去喝老鸭汤，要不，先去新光天地？小让就不好再不说话了。小让知道，老隋这是讨好她。没办法，老隋会这个。小让觉得，老隋是那种会讨女人欢心的男人。这让小让喜欢之余，又有那么一点担心。

老隋并不算老。四十多岁。四十六？还是四十七？小让到底没有搞清楚。每一回问起来，老隋总是调侃，怎么，嫌我老了？要不就是自嘲，老喽，真老喽，奔五了都。小让就不好再问。管他！四十六，或者四十七，有什么区别呢？总之是，老隋比自己大。当然得比自己大。小让这个年纪的女人，二十八岁，按芳村的眼光，不年轻了。即便在偌大的北京城，也仿佛是一粒浮尘，茫然地飘来飘去，一眨眼的工夫，就被湮没了。有时候，从报社下班回来，走在喧闹的大街上，小让总是感觉特别的茫然。大街上那么多人，车，像潮水，一浪又一浪，是要流向哪里呢？

小让在一家报社做保洁。活儿倒是不累，从三楼到五楼，走廊，楼梯，卫生间，都是她的工作范围。不过是洒洒扫扫，和甄姐两个人，轮流值班，一周还有那么两天休息。小让对这份工作还算满意。

说起来，这份工作，还得感谢人家老隋。要不是老隋，小让做梦也想不到，自己还能够在这么堂皇的大楼里上班。刚来北京的时候，小让在一个老乡的小饭馆帮忙。饭馆的门面不大，专卖驴肉火烧。生意倒是十分火爆。小本薄利，只雇了一个人，就是小让。另外一个，是老板娘。忙碌起来，简直是四脚朝天，没有片刻的闲暇。有一回，小让给旁边小超市送外卖，一进门，同一个低头往外走的人撞了个满怀。驴肉火烧滚了一地，驴杂汤也碰翻了，淋淋沥沥洒得到处都是。小让一下子懵了。那个人骂道，怎么走路，没长眼睛啊？小让一时气结，这人怎么不讲理？正要同他理论，那个人却笑了，说真不好意思，你看这事——没烫伤吧？

小让是在后来才听老隋说，她生气的样子，真是可爱极了。这话小让听了有一些难为情，心里却是喜欢的。小让从来没有问过，老隋喜欢她什么，但小让知道，自己长得好看。在芳村的时候，小让就是让人眼馋心痒的小媳妇。为了这个，石宽的一颗心老是悬着，放不到肚子里。小让就逗他，干脆，你把我拴裤腰带上算了。石宽说，你当我不敢？

二

老隋第一回请小让吃饭，是在一家川菜馆。小让不能吃辣，一张脸红喷喷的，血滴子似的。嘴唇也是鲜艳的，眼睛里波光流转。老隋在对面都看得呆了。小让不停地举杯，大口喝啤酒。冰爽的啤酒，让她觉得痛快。来北京之前，小让没有沾过酒。喝酒从来都是男人们的事。芳村的女人们，有几个会喝酒呢？可是今天，她高兴。真的高兴。这么大一个馅饼，咣当一下砸自己头上了。说出去，谁会相信呢。老隋倒是不怎么喝。只是不停地给她夹菜，让她多吃些鱼。老隋说这家的湘水活鱼很地道，肉嫩，汤鲜，铁狮子坟附近，独此一家。小让看着老隋仔细地帮她择刺，把鱼肚子夹到她面前的小碟子里。老隋的手白皙肥厚，像女人。小让举起酒杯，说，谢谢。谢谢隋大哥。老隋把身子向后面靠一靠，呵呵笑，这话说得，见外了。小让说，隋大哥，你是我的贵人。老隋说，小让，看你，这么客气。小事一桩。小事一桩。

三

电话安静地趴在桌子上，没有一点动静。手机也一直静悄悄的。小让拿着一块抹布，不停地擦擦这，抹抹那。小让爱干净，用石宽的话，衣裳穿不破，倒让她给洗破了。阳光透过窗子照过来，像一个苍白的笑脸。暖气倒烧得还算好。可是小让只觉得屋子里冷清。原先，阳台是敞开式的，老隋请人做了一下改装，更严实了。小区里都是老北京居民，生活各方面都很方便。小区里有菜市场。周末的时候，小让经常买了新鲜蔬菜鱼肉，下厨给老隋做饭。老隋呢，对小让的厨艺总是赞不绝口。小让受了激励，菜做得越发好了。小让惊讶地发现，在做菜方面，自己是有天分的，怎么说呢，几乎是无师自通。每一回，老隋都吃得十分满意。也不知道是从什么时候开始，老隋就几乎不带她出去吃饭了。为什么要出去呢，家里有这样好的厨娘。还有，家里也方便。关起门来，就是一个安静温馨的小天地。老隋喜欢在饭后靠在沙发上，看着小让里里外外地忙碌。茶水早已经沏好了。老隋喜欢碧螺春。时不时地，老隋就拎过来几筒茶，都是礼品包装的上好茶。老隋是报社的二把手，大小也是一个副局，好酒好茶自然是少不了的。有时候，喝不过来，小让就自作主张了。给甄姐两筒，寄回老家两筒。老隋见了，也不在意，却说这东西有什么好寄的，寄点钱，啊，多寄点。小让就有点不好意思。老隋这个人，还是不错的。

楼下传来汽车的喇叭声。小让慌忙跑到阳台去看。不是老隋。老隋的车是一辆黑色奥迪。阳光照过来，把老槐树的影子印在窗子上，参差的枯枝，一笔一笔的，仿佛画在上面，很清晰。小让攥着手中的抹布，看得出了神。老隋在做什么呢？她想给老隋打电话，到底是忍住了。老隋跟她有过约定。老隋说，一般情况下，不要给他打电话。他会打给她。小让当时还开玩笑，说，那，二般情况呢？老隋看着她的小酒窝，忍不住在她的脸蛋上捏了一下，说，小傻瓜。

小让是在后来才知道，老隋有家室。老隋的老婆是大学老师，女儿上初中。有一回，小让在老隋的钱夹子里发现了一张照片，是他女儿的。小女孩生得清秀可人，不像老隋。想来，孩子的妈妈，模样应该也不错吧。

小让倒是没有拿了这张照片找老隋闹。在芳村，自己不是也有一个石宽吗？虽然，石宽的腿坏了，基本上就是一个废人。可石宽是她的男人，她是石宽的媳妇。她和石宽是两口子。这一条，能改变吗？石宽的腿是在工地上坏的。一块钢坯掉下来，砸断了。来北京打工，就是想多挣些钱，给石宽治腿。要不是遇上老隋，她怎么会有这样好的工作，又清闲，钱又多，比起在老乡的饭店里卖驴肉火烧，强多了。

小让把那张照片放好，一面洗衣服，一面劝自己。洗衣机訇訇响着，同客厅电视里的歌声交织在一起。厨房里炖着牛肉。阳台外，邻家的鸽子停在防护栏上，咕咕咕咕叫。有一种纷乱的家常的气息。老隋过来的时候，她早已经把自己劝开了。她让老隋洗干净手，帮她晾床单。老隋乐颠颠地去洗手，吹着不成调的口哨。

吃饭的时候，小让有些沉默。老隋照例是有说有笑，一点都没有注意到她的情绪。好在有电视。电视里，正在播着一个没头没脑的肥皂剧。男女主人公在吵架。女人的嘴巴像刀子，锋利得很，一刀一刀飞过去，把男人杀得只有招架之功，没有还手之力。小让端着碗，看得入了神。这个时候，老隋的手机响了。老隋犹豫了一下，踱到阳台上接电话。老隋的声音压得很低。小让张着耳朵听了听，一句也听不清。插了一段化妆品广告，一个明星信誓旦旦地说，你值得拥有。小让忽然感到莫名的烦躁。

老隋接完电话回到饭桌前的时候，电视里那一场战争早已经偃旗息鼓了。老隋说，单位的破事儿。烦。小让把饭菜从微波炉里端出来，没有说话。

饭后，照例是老隋的茶水时间。小让削水果。老隋一手端茶，另一只手从小让的腋下伸过来，揽住她的腰。小让没有像往常那样，把身子依偎过去。她低着头，认真地削苹果。长长的果皮从刀尖上吐出来，蜿蜒起伏，一跳一跳的，像舞蹈，甜美而湿润。老隋的手跃跃欲试，看样子打算有些作为。小让两只手给苹果占着，只好用胳膊肘做些抵抗。怎么说呢，老隋那天有些急躁，平日里，大多数时候，老隋是镇定的。也或者是，小让的抵抗让他感到新鲜。小让从来都是温顺的。老隋喜欢温顺的小让。可是那一天，老隋喜欢抵抗的小让。老隋一把将小让抱起来，把她横在沙发上。小让手中的水果刀当啷啷掉在地上，削了一半的苹果，在地板上骨碌碌滚动。小让忽然起了满腔的怒火。后来，老隋不止一次回味起那个一夜晚，那一场沙发上的战争。老隋提起来的时候，神情惬意，口中啧啧有声。小让不理他，把脸却飞红了。也不知道怎么回事，那一回，她简直是疯了。

床头的闹钟克丁克丁响着。湿抹布攥在手里，冰凉。梳妆台上卧着一只小白兔，红裤绿袄，笑容满面，是老隋送她的。今年是兔年。老隋说，让这只小白兔给她带来好运。小让冲着那只兔子发了会儿呆，不知为什么，总觉得它笑得有点高深莫测。小让把兔子来了个向后转，让它那根短尾巴的屁股掉过来。手机突然响了，把小让吓了一跳。是石宽。

石宽在短信里问她，票买上没有，几时回去。石宽说家里都忙得差不多了。扫了屋，挂了彩，糕也蒸了，肉也煮了，豆腐也做了，单等着她回去过个团圆年呢。小让不喜欢石宽这样啰里啰唆的短信。大男人，婆婆妈妈的。原先的石宽可不是这样。原先的石宽当过兵，念过高中，人生得也排场，在芳村，算是体面的小伙子。勤快，能干，对小让呢，也知道体贴。石宽没有在短信里说想她。可是小让怎么不知道，石宽恨不能给她插上翅膀，让她立刻飞回芳村，飞到他的炕上，飞到他的怀里。有时候，石宽这个人，怎么说呢，简直是！小让想起石宽那个死样子，心里恨恨的，轻轻骂了一句，飞红了脸。小让没有立刻给石宽回短信。回家的事，还没有定下来。

隔壁传来油锅爆炒的声音。老房子就是这一条，隔音不好。小让看了一眼闹表，十一点十分。隔壁的这位老太太，一日三餐都特别准时。老太太生得矮胖，人倒富态，有北京老太太典型的热情，在门口碰上了，总会停下来，搭讪两句。她问小让老家哪里，多大，在哪上班，这房子，一个月多少租金。

小让都一一回答了，心里却不舒服。她没有说自己做保洁。只是说，在报社。她总觉得，老太太问话的口气，神情，话里话外，有一种掩饰不住的优越，还有狐疑，这让她感到难受。老太太一定是见过老隋了，而且，也一定猜测过她和老隋之间的关系。怎么说呢，老隋长得还算面嫩，只是秃了顶，看上去便显得有年纪了。不过，老隋的风度好。男人总是这样，成熟加上自信，风度便出来了。还有老隋那辆崭新的奥迪，在这个老旧的小区，还是很显眼的。怎么说呢，老北京人，也不过是萝卜白菜地过日子。钻在鸽子笼似的楼房里，远不如乡下的高房子大院，又敞亮，又开阔。报社附近的胡同里，小让是经常去的。那些胡同深处的平房，传说中的老北京四合院，竟然是那么局促破旧。当年的朱门大户，如今早已经被许多人家瓜分了，围起简单的篱笆，各自为政。小让从敞开的门缝里，看到过那些锅碗瓢盆，鸡零狗碎，铁丝上晾着花被子，门楣上垂下来一辫紫皮大蒜，老石榴树下晒着一小摊绿豆。偶尔，有一个老太太出来，穿着家常的肥大背心，端着半盆淘米水，怀疑地看着门外的路人。谁会相信呢，这是在北京。过两条马路，就可以看见中南海。有时候，小让不免想，在这些老北京人眼里，祖祖辈辈住在皇城根儿，天子脚下，大约也都见惯不惊了吧。平民百姓，在哪里不是过日子？可是，为什么就有那么多

人热爱北京呢，想留在北京，誓死不走？比方说，卖驴肉火烧
的老乡。比方说，小让自己。不懂。真的不懂。

四

太阳挂在半空中，淡淡的，把人的影子投在地上，有点恍
惚。空气里流荡着炖排骨的香气，高压锅吱吱响着，一阵疾，
一阵徐。谁家的电视机正在唱京戏，是老生，铿锵亮烈。有小
孩子的尖叫，夹杂着生涩的风琴声。是个周末。小让似乎从来
没有发现，小区里的周末这么热闹。这个时候，老隋在做什么
呢？扎着围裙在厨房里做菜？老隋似乎说过，在家里，他很少
进厨房。他老婆是个贤妻良母。他从来都是衣来伸手饭来张口
的。那么，他一定是在辅导女儿功课了。或者，他们一家三口
正坐在热腾腾的桌前，共进午餐？小让掏出手机，按了重拨
键。无人接听。还是无人接听。老隋从来不这样。当然了，小
让也从来不这样。小让从来不主动给老隋电话。短信也很少。
小让懂事。小让还知道，老隋顶喜欢的，容貌之外，就是她的
懂。小让从来不问老隋家里的事，老隋的老婆，老隋的女
儿，她从来不问。倒是老隋，偶尔提起来，说上一两句。老隋
的手机，小让也从来不看。有时候，老隋洗澡，或者在卫生

间，小让宁愿让手机在茶几上响个不停，也绝不会拿起来代老隋接了。老隋也抱怨。说她不管事。说她不贴心贴肺。小让也不分辩。她怎么不知道，老隋的抱怨中，只有一分是认真，余下的那九分，便净是男人的撒娇了。

怎么说呢，老隋这个人，顶会撒娇。男人撒起娇来，像小孩子，又娇横，又软弱，那种赖皮样子，最能够激起女人汹涌澎湃的母性了。当然，老隋在单位的派头，小让是见过的。走到哪里，都是一群人簇拥着，众星捧月，一口一个隋总，那份恭敬谦卑，自不必说了。还有那些女编辑女记者，平日里像骄傲的孔雀，在老隋面前，都争先恐后地把屏打开，展示着美丽的羽毛。老隋脸上淡淡的，心里却不知道有多么受用。有一回，小让在走廊里擦地，就亲眼见记者部那个漂亮的女名记跟在老隋后面，替他把外套的衣领整理好，那神态，那举止，不像是部下，倒像是温柔贤惠的妻子了。老隋呢，也并不停下来，一脸的风平浪静，只顾昂首朝前走。小让就借故躲开，到开水间旁边的休息室里去。走廊里传来老隋爽朗的笑声，小让心不在焉地擦手，心里却是有些得意。老隋在外面再怎么叱咤风云，在她小让面前，也是一只温柔的老虎，懒洋洋地闭了眼，任她抚弄。凭什么呢？小让问自己。夜里睡不着的时候，悄悄地问，一遍一遍地问。小让怎么不知道，老隋喜欢她。是真的喜欢。老隋在她面前，可就不是人前那个老隋了。百炼钢成绕指柔，就是这个意思吧。有时候，小让就不免想，在家里，在他的老婆孩子面前，老隋会是什么样子呢？

从地铁里出来，小让站在十字路口，看着来来往往的人群，有点茫然。太阳明明就在天上挂着，却是十分的冷。风不大，像小刀子，一下一下，割人的脸。她也不知道是怎么一回事，竟然就跑到了这里。马路对面，那一片咖啡色和奶黄色交错的住宅楼，便是老隋的家。小让很记得，有一回，老隋开车带她经过这个十字路口，正是红灯。老隋顺手一指，说，那儿，看见了吧，我就住那儿。小让不说话。没说看见，也没说没看见。可是小让却暗暗记下了。她还记下了地铁口。Ａ口。在北京这几年，小让最熟悉的，怕就是地铁了。真是神奇。人在地底下来来去去，穿越整个城市，说出来，芳村的人，谁会相信呢。小让上班，下班，购物，出去见老乡，都是坐地铁。有时候，小让也不免担心，担心北京城被那些纵横交错的轨道掏空了，忽然间陷落。小让常常站在车厢里，看着巨大的广告牌飞速地掠过，一面这样担心，一面笑自己。

走到小区门口的时候，小让才发现，自己是被眼睛欺骗了。看上去并不远的路程，却走了足足有二十分钟。靴子是新的，鞋跟又高，走起路来，更是格外艰难一些。她也不明白，自己怎么就穿了这么高跟的靴子。还有，今天，她把那件羽绒服换下来，穿上新买的大衣。羊毛大衣是老隋买的，酒红色，带着毛茸茸的兔毛领子。看上去像一团火，可这个时节，穿在身上，哪里比得上羽绒服？小让把两只手拢在嘴上，哈着热气，一面看着眼前的小区。黑色雕花铁艺大门，气势很盛。不停地有人进进出出。还有私家车，嘀嘀地鸣着喇叭，出来，或者进去。那个高大的保安，很有礼貌地冲人们点头微笑，训练有素的样子。小区门口，已经挂上了大红的灯笼，还有彩旗，沿着甬道两旁，一路招展下去。是过年的意思了。小让远远地站在门口，感觉脚被硌得生疼。这双皮靴，精致倒是精致的，却有着新鞋子的通病，夹脚。冻得麻木的一双脚搁在里面，简直无异于一种刑罚。小让交替着把脚跺一跺，细细的高跟和水磨石地的摩擦声，让人止不住地牙根发酸。这便是老隋的家了。那一扇铁门，不知道老隋已经走过多少回了。还有那一个保安，侧面看去，微微有点鹰钩鼻，想必也是熟悉得很吧。风吹起来，那两只大红灯笼在午后的阳光中一曳一曳。还有那些彩旗，快乐地飘扬着。小让站在风里，鼻子被吹得酸酸的，脸蛋子冻得生疼。也不知道怎么回事，鬼使神差一般，就大老远跑到这里来了。自己这是来做什么呢？来找老隋？怎么可能。

她甚至不知道老隋住哪一栋楼。老隋的手机一直都打不通。从昨天晚上，一直打不通。短信也不回。老隋从来没有这样过。这个老隋，不会出了什么事吧？

怎么说呢？其实，最开始的时候，对老隋，小让并没有太多的想法。只是觉得，老隋人还不错，也懂得疼人。同石宽比起来，简直是两个世界的人。老隋说话的时候声音很低，轻轻地，像耳语，温柔得都让人不好意思了。不像石宽。也不单单是石宽。芳村的男人们，个个粗声大气的，即便是再柔软的话，一到他们口中，便也显得硬邦邦的，有些硌人了。老隋人温和，又有学问，言谈举止，有那么一股子书卷气。小让虽然念书不多，却是顶景仰有学问的人。后来，老隋帮她找了工作。她的一颗心，才真的渐渐安定下来。还能怎样呢？一个人在北京，孤零零的，有一个老隋这样的男人依靠，也算是自己的好命吧。那一回喝多了酒，就是在川菜馆那一回。她是真的喝多了。她高兴。老隋许诺她，先委屈一些，做做保洁，等过一阵子，有机会把她弄到资料室。资料室事情不多，薪水呢，就跟那些没有进京指标的大学生一样，是聘用，也算是坐办公室了。报社里年度竞聘的时候，他会把这件事认真操作一下。老隋说你这样一个娇嫩的小人儿，怎么可以老是跟拖把打交道呢。小让半信半疑，行吗，我一个临时工。老隋说，行。有什么不行？老隋说我是老总，有什么事情不行。小让真喜欢老隋这个时候的神情，有点跋扈，有点强悍，有点不容置疑。老隋说这话的时候，一只手揽住了她的腰。小让只挣扎了一下，就由他去了。

所有这些，小让都不曾跟石宽提起过。石宽的脾气，小让是知道的。石宽这个人，脸皮儿薄，耳根子软，又顶爱面子。自从腿坏了以后，脾气也渐渐变得坏了。倒都是小让，处处做小伏低，陪着一千个小心，为了不让他摔碟子砸碗。有时候，看着石宽拖着高大的身坯，在自家院子里蹒跚着走来走去，小让就难受得不行。一个硬铮铮的汉子，生生给拘在家里了。也难怪他脾气大，他是觉得憋屈。也许，慢慢就好了。天长日久，上些年纪，脾性就慢慢地磨平了。还有一点，两个人没有孩子。这让石宽更是放心不下。芳村人的话，过日子过日子，过的是什么？是儿女。没有儿女，过的还是什么日子！没有儿女的一家人，算是一家人吗？芳村人，大多是早婚早育。跟石宽年纪相当的，都是儿女成行了。两个人偷偷到医院看过。看过之后，石宽就蔫了。问题出在石宽身上。小让不说话，只是长舒了一口气。总算是，再不用喝那些苦药汤了。还有，婆婆的脸色，也再不用看了。婆婆心眼倒不坏。年轻守寡，苦巴巴地拉扯了独养儿子，到头来却落了个空。石宽出事以后，脾气变得更加暴烈了。倒仿佛是，小让欠了他的。贫贱夫妻百事哀。这话真是极对。小让再想不到，她和石宽的日子，会变成这个样子。想当初，他们也是甜蜜过的。是芳村让人眼红的一对儿。可是，这世间的事，谁会料得到呢？

刚来北京的时候，小让和石宽的短信，都是长长的，一篇又一篇，没完没了。小让告诉石宽，北京有多大。北京的楼有多高。北京的大街上，有多少人和车。北京的地铁，在地下四通八达，一顿饭的工夫，就能穿越半个北京城。小让在短信里用了很多感叹号。石宽最常用的一句话是，真的吗？小让最常用的一个词是，真的。小让还在短信里给石宽讲驴肉火烧店里的种种趣事。那个开店的老乡，石宽是认识的。两个人的短信里，因此更多了共同的话题。可是后来，后来小让认识了老隋，小让离开了驴肉火烧店，小让在外面租了房子，小让去了报社。这些，小让就没有再告诉石宽。短信呢，是照常有。可是却越来越短了。

一眨眼，在北京已经有两年多了。北京的一切，小让已经渐渐习惯了。想起当初的大惊小怪，小让有一点不好意思。现在，小让也是在北京的大楼里上班的人了。或许，要不了多久，小让还会调到资料室，跟那些神气活现的女编辑女记者一样，坐办公室了。这些，石宽怎么会相信呢？不要说石宽，就是她自己，有时候想起来，也总觉得仿佛是一场梦。掐一掐自己的胳膊，却是疼的，才知道，这的确是真的了。

北京的冬天，像是笼了一层薄薄的雾霭，灰蒙蒙一片。树木的枝干也是嶙峋的，映了淡灰的天空，也别有一番味道。太阳明亮，却一点都不耀眼。住宅楼旁边，是一家咖啡馆。很现代的装潢，设计也特别，是一只咖啡杯的形状，有点夸张，却趣味盎然。透过明亮的落地窗，可以看见里面的情形。身穿咖色滚粉边工装的服务生，盛开着职业化的微笑，静静侍立着。这个小区的环境不错，周边设施也齐全。想必，该是价格不菲吧。老隋是一个懂得享受生活的人。这家咖啡馆，还有旁边的书吧，饭店，都应该有老隋无数的脚印吧。老隋是和谁一起呢？当然不是和小让。和朋友？或者，和家人？通常，老隋什么时候出来消遣呢？老隋生活的另一面，对于小让来说，像冰块隐藏在水下的部分。她看不到。她所看到的老隋，只是在那间出租屋里。或者，在报社的走廊，惊鸿一瞥，总是浮光掠影的。小让忽然觉得，老隋这个男人，好了这么久，怎么竟像是陌生人一般，让人捉摸不定。老隋的生活，难道真的如他所描述的，一塌糊涂吗？不，老隋从来没有这样描述过。甚至，老隋对自己的生活，几乎没有过任何评价，更不用谈负面评价。老隋对自己的现状，从来没有说过半个不字。那么，一切都是出自小让的想象了。小让看着那大红的灯笼在风中摇曳，红得真是好看。明黄的流苏，动荡飘摇，有些凌乱。小让的一颗心也被风吹得乱糟糟的，一时收拾不起。

有汽车在后面摁喇叭，连续地，持久地，一口气摁个不停，是不耐烦的意思。小让方才醒过来，慌忙躲到一旁。定睛看时，一颗心别别地跳了起来。奥迪 A6。车牌号也熟悉。分明是老隋。车在大门口稍稍停滞了一下，便箭一般驶向小区的深处，只留下淡淡的汽油味，在寒冽的空气中渐渐消散。

看开车的气势，应该是老隋。车里坐着谁呢？莫非老隋一家，这是外出刚回来？看来，老隋的心情不错。当然了，也或许，正好相反。难道老隋竟没有认出是她？老隋为什么不接电话呢？如果不是故意，那么就是他不方便了。至少，短信应该回一个吧。小让算了算，一共给他发过九条短信。老隋他，究竟是怎么回事呢？

那一回，也就是上一周，周末。吃晚饭的时候，老隋喝完汤，说起了竞聘的事。老隋的意思，是想让小让进资料室。可是，资料室聘人，也是对学历有要求的。只这一条，就把小让排除在外了。老隋说，每年年底，报社总是会经历一场大乱。竞聘是自上而下，关系到方方面面，牵一发而动全身，也难怪大家都人心惶惶。小让听了不免有些担忧。说老隋，你——不会——老隋愣了一下，就哈哈大笑起来。我不会什么？你担心什么？你这个小傻瓜——老隋点上一支烟，深深吸了一口，又缓缓吐出来，说这帮兔崽子，都不是省油的灯。小让有些紧张，他们，要害你？老隋又深深吸了一口烟，看着灰白的烟雾在眼前慢慢缭绕，消散，说，他们也敢！借给他们八个胆子。小让看着老隋的脸，在烟雾中忽隐忽现。那，学历——老隋说，别急。办法总比困难多。老隋问她，怎么打算，过年？小让没有回答。汤有些淡了，没有滋味。小让埋头喝汤。只听老隋说，那什么，我得回一趟浙江。哦，是她老家。老爷子病了。小让说，嗯。老隋说，我都好几年不回去了。小让说，嗯。老隋说，你呢？你什么时候回？

小让一面洗碗，一面留意着电热壶的动静。水是温水。老隋在厨房里也装了一个小热水器，专门洗碗洗菜的。有热水真好啊。小让想起乡下，在芳村的时候，冬天，水瓮里都结了冰。洗碗洗菜，都是冷水，带着冰碴子，冷得刺骨。小让的一双手，冻得红通通的，简直就是胡萝卜。人这东西，真是。有享不了的福，没有受不了的罪。温热的水流奔涌出来，泼剌剌的，十分受用。她提了电热壶，到客厅里沏茶。老隋正把烟蒂摁到烟灰缸里，一面摁，一面说，你把时间定下来，我找人给你弄票。小让说嗯，一面仔细地烫茶杯，老隋的手机又响了。老隋看了看手机，又看了一眼小让。小让不理会，依然专注地烫茶杯。老隋便把身子往后一靠，冲着手机说，喂？哦，我在外面呢，噢，谈点事。小让起身到阳台上拿水果。

窗外黑黢黢的，是冬天的夜。透过窗帘，有灯光流泻出来，是寒夜中温柔的眼睛。老隋的声音一声高一声低，从客厅里传过来。小让听出来了，是家里的电话。老隋在跟他老婆商量回老家的事。风吹过树梢，发出呜呜的声响。窗棂上，有什么东西被挂住了，一掀一掀的，映在窗子上，像欲说还休的嘴唇。阳台上到底是冷的。小让觉得身上凉飕飕的，仿佛抱了一块冰。

回到客厅的时候，老隋的电话还在继续，看见小让进来，说，先这样，等回去再细说——好了，好了，先这样——正谈事呢这——小让低头削水果。老隋凑过来说，这苹果不错，还有吗？回来再让他们搞两箱。小让不说话。老隋把手伸过来，替她接着弯弯曲曲的苹果皮。老隋说，苹果是好东西，得多吃。老隋说，我这心脏就多亏了苹果，一天一个，特别管用。老隋说，那什么，票的事，你别急。你定好了时间，我就让他们给你买。老隋说，怎么了，问你话呢——怎么了嘛这是？小让把水果刀一扔，忽然就爆发了。怎么了？没怎么！不就是想让我赶快滚回老家吗？我回老家！你好安心过你的团圆年！

积水潭桥下一片混乱。来来往往的人，还有车，潮水一般，在这里汇合，然后分流，流向北京的四面八方。小河上结着厚厚的冰。有小孩子穿着鼓鼓囊囊的羽绒服，在河边小心翼翼地试探。大人立在一旁，很紧张地叮嘱着，不时地喊两声。小让慢慢往回走。这一回，老隋怕是真的生气了。她也不知道自己是怎么回事，发了那么大的脾气。当初遇上老隋的时候，她从来就没有想过，要和老隋如何如何。可是，事情怎么会变成这个样子了呢？即便是后来，和老隋好了之后，小让也从来没有对未来有过任何野心。有时候，跟老隋缠绵的时候，小让也会问，喜欢我吗？愿意娶我吗？老隋总是气喘吁吁地说，愿意，当然愿意。小让怎么不知道，有些话，老隋不过是说说罢了。尤其是，床帏之间的甜言蜜语，更是作不得真。老隋这个年纪的男人，什么没有经历过？可是，那一回，自己怎么就没有忍住呢？说起来，老隋在她面前跟家里通话，也应该是习以为常的事了。通常是，她乖巧地躲开，等老隋过意不去了，会扔下手机来哄她。那之后的下午，或者晚上，老隋都会软下身段，极尽温柔诒媚之能事。老隋虽然嘴上不说，小让怎么不知道，老隋这是向她赔礼呢。禁不住他再三再四的央告，也就慢慢开颜了。然而那一回，究竟是怎么一回事呢？门在老隋背后碰上的时候，发出轻微的声响。小让却是浑身一凛。在那一个冬夜，那声音仿佛一声炸雷，令她顿时怔住了。

五

石宽的短信发过来的时候，小让正忙着搞卫生。年底了，单位要比平时杂乱一些。各个处室都在清理废品。报社，有的是报纸，各种各样的旧报纸，废弃了的报纸大样小样，稿件，成堆的废稿件。那两个收废品的人兴冲冲地忙进忙出，一头热汗，却是乐颠颠的，见谁冲谁笑。走廊里零零落落的，难免有一些废纸落下。小让就跟在他们后面收拾。手机在口袋里震动，小让就偷个空儿，到一旁看短信。

走廊的拐角处，三层和四层之间，是一盆肥硕的巴西木，枝叶招展，映着雪白的墙壁，十分的葱茏。小让看四周无人，便把那些短信翻出来。石宽在短信里问，快过年了，她什么时候回家。还有，这两天的一些琐事，他也都一一汇报给她。比方说，大舅家娶媳妇，是亲戚，绸缎被面之外，还有礼钱。斗子他爹七十大寿，斗子是村长，整个芳村的人家都随了礼，他们自然也不能落后。还有，彪三回来了，又招人呢，要是有看门的差事，他想去求人家给了他。当然了，求人也不是好张口的，总不能空着手……巴西木肥厚的叶子映在窗子上，静静地绿着。小让感到有一个人影一闪，她吓了一跳。却是甄姐。甄姐问她怎么了。小让赶忙把手机装进衣兜里，说，没事。那什么，收废品的那边，你甭管了。甄姐说，我都收拾利落了，他们今天死活也收不完，先走了，说明天再来。甄姐问，没事吧？看你的脸色不太好。小让说，没事，昨天看一个电视剧，搞得晚了。说着和甄姐一块上楼。甄姐看着她，想要说什么，却什么都没有说。

甄姐是北京人，早年在服装厂，后来下了岗，到报社来做保洁了。怎么说呢，甄姐这个人，倒是极热心，老北京人那种特有的热心。又正是四十多岁，更年期，有点话痨。当然了，小让当然能够感受得到，甄姐的热心里隐藏着的那种居高临下的优越感。甄姐说话快，一口一个外地人，是正宗的京腔儿。说好好的北京，都让外地人给搞乱了；说外地人皮实，什么活人都肯干；说要是没有那么多外地人，北京房价怎么会这么高。虽然甄姐很快就会补充说，我可不是说你啊小让，你别往心里去。小让嘴上说没事，可是心里却还是不太舒服。听多了，就自己劝自己，本来就是外地人嘛，还能不让人家说。甄姐老公是出租车司机，偶尔顺路，也会过来接她回家。甄姐总是说，我倒宁愿坐地铁——北京这交通，真的没治了。小让看着她那神情，心里暗笑。至于吗，都这么大个人了。有时候，小让在心中猜测，她和老隋之间的关系，甄姐应该不会想得到吧？甄姐倒是不止一回问过她，北京有没有亲戚？什么亲戚？亲戚干什么的？小让明白，她是不相信，或者说不甘心——凭什么小让一个乡下人进京城，居然能找到跟她甄素芳一样的工作？这是她的北京！刚开始的时候，小让说没有，后来，被盘问得多了，她有点恼火，索性就逗逗她。小让说，亲戚啊，倒没有。认真算起来，应该是朋友。甄姐说，朋友？小让说，是啊，朋友。小让当然懂得甄姐的言外之意，一个乡下人，在北京还有朋友？小让故意含糊其词，这个朋友呢，也算是个人物。心肠好，又仁义。甄姐的好奇心就被逗起来了，闲下来说话，总要有意无意地问候小让的朋友。甄姐人胖，身材已经走了形，眉眼却是耐看的。想当年，大约也是一个美人。像所有这个年纪的女人一样，甄姐喜欢回顾往事，当然是青春时代的往事。甄姐最常说的一个词，便是想当年。想当年，甄姐是阀门厂的厂花，被众星捧月般地捧着。那是她的全盛时期。甄姐还会絮絮叨叨地说起自己的婚姻。年纪轻，不懂事，竟然以为爱情是可以拿来作饭吃的。不管不顾地嫁了。哪里料得到，两个人双双下岗，日子会有这么煎熬。这世上什么都有，就是没有后悔药。当初如果稍微清醒一点，怎么会落到现在这种境地。这一番话，小让听得多了。看甄姐的神情，是感叹自己的沦落。和一个乡下来的女人一起做保洁，恐怕让她更有一种落魄之后的感慨吧。如果，如果甄姐知道了她同老隋的关系，她会怎么想？那一回，她接过小让送给她的茶叶，仔细研究了一番，称赞道，好茶啊，好茶！小让怎么不知道，她的潜台词是，你怎么会有这样的好茶？

临近中午，走廊里渐渐热闹起来。报社的自助餐厅在顶层。人们都张罗着吃饭了。服务人员的饭是单开的，吃得早。小让拿了一块抹布，心不在焉地擦拭洗手盆。不断有人过来洗手，说说笑笑的，享受午餐前的放松和愉悦。洗手盆前面的墙上是一面巨大的镜子。来洗手的女人们，都情不自禁地在镜子面前流连片刻，整理整理头发，检查脸上的妆是不是需要修补，在镜子面前旋身一转，左右顾盼。小让闻到一股淡淡的香气，脂粉夹杂着香水，很好闻。老隋也送过她香水，小巧的一瓶，价格竟是惊人的。上班的时候，小让从来不用。一个做保洁的，身上香喷喷的，让人家笑话。只是跟老隋在一起的时候，小让才仔细用上一点。老隋喜欢这种香味。老隋喜欢就好。想起老隋，小让心里黯淡了一下。到底是怎么回事呢？老隋一直没有消息。本来想，今天上班，说不定会碰上老隋。可是到现在，她也没有见到老隋的影子。她在老隋办公室外面徘徊了半天，装着擦地的样子。老隋办公室紧闭着，也不见有人进出，看样子，好像是不在。又不好张口问人。再怎么，一个做保洁的临时工，跟报社的老总，都是不相干的。有人同她笑一笑，算是打招呼。小让赶忙回人家一个笑脸，嘴里说，吃饭啊。对于这一份友好，小让是感激的。她总是力所能及地，把人家这一份善意回报过去。比方说，看见人家提着热水瓶过来打水，却空着手回去，知道这是水还没有烧开，便替人家留了心。等水烧开了，替人家灌满。比方说，有人吃饭不小心弄脏了衣服，在洗手盆旁边束手无策的时候，她总是把自己的肥皂拿出来，给人家用。时间长了，大家都喜欢这个俊眉俊眼的保洁工。人长得好看，又热心。就有人同她闲聊两句，问她老家哪里，多大了，有没有男朋友。小让听出来了，这是人家要帮她介绍对象，就红了脸，说了实话。听的人嘴里就连着哦哦两声，是惋惜的意思。小让的脸更红了。她这个年纪，在北京，有多少人还没有朋友呢。哪里像她，早早地把自己嫁了出去。好好的人也就罢了，偏偏遇上了事。这不是命，是什么呢？想起石宽那些婆婆妈妈的短信，小让心里就烦得紧。想来，娘的话自有她的道理。嫁汉嫁汉，穿衣吃饭。如今可好。倒是得小让背井离乡的，撑起这个家。小让怎么不知道，娘是心疼闺女。天底下，哪一个做娘的，不心疼自己的闺女呢？

整个午休时间，小让一直心神不宁。往常，老隋喜欢在午休的时候给她发短信。老隋在短信里问她，吃饭了吗？做什么呢？想不想他？小让喜欢这样的短信。在北京，在报社，还有哪一个人像老隋这样牵挂她？也有时候，老隋的短信是另外一种，缠绵热烈，都是让人脸红心跳的句子。小让看一眼，便慌忙删掉了。这个老隋，该死！怎么说呢，老隋这个人，到底是念过很多书的。知情识趣，又温柔体贴，对小让，简直是贪恋得不行。倒是小让，常常软言劝慰着，像哄小孩子。私心里，小让也会忍不住想起石宽。心里便暗骂自己坏，狠狠地骂。这个时候，她总是主动发短信给石宽。石宽的短信照例是那些鸡零狗碎的琐事，一个意思，左右离不开钱。小让也总是十分耐心地一一回复。手指头在手机键盘上飞快地摁着，摁着。摁着摁着，心里就起了一重薄薄的怨气，身上也燥起来，热辣辣地冒出了一层细汗。石宽的短信不断地发过来。小让看着那一堆鸡毛蒜皮，心里只觉得委屈得不行。当年的那个石宽呢，到哪里去了？

下午，报社里很热闹。甄姐打听来的消息，是在发年货。

甄姐抱怨一社两制，正式工和临时工，一个亲生，一个后养，悬殊得太厉害。小让嗯嗯啊啊地敷衍着，有点心不在焉。老隋办公室的门依然紧闭着，门把手上塞满了报纸大样、小样。看来，老隋这是真的不在。走廊里人来人往，大家都喜气洋洋的，有点过年的意思了。外面兵荒马乱，她们正好可以偷闲缓口气。甄姐正在涂护手霜，局促的空间里溢满了略带甜味的香气。甄姐说，刚才听见几个编辑聊天，有意思。小让说，噢。甄姐说，知人知面不知心。小让说，嗯。小让知道，甄姐这是有话要说。而且，她似乎在等着小让兴致勃勃地发问。小让却没有问。热水器发出轻微的声响，让人想起冬天炉子上坐着的水壶。温暖，家常，有一种没来由的安宁妥帖。甄姐把声音压低，说，桃花眼，就是财务室那个出纳——你猜跟谁？小让说，这哪猜得出。跟谁？甄姐把手拢在嘴上，附在她耳朵边说，隋总。小让的一颗心别别跳起来。这话可不敢乱说。谁敢乱说？甄姐说，都让人给亲眼看见了。我早就说过，那个桃花眼，一看就不是安分的。还有那个隋总——看上去倒还正派——男人真是，没有不偷腥的猫。

六

冬天的黄昏，总是来得早。暮霭越积越浓，仿佛怕冷的人，在冷风中微微颤抖。远远近近，有灯火次第亮起来，一闪一闪，是夜的眼神。从过街天桥上看下去，车流和人流，汇成一条璀璨的河，在北京的冬夜奔涌，浩浩荡荡。小让在天桥上慢慢走过。冷风吹过来，一点一点把她吹彻。过道两旁挤满了小摊贩，扯开嗓子，不屈不挠地向路人招揽生意。卖水果的，卖手套袜子的，卖碟片的，手机专业贴膜的，还有烤红薯的。行人们大都匆匆而过，像是躲避瘟神。也偶尔有人停下来，狐疑地看一眼那一地的零零碎碎，带着挑剔的神情。这就是北京的夜了。缤纷的，杂色的，斑驳的，仿佛是一个画板，谁都可以在上面涂抹几笔。只要你愿意。

路边有一家牛肉面馆。小让进去，拣了个暖和的位置坐下来。一个女孩子赶忙过来招呼，满脸都是小心翼翼的微笑。这女孩子二十来岁，模样倒算得上清秀。神情却是局促生涩的，一看便知道是乡下来的孩子。小让想起了当初，在驴肉火烧店的日子。那时候，她刚来北京。这一晃，都两年多了。也不知道，老乡的生意现在怎么样了。还有那老板娘。当初小让离开的时候，她简直羡慕得很。一迭声地哎呀呀，哎呀呀，说，小让，哎呀小让，你怕是遇上贵人了。想来，那老板娘该不是看出了什么端倪了吧。当时，小让只是笑。也不便多说。弄不好，经她的嘴巴传出去，等传到千里万里的芳村，传到石宽的耳朵里，不知道会传成什么样子了。后来，一直到现在，小让一直没有跟他们联系。小让不是薄情。她到底是心虚。在偌大的北京，这两位老乡之外，剩下的人，全是不相干的。他们知道她什么？她是好是坏，是冷是暖，说到底，跟旁的人有什么关系？在人前，小让倒很愿意伪装一下，装一装大尾巴狼。就像刚才。小让进到这面馆里来，干净，体面，矜持，甚至有那么一点小小的傲慢。有谁能够猜出这个漂亮女人的来路呢？小让很斯文地吃面，一小口一小口，吃得很仔细。不断地有客人进来，夹裹着一股股冷气。那个女孩子跑前跑后，有些手忙脚乱了。一个胖女人立在柜台后面，冬瓜脸，口红鲜艳，看样子，应该是老板娘，目光像刀子，一下一下地剜在那个女孩子身上。吃完面，小让结账。那女孩子慌忙跑过来，伸手接钱的时候，却不小心碰翻了桌上的调料盒，红红绿绿地散了一地。女孩子吓呆了。老板娘走过来，刚要发作，小让摆了摆手。不关她的事，我赔。

回到家，小让洗澡。洗了一半的时候，仿佛听见电话响。小让赶忙把水关了。果然是电话。这个座机号码，几乎没有人知道。除了房东，也就是老隋了。石宽也不知道。小让担心石宽会不管不顾地把电话打进来，尤其是老隋在的时候。电话很执着，一直响个不停。小让匆忙洗好，跑出去接的时候，电话却不响了。来电显示是一个陌生的号码。小让看着那号码发了一会子呆。头发湿淋淋的，水珠子淋淋沥沥滴下来，把睡衣的前襟濡湿了一片。该不会是老隋吧？直到现在，她才忽然发现，跟老隋这么久，她竟然一点也不了解这个男人。她所认识的那个老隋，温柔，随和，体贴，善解人意，有时候，在她面前，有那么一点孩子气的赖皮和霸道。曾经，她对他是那么熟悉。可是，现在，她却觉得他竟像一个陌生人了。甄姐的话，也不知道是真是假。要是在以前，她听了这话，一定要找到老隋，当面问他，跟他使性子，闹脾气，撒娇，弄得他束手无措，只好软下身段百般哄她。虽然，她并不敢奢望，老隋会喜欢她一辈子。她也从来不敢奢望，老隋会离了婚娶她。可是，她是女人。她像天下所有的女人们一样，喜欢吃醋。然而现在，她却忽然没有这样的好兴致了。这真是莫名其妙。老隋跟她忽然玩起了失踪，大约不过两个原因。他烦了。或者是，他认真了。小让回想起他们最后一次在一起的情景，每一个细节，每一个句话。难不成，老隋是想把这次吵架作为借口，趁机分手？或者是，老隋对她的吃醋认了真，他想把这个问题解决一下？不像。都不像。烦了，倒是有可能。认真是绝不会的。他怎么会认真呢！老隋这样年纪的男人，还有什么看不透？

睡觉前，小让做了面膜，歪在床头给石宽回短信。电话忽然响了，把她吓了一跳。是老隋。老隋的声音听上去有点含混，仿佛是喝多了酒。小让，我马上到楼下了。小让握着听筒，没有吭声。老隋说，小让，我没带钥匙。一会给我开门。小让不说话。小让，有话，有话见面说——

屋子里烟雾弥漫。老隋坐在沙发上，一支接一支地抽烟。小让几次被呛得要咳嗽出来，却都忍住了。老隋显然喝了酒，涨红着脸，舌头发硬，说起话来，有点语无伦次。可小让却还是听明白了。老隋是在向她诉苦。老隋老婆觉察到了他们的事。老隋老婆正在跟他闹。女人闹起来，你是知道的。老隋说，根本没有理性可言。老隋说他倒不怕她跟他离婚——要不是为了女儿，他们可能早就离了。他是怕她到单位去闹。报社的冯大力，就是一把手冯社长，他们两个一向是面和心不和，对他早有戒心，甚至杀心，一心想找他的软肋。这种事，一旦闹到冯大力那里，结果可想而知。不光是他的仕途从此埋下后患，就连小让的工作，都会受到影响。老隋说这些天，他一直在为这件事焦虑。他得想个万全之策。

暖气很热。小让感觉，刚刚洗过澡的背上热辣辣地出了一层细汗。墙上的钟敲了十一下，在寂静的夜里听起来有点惊心动魄。老隋说，思来想去，这件事，恐怕还得委屈你一下——小让说，我？老隋说，这也是万不得已。她那个人的脾气，我知道。要想让她不闹，就得委屈我们。我们假装分手。当然了，只是假装。这一段，我们最好少见面。小让看着老隋的脸。几天不见，老隋明显憔悴了。还有他的鬓角，星星点点的，是灰白的颜色。先前，怎么没有注意到呢？

一屋子烟味。小让打开窗子换气。冷冽的夜风吹进来，她静静地打了个寒噤。老隋一口一个她，是在称呼他老婆了。这些天，在他老婆面前，恐怕老隋是吃够了苦头吧。吵架之外，一定还有很多别的桥段：赌咒，发誓，表忠心，跪地板，写保证书，一把鼻涕一把泪，悔不该当初。自己呢，就是他老婆口中的狐狸精，贱货，野女人，混迹在她的口水中，被她任意辱骂。在老隋的陈述和辩白里，他们之间的故事，该是怎样一种情节呢？小让猜不出。小让能够猜出的是，老隋应该是个会编故事的人。他一定最知道，什么样的故事才能让他老婆满意。

烟味渐渐散去了。原先温暖的屋子，已经变得冰冷。小让站在窗前，看着外面点点灯火，从一扇扇窗子里流泻出来。一点灯光，就是一个家吧。可是，温暖是别人的。她什么都没有。刚洗过的头发还湿着，现在已经冻上了，硬邦邦地顶在头上，她也不去管。奇怪的是，她竟然没有眼泪。找了老隋这么久，她焦虑，难受，为这个男人担心，生怕他出了什么事。她原以为，等到见了老隋，一定会抱着他，大哭一场，委屈，撒娇，释然，像小孩子，找到丢失的玩具之后，爱恨交织，倍加珍惜。可是没有。她倒是平静得很。在这个他们曾经的小窝里，她只是感觉冷，彻骨的冷。

七

是个阴天。天空灰蒙蒙的，太阳不知躲到哪里去了。风不大，却很冷。从树梢上掠过，发出低低的声响。路边，有报亭老板在分报纸。一张纸片不小心掉在地上，被风吹得一掀一掀。一辆自行车驶过，照直轧了过去。旁边路过的人便睁大了眼睛，看着那浅白色的纸上留下清晰的轮胎的印子。路边的拐角处，是一家早点铺。炸油条的油锅支在外面，灶头师傅也不怕冷，一双红通通的手，啪啪地拍打着面团，头上却冒着热腾腾的白气。旁边，却是一家寿衣店。黑底白字的招牌，不大，却很醒目。食客们吃完早点，甚至不朝那招牌看一眼，即便是偶尔看到了，也是漠不关心的神情，只管匆匆地去旁边的公交地铁搭车。早高峰，正是拥堵的时候。人们都忙着心急火燎地赶路，暂时还顾不上别的。偶尔，抬腕看一看表，心里默默算一下时间，还好，差不多能够赶得上。

从地铁里出来，小让收到老隋的短信。这些天，他们很少联系。只是偶尔，老隋有短信过来，也是十分简洁，再不似先前的缠缠绕绕，浓得化不开了。老隋在短信里说，有事要跟她商量。晚上六点钟，京味斋。小让把短信又看了一遍。有事跟她商量。能有什么事呢？难不成，是竞聘的事？这些天，报社里兵荒马乱的，人心浮动。一把手冯大力看来是要大动干戈，重整山河了。改革的力度很大。部门之间优化组合，牵扯的人事众多。这种时候，有人哭，就一定有人在笑。几家欢乐几家愁，大约就是这个意思吧。小让不懂，也不多问。只是偶尔从甄姐那里听来一些小道消息，东一句西一句，全是作不得真的。小让心中惦记着自己的事，又不好深问。只有把一颗乱糟糟的心按住，耐心听甄姐八卦。跟老隋呢，又是如今这种状况。小让更不会把身段软下来，去问老隋。本来，当初来北京的时候，小让也没有什么想法。不过是打一份工，挣一份钱罢了。至于后来的事，她真的没有想过。老隋，还有老隋的许诺，都在她的想象之外，让她有点措手不及。怎么可能呢？全当是一个梦吧。这些天，她早想好了，等这边一放假，领了薪水，她就回老家。回芳村。快过年了。回去好好过年。至于和老隋，再说吧。能怎么样呢？她怎么不知道老隋。老隋再贪恋，也断不会下狠心娶了她。

中午的时候，小让在走廊里给那些盆栽浇水。远远地，看见老隋和冯大力从会议室出来，往这边走。小让拿着喷壶正要走开，只听见冯大力说，这绿萝长得不错——你是新来的吧？小让说社长好，拿着喷壶一时怔在那里，走开不是，不走开呢，也不是。正窘着，听见老隋说，老冯，这件事就这样，回头我们再斟酌一下。小让赶快趁机去走廊那头灌水。

京味斋就在小让住处附近。从前，也跟老隋来过两回。装修倒是古色古香，有老北京的味道。小让点了一壶菊花茶，一面喝，一面等老隋。老隋在短信里说，单位还有一点事情没有处理完，让她稍等。他马上到。小让看着对面屏风上那精致的雕花，心里猜测着，究竟是牡丹呢，还是月季？这是一个小包间，满堂的仿红木，墙上挂了一幅字，小让看了半晌，也没有看出名堂。据老隋说，他也喜欢写字，闲暇的时候，常常一个人关在书房里涂抹几笔。当然了，小让没有看过老隋写字。老隋！小让慢慢喝了一口茶。老隋家里的战争，也该已经平息了吧。老隋不说，她也不问。老隋这个人，她怎么不知道呢，最是懂得讨女人欢心。说不定，经过了这场战争，两个人又回到了从前的恩爱，也未可知。虽然，据老隋的讲述，他们夫妻，从一开始，就是被乱点的鸳鸯。怎么可能呢？小让又不是傻瓜。老隋，只不过是说给她听罢了。也不知道怎么回事，小让心里某个地方还是细细地疼了一下。仔细想来，跟老隋，算是怎么一回事呢？其实，私心里，小让也不免做过一些不着边际的梦。比方说，像老隋在缠绵之际所说的，小让是他的。他隋学志的。他要她。他要娶她。他要她做隋太太。这话听多了，小让就生出一些美丽的幻想。跟了老隋，在北京生活，做北京人。就像她那个老乡说的，做不了北京人，也要做北京人他爹。那么，她就做北京人他娘好了。至于石宽，她倒没有多想。石宽。有时候，小让觉得，芳村是石宽的。而她小让，却应该属于北京。她也知道，这幻想没有道理。可是，她还是忍不住。房间里暖气很热，她把外套脱下来，挂上。从单位回来，她特意弯回家里一趟，换了一套衣服。上班干活，她们是要穿工作服的。那样的衣服，怎么能见老隋呢。尤其是，在这样一家堂皇的饭店里。小让还淡淡地化了个妆。她很记得，老隋说过，晚上，灯光下，是应该有一些颜色的。今天这个约会，小让有点措手不及。她掏出小镜子看了一下，还好。干净，俊俏，是从前的小让。

老隋急匆匆进来的时候，已经过了六点半了。老隋一面脱外套，一面一迭声地不好意思，说单位里的破事儿，没完没了。燕莎桥又堵车——小让静静地听他抱怨，替他把杯子仔细烫了，倒上茶。有服务生过来，请老隋点菜。看上去，老隋气色还不错，眼睛微微有些肿，眼袋似乎是明显了一些。低头看菜单的时候，秃顶在灯下闪闪发亮。老隋每点一道菜，都要抬头看一眼小让。是征询的意思。小让轻轻点头，说，随你。小让不用照镜子也知道，自己的样子有多么温柔。小让还知道，温柔是她的撒手锏。跟老隋这么久，她怎么不知道他？小让穿了那件绯红色毛衣，是老隋喜欢的那件。等菜的时候，两个人默默地喝茶。小让不说话，她在等着老隋开口。玻璃茶壶中的菊花很好看，一朵一朵，满满地绽放开来。枸杞经了浸泡，红得可爱，有细细的哀愁的味道。老隋说，你怎么样？还好吧。小让说，嗯。老隋说，是这样，小让，有一件事，哦，还是那件事，我想跟你商量一下。小让说，哪件事？老隋嘴巴咧了一下，说，就是，那件事——小让看着老隋欲言又止的样子，心中早已经揣测了八九分。老隋说，我也没有想到，哦，我也曾经想到的，她果然去找了冯大力。老隋说，女人闹起来，你是知道的。她居然找了冯大力。没脑子！真是没有脑子！老隋说，冯大力是什么好东西！现在好了，现在，最高兴的人，就是冯大力！这次竞聘，如果冯大力想在这件事上做文章，我一点办法都没有。老隋说，所以，想来想去，他只好来跟小让商量。菜上来了。清蒸鲈鱼，蓝莓山药，木瓜雪蛤，都是小让的菜。这家京味斋，号称新京派，看来，也早已经名不副实了。老隋说，这个冯大力，我了解。心思缜密，生性多疑——当然，也不是刀枪不入——我没有别的意思，小让。我的意思是说，如果，我是说如果啊，去见冯大力一下——小让坐在那里，看着老隋吞吞吐吐。包间里灯光明亮，温暖，细细的音乐隐隐传来，是缠绵的"梁祝"。小让只觉得背上有寒意漫过，簌簌地起了一层清晰的小粒子，心中却如电闪雷掣一般，一时怔在那里。

八

一连阴了几天，到底是下雪了。雪不大，是细细的雪粒子，纷纷落落的，还没有到地面就化了。大街上湿漉漉的。汽车鸣着喇叭，脾气很大的样子。人们呢，急匆匆地赶路，偶尔抬头望一望天，皱着眉头，自言自语，这雪下得——也不知道是在批评，还是在赞美。可是无论如何，簌簌的雪粒子落下来，给这一冬无雪的城市带来一些新鲜的躁动。毕竟，快要过年了。这点小雪，来得倒是时候。过大年，怎么能没有雪呢？这是芳村人的话。也不知道，这会子，芳村下雪了没有。芳村的雪，那才叫雪。纷纷扬扬的，真的是白鹅毛一般。整个村庄都被这大雪催眠了，还有树木，田野，河套，果园。大红的春联，窗花，灯笼，彩，衬了白皑皑的雪，真是好看。小让很记得，那一年，她刚嫁到芳村。也是大雪。她坐在炕头上，看石宽在地下忙个不停。炉子烧得旺旺的。金红的火苗，勾着淡蓝的边，突突地跳跃着，舔着壶底。水壶吱吱响着，白色的水蒸气不断冒出来。花生在炉口周围排着队，偶尔发出轻微的爆裂声。还有红枣，弥漫着微甜的焦香。大雪天，又是新人，她用不着出门。石宽也不出门，在家守着她。人们都说，石宽是个媳妇迷。石宽也不恼，嘿嘿傻笑。她却臊了。赶石宽出去，却总不成。少不得反倒又被他乘机欺负了。雪粒子落下来，落在她发烫的脸上，凉沁沁的。她也不去擦一擦。也不知道怎么回事，这些陈年旧事，她以为早都忘记了。如今，在北京，在这个雪纷纷的清晨，倒都又想起来了。

甄姐迟到了一会，进门就抱怨这坏天气。抱怨了一会儿，看小让不大热心，就把话题换了。小让听她说起年底单位发奖金的事。三六九等，那是肯定的。年年如此。甄姐又抱怨了一会儿头儿。说这个冯社长，也不是等闲人物。才几年，把报社整治得，火炭一般。一个字，红。那一句话怎么说的？不管白猫黑猫，抓到老鼠就是好猫。小让说，噢，可不。甄姐压低嗓门说，听说，今年动静挺大。小让知道她说的是竞聘的事，正不知道怎么开口，看见甄姐朝她使了个眼色，回头一看，却原来是司机小马从旁走过。甄姐笑眯眯地说，今天领银子，下刀子也得来啊。这点儿雪！甄姐说，这点儿雪算什么！

午休的时候，小让收到老隋的短信。老隋在短信里东拉西扯，顾左右而言他。老隋说，吃饭了吗？在做什么？老隋说，郁闷。争来斗去的，没意思。老隋说，人活着，究竟是为什么呢？老隋说，牢笼。一只鸟困在牢笼里，什么感受你知道吗，小让？老隋说，人生有很多时候，不得已。老隋说，岂曰无衣？与子同袍……小让把这些短信看了一遍，又看了一遍。有的话，她看不懂。老隋这个人，就这毛病。酸文假醋的。小让没有回复。

下午到财务室领奖金。年终奖。前面有两个人排队。桃花眼坐在办公桌后面，沙拉沙拉地点钞票，一面腾出一张嘴来，跟旁边的男同事调笑。看上去，桃花眼总有三十多岁了吧，是那种很丰腴的女人。一双眼睛，水波荡漾。老隋是什么时候溺在里面的呢？房间里到处都是盆栽，绿森森的，树林一般。桃花眼那火红的披肩，仿佛一簇火苗，把整个树林都灼烧了。空调很热。小让感觉手掌心里湿漉漉地出了汗。

火车站乱糟糟的。快过年了，外面的人们辛苦了一年，都急着往家赶。小让拉着拉杆箱，背着鼓鼓囊囊的行李，费了半天劲，总算在候车室找到一个立脚的地方。她给石宽发了一条短信，岂曰无衣？与子同袍。

石宽读过高中，石宽懂得这句话的意思吗？

小让不知道。

一本书打开一个世界

欢迎订购、合作

订购电话：0571-85153371

服务热线：0571-85152727

KEY-可以文化　　　浙江文艺出版社　　　天猫旗舰店

关注KEY-可以文化、浙江文艺出版社公众号，
及浙江文艺出版社天猫旗舰店，随时获取最新图书资讯，
享受最优购书福利以及意想不到的作家惊喜